한국 현대시의 체험과 상상력

필자소개

송기한(宋起漢)은 충남 논산에서 태어나 서울대학교 국어국문학과를 졸업하고 같은 대학원에서 문학박사 학위를 받았다. 저서로 『한국 전후시와 시간의식』 『문학비평의 욕망과 절제』 『한국 현대시의 서정적 기반』 『고은:민족문학에의 길』 『한국 현대시사 탐구』 『시의 형식과 의미의 유희』 『1960년대 시인연구』 『21세기 한국시의 현장』 『한국 현대시와 근대성 비판』 『한국 현대시와 시정신의 행방』 『현대문학 속의 성과 사랑』 『한국 개화기 시가 사전』 『한국 시의 근대성과 반근대성』 『문학비평의 경계』 『서정주 연구』 『현대시의 유형과 의식의 지평』 『인식과 비평』 『정지용과 그의 세계』 『현대시의 정신과 미학』 『육당 최남선 문학 연구』, 역서로 『마르크스주의와 언어철학』 『프로이트주의』가 있다. 문학평론가. UC BERKELEY 객원교수를 거쳐 현재 대전대학교 국어국문창작학부 교수로 있다.

한국 현대시의 체험과 상상력

인쇄 · 2017년 5월 10일
발행 · 2017년 5월 15일

지은이 · 송기한
펴낸이 · 한봉숙
펴낸곳 · 푸른사상사

편집 · 지순이, 홍은표 | 교정 · 김수란
등록 · 1999년 7월 8일 제2-2876호
주소 · 경기도 파주시 회동길 337-16(서패동 470-6)
대표전화 · 031) 955-9111~2 | 팩시밀리 · 031) 955-9114
이메일 · prun21c@hanmail.net
홈페이지 · http://www.prun21c.com

ⓒ 송기한, 2017
ISBN 979-11-308-1096-6   93800
값 27,000원

이 도서의 국립중앙도서관 출판예정도서목록(CIP)은 서지정보유통지원시스템 홈페이지(http://seoji.nl.go.kr)와 국가자료공동목록시스템(http://www.nl.go.kr/kolisnet)에서 이용하실 수 있습니다.(CIP제어번호: CIP2017010677)

현대문학
연구총서

49

한국 현대시의
체험과 상상력

송 기 한

The experience and imagination of Korean modem poetry

푸른사상
PRUNSASANG

근대 이후 한국문학은 오랜 시간을 거치면서 무척이나 성숙되어왔
다. 시기 구분에 따라 약간의 편차는 있긴 하겠지만 근대문학의 역사가
100년을 훌쩍 넘겨버린 것이다. 그 과정 속에 수많은 사조들이 등장했
다가 사라졌고, 문인 또한 동일한 과정을 거쳐왔다. 그 과정이 소중했
기에 찬란한 한국 문학사가 만들어진 것이 아닐까 한다.

거대한 장강처럼 흘러온 우리 문학사에서 주목할 만한 문학적 흐름
도 있었고, 또 비평가나 문학사가, 혹은 작가의 주목을 받지 못한 채 사
라져간 조류도 있었을 것이다. 어쩌면 현재 남아 있는 것보다 더 풍부
한 문학적 자산들이 역사의 수레바퀴를 형성했음에도 불구하고 자취를
감춘 것처럼 비춰졌을지도 모른다. 그러나 그것이 비록 흔적 없이 사라
졌다 해도 문학 종사자들의 무의식에 알게 모르게 남아 있을 것이라 생
각된다. 헤럴드 블룸의 상호 영향 관계를 들먹거리지 않아도 이는 자명
한 사실이기 때문이다.

그런데 그런 거대한 문학적 흐름이 현시대에 와서는 사뭇 단절된 느

낌을 받는다. 물론 여기서 이 말이 함의하는 것은 전혀 존재하지 않는다는 것이 아니라 지나온 과거를 이어가는 일종의 계승의 차원을 말하는 것이다. 이는 현시대의 문단을 지도하는 주류적 흐름이 없다는 말과 동일한 차원에 놓이는데, 실상 이 시대를 대표하는 사조랄까 주조는 딱히 보이지 않기 때문이다. 과연 어떤 것들이 문학의 배음에 깔려서 이런 결과를 가져오게 한 것인가. 그러나 결과가 명확함에도 불구하고 이에 대해 어떤 뚜렷한 해법을 제시하는 것은 쉬운 일이 아니다.

어떻든 지금은 주조 상실의 시대여서 문학 또한 뚜렷한 방향으로 나아가는 것이 어려워 보인다. 그럼에도 그 나아갈 방향이랄까 경향이 전혀 없다고도 볼 수 없을 것이다. 이른바 근원에 대한 의식 혹은 그에 대한 갈망들이란 늘상 존재하는 것이기 때문이다. 이 테마가 갖는 장점은 그것이 매우 보편적인 감수성에 기대고 있다는 것이지만, 이런 흐름들을 두고 이 시대만의 고유성이라고 진단하기는 매우 어려운 것 또한 사실이다. 그럼에도 일군의 시인들에게서 이에 대한 성찰이나 갈망은 점진적이면서도 간단없이 진행되고 있다는 점에서, 주조 상실의 이 시대에 많은 시사점을 주고 있다.

작지만 강해 보이는 이런 노력들이 모아질 때, 비로소 주조라고 하는 것이 만들어지는 것이고, 문학적 경향들이 만들어지는 것이 아닐까 한다. 보편에의 지향이란 영속적인 것이어서 어느 한 시대만의 고유성으로 그 시효가 끝나는 것은 아니기 때문이다. 그렇기에 이를 두고 이 시대만의 특수성이라고 명명하는 것이 어려워질 수도 있다는 점은 지적해두어야겠다. 그러나 역사는 반복하는 것이고 순환하는 것이다. 또한 지나온 것들이 당대 혹은 미래의 어느 시점에 동일하게 현재화된다고 해서 의미 없는 것이라 치부하기도 어려울 것이다. 왜냐하면 요구는 필요에 의해서 그 정당성을 부여받을 수 있기 때문이다. 객관적 필연성이 없는 계기란 결코 존재할 수 없는 것이다. 이 사실은 매우 강조되어야 하겠다.

세기말이 경과하고 새천년이 도래한 지도 벌써 십수 년이 지났다. 그동안 많은 변화들이 사회에서 일어났고, 그에 반응하는 문학적 응전의 방식 또한 다양하게 형성되었다. 이런 임기응변이란 전적으로 문학인의 업적이자 능력에 해당될 것이다. 따라서 그들이 토해낸 문학적 열정들에 대해 감히 경의를 표하고자 한다. 뿐만 아니라 그 결과들에 대해 적절한 가치 평가와 문학사적 맥락화 또한 중요하다 할 것이다. 그것이 비평의 중요한, 궁극적 의무가 아니겠는가.

2017년 봄
송기한

차례

제3부　　상상력과 체험의 상관성

차례

한국 현대시의 체험과 상상력

10

제1부

시인들의 시대적 임무

시여! 이날을 노래하자!

　지금 우리 사회는 새로운 변혁의 시대를 맞이하고 있다. 광화문 광장에 연일 모이는 수많은 군중들, 평화로운 시위 등등이 그러한 새 시대의 도래를 예비하고 있기 때문이다. 반만년 역사 가운데 이렇게 많은 군중이 모이고, 단 하나의 단일 음성을 낼 수 있었던 시대가 있었던가. 경이로운 것은 이뿐만 아니다. 이런 대규모 군중집회가 아주 자유롭고 평화적으로 진행되고 있다는 사실은 우리를 놀라게 하고, 세계를 놀라게 하고 있는 것이다.

　이런 문화현상은 4·19 시위와도 다른 것이고 1980년대 군사독재 시절의 그것과도 다른 것이다. 이때는 학생들이 변혁의 주체였고, 조직 중심의 형태였다. 어디 그뿐인가. 화염병과 돌멩이, 최루탄 등등이 난무하면서 대혼돈의 모습을 보여주었다. 외국에서 보면 우리의 이런 장면들은 저 아프리카의 어느 후미진 국가처럼 비춰졌을 것이다.

　그러나 지금 여기의 모습은 과거의 무질서한 문화와는 매우 다른 양상을 보여준다. 지금은 우리의 시민의식, 민주의식은 과거의 그것보다 더욱더 성숙되었다. 무작정적인 비판이 아니라 인과론에 바탕을 둔 비판이 주를 이루고 있고, 이성이나 합리성의 감각은 이전과는 비교될 수 없을 정도로 차질되기 때문이다. 그럼에도 지금의 분노와 좌절은 과거의 그것을 뛰어넘을 정도로 심각한 양상으로 다가온다. 우리가 항변하는 것은 민주주의의 심각한 후퇴 징조가 보여서가 아니다. 또 어느 특정 개인에 대한 혐오에 대해서는 더더욱 아니다. 그것은 어쩌면 부끄러움, 혹은 모멸감일지도 모른다. 이성이나 합리성을 당연시했던 것들이 쉽게 무너져버렸을 때 다가오는 좌절이기에, 이에 바탕을 둔 감수성들은 형언할 수 없는 분노의 불길이 되어가고 있다. 아니 분노라기보다는 수치심에 가까울 정도로 우리의 법질서는 지극히 후진적인 양상을 노정하고 있었던 것이다.

지금 여기의 불온한 현상들이 지난 1980년대에 처절하게 감내했던 아픔의 결과였던 말인가. 이번 비선 실세의 사건은 아직도 지난 과거 시절 청산하지 못한 그 무엇에 원인이 있는 것은 아닐까. 그동안 우리 사회의 문제점을 진단하는 방식은 대단히 많았다. 새로운 정권이 들어설 때마다 그들 나름의 고유한 진단 방식이 있었고, 또 그에 따른 해법도 열심히 찾아내었다. 그럼에도 불구하고 아직까지 명쾌하게 그러한 문제점들이 해소되었다고 보기는 어려울 것이다. 그것이 지금의 한심한 사태를 불러온 것은 아닐까.

그런 문제점 가운데 하나가 이른바 중심주의 사고 체계일 것이다. 중심이 만들어질 때, 층위가 생겨났고, 차별이 이루어졌으며, 지배와 피지배의 관계가 형성되었다. 지난 1980년대에 우리는 그러한 중심주의

• 가 가져온 폐단에 대해 너무도 잘 알고 있었다. 그리하여 그런 중심을 해체하려고 지난한 노력을 해왔다. 그것이 한편으로는 마르크시즘이었고, 다른 한편으로는 해체주의 사고였다. 중심이 무너지면 무너질수록 평등의 이념은 실현되었고, 새로운 차원의 자유가 비례적으로 형성되어왔음은 부인하기 어려울 것이다.

그러나 이러한 문학계의 노력이 사회의 모든 부분으로까지 확산되었다고 하기에는 미흡한 점이 많은 것이 사실이다. 1930년대의 이상이 보여주었던 것처럼, 중심에 대한 철저한 해체가 1980년대의 문학으로까지 이어졌지만, 아직까지는 만족할 만한 성과가 이루어졌다고 보기는 어렵기 때문이다. 현재 우리 사회는 제왕적 대통령제의 폐해로부터 자유로운 국가가 아니다. 뿐만 아니라 서울 중심의 지역 구도 역시 중심주의의 또 다른 좌표로 기능해왔다.

물론 그러한 폐해를 인식하고 그에 대한 해법을 전연 모색하지 않은 것은 아니다. 중심을 타파하고 서울 중심의 지역 구도를 무너뜨리고자 했던 상징적인 시도가 바로 세종시의 등장이다. 이 도시는 행정수도에서 시작되어 행정중심복합도시로 격하되는 불운을 맞이하기도 했다. 기존의 기득권 세력, 중심을 조장하는 세력의 조직적인 방해로 인해 그 본연의 목적을 달성하지 못했기 때문이다. 그럼에도 이 도시가 갖는 의미는 아무리 강조되어도 지나치지 않을 것이다. 그것은 지방분권의 상징이었고, 주민자치로 나아가는 시금석이었기 때문이다. 따라서 그것은 세종시가 아니라 중심을 무너뜨리고자 했던 사람과 이를 지향하는 사람들의 이념이 담겨 있어야 하고 또, 이를 대대로 기릴 필요가 있다고 생각한다. 그래서 이 도시를 기획하고 창안한 사람의 이름을 차용해서 새로운 이름으로 바꿔야 한다고 생각하는 것이다. 비슷한 사례를 찾아보면 얼마든지 있다. 가령, 미국에 그랜드캐니언이라는 곳이 있다. 그것의 아름다움과 장관은 세계적인 자랑거리가 아닐 수 없다. 그런데 이곳의 관문도시 이름이 '윌리엄스'이다. 그랜드캐니언을 처음 발견한 사람이 윌리엄스인데, 그를 기념하기 위해서 이 도시의 이름을 그렇게 명명했다고 한다. 새로운 발견은 구체적인 사실 속에서 가능한 것이고, 그에 대한 명명이야말로 새로운 영역이 될 것이다.

어느 특정한 상징은 죽어 있는 것이 아니라 언제나 생생히 살아 있는 것이다. 특히 역사나 사회와 더불어 언제나 살아나고 새롭게 의미화되는 것이다. 반만년의 오랜 역사 동안 지속되었던 중심주의는 이런 명칭의 의미화부터 시작되어야 한다. 이를 토대로 이 땅에서 중심이라는 말은 이제 서서히 사라져야 할 것이다.

우리는 그러한 새로운 질서를 위해 지금 거보를 내딛고 있다. 광화문 네거리에서 서울광장을 메운, 그 아름다운 촛불을 통해서 우리는 이를 확인하고 있기 때문이다. 이러한 때 시인은 무엇을 할 것이고, 또 시는 무엇을 할 것인가. 그런 가열찬 열망을 시 속에 담아내는 것이 시인의 궁극적 임무가 아닌가.

이제 시인과 시는 또 다른 해체를 만들어가야 한다. 중심을 무너뜨리고 자그마한 지대를 만들어가는 것, 그리하여 권위주의 질서를 타파하고 평등의 질서를 만들어내야 한다. 그것이 주민의 자치이고, 시민의 자율성이 극대화되는 공간이 아니겠는가. 이제 시인도 그러한 시대를 위해서 보람차고 가열찬 촛불을 들어야 할 때가 온 것이다.

내일을 여는 시인들의 지혜

서정시의 요체는 자아와 세계의 부조화와 갈등에 근거한다. 이른바 서정적 동일성에의 욕구가 서정시를 만들어내는 근본 동인인 것이다. 그렇기에 시인들치고 자아 내부의, 혹은 세계와의 균열을 감각하지 못하는 시인은 없을 것이다. 만약 그러한 시인들이 있다면, 그들은 사회적 전일성이 확보된, 이상화된 사회의 구성원이거나 절대 신의 위치에 올라선 존재일 것이다.

자아와 세계의 영원한 합일이라는, 이 가없는 도정을 위해 시인들은 고투하고 서정적 힘을 여과 없이 드러내 보이려 한다. 경우에 따라서는 스스로의 내적 충동에 의해서, 또 다른 경우에는 외적 현실과의 타협이나 초월을 통해서 이 거대한 발걸음을 옮기려 한다. 그것이 항상적이고 간단없는 일임은 서정시의 오랜 역사가 증거해준다. 만약 그러한 합일의 길들이 쉽고 간단하게 성취될 수 있는 것이라고 한다면, 아마도 서정시의 역사는 그리 길지 않았으리라. 그러나 상고시대에도 시는 쓰여졌고, 지금 여기에서도 시는 계속 쓰여지고 있다. 이런 심연의 역사는 그러한 도정이 결코 쉽게 이루어질 수 없고, 용이하게 도달할 수 없는 목표라는 것을 말해주는 것이라 할 수 있다.

서정시의 그러한 역사를 통찰할 경우, 실상 종교나 심리학, 인간의 역사라는 것이 결국은 하나의 접점으로 모아지는 것이 아닐까 하는 조심스러운 결론에 이르게 된다. 흔히 알려져 있는 것처럼, 인간사의 3대 서사 구조는 유토피아→추방과 타락→회복 운동이라는 테마로 구성되어 있다. 아담과 이브의 공간, 어머니와 자식의 2자적 관계, 그리스의 민주정 사회가 유토피아의 공간이라면, 에덴동산으로부터의 추방과 아버지라는 존재의 등장, 중세의 암흑사회와 자본주의는 추방과 타락의 공간이 된다. 이런 논법에 의하면 지금 여기의 현실은 에덴동산이라는 낙원으로 돌아가고자 하는, 이른바 회복의 시간에 해당된다. 그러한 도정이 종교와 심리학, 사회학의 기본 구도이기에 서정시가 만들어지는 생산적인 힘들도 회복 운동이라는, 3대 서사 구조의 마지막 단계에 놓여 있는 양식이 아닐 수 없다.

우리가 서정시의 장르적 특성과 회복 운동이라는 인류적 서사 양식에 동의한다면, 이 땅에서 운위되는 서정시의 지향점이 무엇이라는 사실을 금방 짐작하게 된다. 바로 유토피아 공간에 대한 그리움의 정서가 서정시의 기본 주제가 되는 것이다. 물론 이 정점에 이르는 길은 단선적인 것이 아니다. 수많은 통로들이 놓여 있고, 화해의 방식이나 그 초월의 방식도 다대하게 많은 것 또한 사실이다. 어느 것을 선택하여 자기화할 것인가의 문제는 전적으로 시인의 세계관과 방법적 선택에 달린 것이지 획일화된 노선이나 강요된 힘에 의해 도달할 수 있는 성질의 것은 아니라고 할 수 있다.

지금 우리 시단에는 하루나 한 달 혹은 1년 사이에 수많은 시인들이 나름대로 자랑스런 포부와 의욕을 갖고 새롭게 출발하고 있다. 이렇게 많은 시인들이 등장하는 것은 우리 문단을 풍성하게 하고 시단을 두텁게 해준다는 점에서 매우 의미 있는 사건이라 할 수 있다. 그러나 유토피아에 이르는, 자신만의 고유한 방식을 개발하지 않고 시류나 고전적인 방식, 혹은 관습화된 방식을 여과 없이 수용한다면, 시인으로서의 성공을 기대할 수 없을 것이다.

참신하고 질 좋은 서정시는 기왕의 내용과 방법을 초월한 데서 탄생한다. 자아와 세계란 서로 화해하지 못하고 달리는 평행선처럼 쉽게 좁혀지지 않는 난수표와 같은 것이다. 이를 풀어 헤쳐나가는 도정은 결코 쉽게 달성되지 않는다. 기성의 시인들뿐만 아니라 신인들의 경우도 서정시의 그러한 과제가 매우 난망한 일임을 한시도 잊어서는 안 될 것이며, 이를 토대로 자신만의 고유한 초월의 방식을 개발해내야 할 것이다. 그것이 곧 이 시대 시인의 의무일 것이다.

우리 시대 시의 임무

유난히 더운 여름이다. 이렇게 끓어오를 듯한 더위가 1994년 여름 이후 처음이란다. 덥다는 것은 기온의 상승에서 오는 물리적인 현상이다. 그러나 지금의 무더위가 이런 외부적인 사실에만 국한되어 있는 것일까. 오히려 지금의 이 무더위를 더욱 부채질하는 것은 현재 우리 주변에서 진행되고 있는 여러 시대적 상황들의 궁핍한 현실이 아닐까.

지금 우리 사회에서는 고고도 미사일 방어체계인 사드 문제 때문에 골머리를 앓고 있다. 그것이 우리를 방어해주는 수호신인가, 혹은 강대국끼리의 전략적 문제들이 얽혀서 나온 문제인가가 그 논란의 하나이고, 또 이 체계에서 빚어지는, 인간의 생명을 위협하는 무시무시한 전자파의 해로움이 그 다른 하나이다. 그러나 이런 논란에서 중요한 것이 빠져 있다. 바로 자주국방에 관한 것이다. 세계사를 되짚어보고 또 우리의 지난 과거사를 회고해볼 때, 타국에 의지하여 제 나라의 국방을 맡기는 일이 얼마나 위험한 일인가를 역사가 증거하고 있기 때문이다.

과거 고구려와 백제를 정벌하는 과정에서 외세를 끌어들인 신라는, 광활한 고구려 땅을 모두 잃어버리는 어처구니없는 결과를 가져왔다. 아니 멀리 찾을 것도 없이 지난번 문제되었던 우크라이나 사태를 보면 지금의 사태에 대한 반면교사로 삼을 수 있을 것이다. 어느 특정 국가의 말만 믿고 이 나라는 자신들의 땅에 있었던 핵무기를 통째로 없애버렸다. 그런 다음 러시아와의 분쟁이 발생했다. 그러나 세계 어느 나라도 분쟁의 소용돌이에 있는 우크라이나를 도와주지 못했고, 국토의 일부를 강대국인 러시아에 넘겨주는 결과를 가져왔다. 강력한 핵무기가 이 나라에 있었다면 이런 결과가 일어났을까.

사드는 단지 국방의 문제에만 국한되지 않고 있기에 문제가 더욱 심각하다. 사드 배치를 두고 어느 특정 국가는 경제 보복 운운하면서 우리 경제를 위협하고 있다. 그리고 이에 대한 심각한 우려를 표명하고 있다. 이 또한 스스로에 대해 지키지 못한다는 자괴감이 낳은 결과임이 분명하다. 사드 배치에 있어서 중요한 것은 이를 우리 나라에 설치하느냐 혹은 어느 특정 지역에 설치하느냐가 중요한 것이 아니다. 사드 문제야말로 가장 비굴한, 자주국방을 스스로 포기하는 굴욕적인 행위라는 것을 알아야 한다. 조상 대대로 이어온 이 나라 국토를 왜 타국의 방어 체계에 의지해야 하는가이다.

지금 벌어지고 있는 논란을 뛰어넘기 위해서는 스스로에 대해서 자신 있게 지킬 수 있는, 곧 자주국방을 확고히 하는 길밖에는 없다. 왜 외국의 눈치만 보면서 탄도미사일을 개발하지 못하고 있는가. 그 연장선에서 왜 우리는 강력한 무기를 갖지 못하는가. 1만 킬로미터 이상 날아가는 탄도미사일을 개발하지 못하고, 핵무기도 개발하지 못하고 있다. 모두 외국의 눈치를 보기 때문이다. 그런데 다시 외국의 눈치에 의해서 사드 배치의 문제가 불거지고 있다. 외국의 눈치에 의한 외국의 눈치. 이 사팔뜨기라는 어처구니없는 논리에 의해 한 나라의 운명이 좌우되고 있는 것이다. 언제까지 외국의 눈치만을 살피면서 비굴하게 살아갈 것인가.

지금 우리 시인들이 감시의 눈을 똑바로 뜨고 이런 현실에 대한 철저한 고발과 인도의 정신이 필요하다고 본다. 논리적인 산문이 하지 못하면 감성적인 율문이 이를 감당해야 한다. 그것이 시인이 시대에 대한 고결한 자기의무이기 때문이다.

한국 현대시의 체험과 상상력

체험의 정서적 감응력

　문학이 체험에 바탕을 둔 것이냐 혹은 상상력에 바탕을 둔 것이냐 하는 것은 오랜 논란거리 가운데 하나였다. 이는 문학 원론에 속한 것이면서 또한 작가의 세계관과도 관련되는 문제이기도 했다. 어느 경향에 더 편중될 것인가는 작가의 문학관에 좌우되는 것이긴 하나 문학이 물론 이 양극단 가운데 어느 하나의 관점에 기울어져 생산되는 것은 아니다. 경우에 따라서 이 두 관점은 편중되기도 하고 혹은 종합되어 표현되기도 한다. 뿐만 아니라 동일한 체험이라 하더라도 그것이 단순 체험인가 아닌가에 따라 구분되기도 하고, 보다 큰 사회적 맥락과 결부되어 나타나기도 한다. 그러므로 어느 한 가지를 기준으로 문학을 재단하는 것은 매우 어려운 일일 뿐만 아니라 그것이 전부라고 할 수도 없다. 그런 속성이 문학의 특성이기도 하거니와 또한 인문학이 갖는 장점이기도 할 것이다.

　그런데 문학을 둘러싸고 벌어진 이 오랜 논쟁도 인간의 본성이나 사회 구조에 천착해 들어가보면 불필요한 시빗거리에 지나지 않는다. 상상력이 예술 창작의 근본 요인 가운데 하나임은 당연한 것이지만 인간은 기본적으로 사회적 동물이기 때문이다. 실상 이 전제를 무시하고 인간의 전반적인 활동에 대해서 설명하는 것은 불가능할뿐더러 설사 어떤 개념이 정립된다고 해도 그것은 단순한 공염불에 지나지 않을 것이다. 그만큼 인간과 사회는 분리하기 어렵게 결합되어 있는 것이다.

문제는 그 외연의 범위일 것이다. 체험의 영역이 개인적인 것에 머물러 있는 것인가 혹은 집단적인 것과 관련이 있는 것인가에 따라 문학의 방향이 정해진다는 사실이다. 여기서 말하는 방향이란 어쩌면 관계성과 관련이 깊은 말일지도 모른다. 그것은 구조와 분리하기 어려운 것이기도 한데, 어떤 행위가 사회의 구조나 맥락으로부터 자유롭지 않다면, 그것은 이미 개인의 영역을 초월하게 된다. 이럴 경우, 우리는 그것을 사회성과 결부시키고 경우에 따라서 보다 적극적으로 해석하게 되면 이른바 진보 이데올로기와 마주하기도 한다.

그런데 사회적 관계망과 결부된다고 해서 그것이 모두 진보 이데올로기와 관계를 맺고 있다고 판단하는 것은 위험한 일이다. 진보는 모순이 전제되어야 하고 또 이에 대한 변증적 통일에 대한 갈망이 내재되어 있어야 하기 때문이다. 그렇지 못할 경우 그것은 단지 개인적 체험의 영역 안에 머무를 뿐이다. 단순한 현상 속에서 어떤 에너지나 발전의 도정을 말하는 것은 불가능하다는 뜻이다.

체험이 개인의 영역에 한정되든 혹은 사회적 관계망 속에 얽혀 있든 간에 그것이 문학의 소중한 생산 요건임은 아무리 강조해도 지나치지 않을 것이다. 인간의 행위가 사회적인 것처럼 문학의 생산 또한 사회적 관계 속에서 이루어지는 것이기 때문이다.

　사회적 의미망과 집단의 힘이 매우 강조되고 있는 이때에 이 계절에 발표된 시들이 무엇보다 시선에 들어오는 것은 어쩔 수 없는 일일 것이다. 그 가운데 가장 눈에 띄는 작품 가운데 하나가 이상국의 「오래된 일」이다. 이 작품 속의 이야기는 시인 자신의 체험에 의한 것이겠지만, 그것이 사회적 경험 속에 공유될 수 있는 지대에 놓여 있는 것이라는 점에서 더 눈길이 갔는지도 모르겠다.

> 아주 오래전 일이다
> 세상에 온 지 얼마 안 된 조카를
> 형님이 안고 나는 삽을 들고 따라갔다
> 아직 이름도 얻지 못한 그 애를 새벽 솔밭에 묻고
> 여우들이 못 덤비게
> 돌멩이를 얹어놓고 온 적이 있었다
> 내가 사람으로 살며 한 일 중
> 가장 안 잊히는 일이다.
> 　　　　　　　—이상국, 「오래된 일」(『시와시학』, 2016 겨울)

　체험은 개인만의 특수한 것에 머물기도 하고, 다수의 것과 공유될 수 있는 보편적인 것에 머물기도 한다. 전자의 경우는 지극히 예외적인 것이어서 이른바 정서의 폭이 매우 제한되어 있는가 하면, 후자의 경우는 그 폭이 매우 넓어서 보다 큰 정서의 공감대를 형성하게 된다. 경험이 특수해질수록 자기 고립이라는 한계를 벗어날 수 없으며, 그것이 정서의 감응력을 불러일으키지 못하는 것은 어쩌면 당연하다 하겠다.

이상국의 「오래된 일」 속에 표현된 사건은 적어도 산업화를 겪지 않은 세대들에게는 낯선 체험일 것이다. 그러나 그 반대의 경우에는 흔히 경험할 수 있었던 일이라 할 수 있을 것이다. 경제적 수준이 낮고 따라서 의료 수준이 낮은 곳에서 영아 사망률은 피할 수 없는 과제였다. 우리의 경우 1960년대 혹은 1970년대가 그러했다. 생명이되 그렇지 못했던 생명이기에 무덤조차 자립성을 가질 수 없었던 어린 목숨의 소멸은 산업화 이전의 세대들에게 그리 낯선 풍경이 아니었을 것이다.

나의 경우도 그러했다. 나의 어린 여동생은 네 살, 피지도 못한 나이에 죽었다. 1960년대 말 어느 여름날 저녁, 아버지는 삽 한 자루 들고 포대기에 싼 주검을 들고 나갔다. 장맛비가 쏟아지던 저녁, 피지 못한 꽃은 그렇게 우리와 슬픈 작별을 한 것이다. 그 경험은 나에겐 아픔이었고, 좌절이었으며, 치유되지 않은 무의식이 되어 현재를 지배하고 있다. 이 작품 속에 구현된 체험이 나의 정서와 공유 지대를 형성한 것은 이런 동질성이 있기에 가능했다. 그리고 이 작품은 그러한 체험의 공유성과 더불어 이른바 동화적 상상력이 결부되면서 더욱 애잔하게 다가오는 작품이다. 한편으로는 무섭기도 했던 여우의 전설 속에 이 사건이 오버랩되면서 이 작품은 매우 농도 짙게 우리의 정서를 자극하고 있다.

시집 간 딸이 친정에 돌아왔다

어미는 한사코 불구덩이 앞에 앉아 있다
손 시린 물에 핏물을 우려내고
슬쩍 끓여 잡것을 걸러내고

다시 넉넉하게 샘물을 붓고 활활 불을 지핀다
약탕기에 약을 달이듯
몸을 말아 안은 작고 동그란 등이 달싹거린다

졸아드는 눈물 속에서 살이 헝클어지고
숭숭 구멍 난 정강이뼈에서 땀이 배어나온다
육중한 제 삶을 버텨낸 저 뼈다귀들의 마지막 소임

핑그르르 젖이 돌기 시작한다
산통은 주문처럼 점점 빨라지고
구부러진 어미의 몸이 가쁘게 휘돌고 있다
뼛속 어디에 그 깊고 뜨거운 힘이 숨어 있었는가
시원을 향해 강을 거슬러 오르는 연어 떼
마른 젖가슴을 찢고 보얀 초유가 보글보글 솟구친다

울음에 젖을 물린다
찬 새벽 가마솥이 걸린 뒤란
어미는 엉긴 기름을 걷어내고 청포묵처럼 탱탱해진
골수 한 그릇 뜨끈하게 데우고 있다
　　　　　　　— 우옥자, 「초유(初乳)」(『시와시학』, 2016 겨울)

　우옥자의 「초유」 또한 일상에서 흔히 접할 수 있는 체험을 다루고 있
는 시이다. 이 작품은 이른바 인간의 기본 조건인 근원 의식에 기대면
서 체험의 공유 지대를 넓혀가고 있는 경우이다. 여기서 근원 의식이란
두 가지 국면에서 그러한데, 하나는 관습과 관련되고 다른 하나는 모성

적인 것과 관련된다.

요즈음은 애를 낳기 매우 꺼려한다고 한다. 경제적인 이유에서도 그러하고 여성의 사회적인 활동 제약이라는 이유에서도 출산의 문제는 매우 어려운 것으로 인식되고 있다. 이런 상황이 지속되면 향후 몇백 년 뒤에는 민족 소멸이라는 끔찍한 결과가 될 수도 있다고 예측한다. 그리하여 국가적 차원이나 지방자치단체 차원에서 출산율을 끌어올리기 위한 정책들이 계속 진행되고 있다. 그렇지만 불행하게도 어떤 만족할 만한 결과를 가져오지 못하고 있는 것이 현재의 실정이라고 한다. 어떻든 이 작품은 이런 사회적 분위기와 무관하지 않기에 그 정서의 폭이 깊이 울려 나온다.

여성이 아이를 출산하게 되면, 가장 먼저 친정어머니를 찾게 되는 것이 인지상정이다. 그렇기에 우리는 그것을 관습이라고 부른다. 관습은 어쩌면 근원으로부터 시작된 것인지도 모른다. 특히 서정적 자아의 행위가 모성적인 것과 밀접하게 관련된 것도 이 때문이 아니겠는가. 산모를 회복시키는 가장 중요한 손길이 모성성을 떠나서는 성립하기 어려울 것이다. 그리고 새로운 생명을 위한 길, 초유(初乳)의 생산도 이와 밀접히 관련되어 있다. 이런 맥락에서 이 작품 역시 이른바 보편 체험과 분리하기 어려운 것이고, 그 보편적 일상이 우리의 정서를 깊숙이 자극하는 작품이라 할 수 있을 것이다. 이런 효과가 이 작품의 매혹이며, 그 사회적 시효일 것이다.

아침저녁 한 움큼씩
약을 먹는다 약 먹는 걸

더러 잊는다고 했더니

의사선생은 벌컥 화를 내면서

그게 목숨 걸린 일이란다

꼬박꼬박 챙기며 깜박 잊으며

약에 걸린 목숨이 하릴없이 늙는다

약 먹는 일 말고도

꾸역꾸역 마지못해 하고 사는 게

깜박 잊고 사는게 어디 한두 가지랴

쭈글거리는 내 몰골이 안돼 보였던지

제자 하나가 날더러 제발

나이 좀 먹지 말라는데

그거 안 먹으면 깜박 죽는다는 걸

녀석도 깜박 잊었나보다

　　　　— 정양, 「그거 안 먹으면」(『시와정신』, 2016 겨울)

　이 작품은 일상사에서 흔히 있을 수 있는 경험을 다룬 것이다. 이른바 망각이라고 하는 인간의 보편적 퇴행 작용이다. 이 작용은 곧 기억과 동일한 차원에 놓이는 것인데, 그것이 순기능과 역기능을 동시에 내포한다는 점에서 복합적인 것이라 할 수 있다. 망각함으로써 어떤 긍정적 효과가 있다면 전자의 경우일 것이고, 부정적 효과가 있다면 후자의 경우일 것이다. 우리의 삶에는 잊어야 할 것이 있고, 또 잊어서는 안 될 것이 있다. 그것이 모두 삶의 조건과 불가분의 관계에 있는 것이라면, 모두 순기능에 해당될 것이다.

　그러나 잊지 말아야 할 것을 잊는다는 것은 역기능의 전형적인 사례가 될 것이다. 복잡다단한 현대인의 생활은 망각의 문제로부터 자유롭지 않은 것이 사실이다. 인용시의 경우처럼 삶의 조건이 담보된 약 먹는 행위가 그러할 것이고, 사회생활을 영위할 수 있는 다양한 실타래들에 대해서도 반드시 기억해야 할 일들이 수두룩하다. 그러나 그 많은 것들에 대해 꼼꼼히 메모해서 기억하는 것이야말로 성공할 삶일 수 있지만, 또 실제로 그렇지 못할 경우도 비일비재하다. 이런 망각이 삶의 존재 조건에서 가혹한 채찍이 되어 되돌아오는 경우를 우리는 아픔이나 상처로 인식한다.

그런 맥락에서 '나이에 대한 망각'은 그러한 인생사의 상징과도 같은 것이다. "나이 좀 먹지 말라"는 것이 상대방에 대한 존중이면서도 아닌 것은 양면적인 인생사의 반증을 표현한 것이 아닐까 한다. 망각과 기억은 누구나 공유할 수 있는 체험들이다. 그런 면에서 이 작품은 정서의 감응력이 크다고 할 수 있겠다.

'네 것' '내 것' 구별 없이
있는 것 나누어 먹고 서로 의지하며
살아가는 개인을 보면
사람 좋다고
법 없어도 살 사람이라며 환영하지만

개인만 그럴 것이 아니라 여러 사람이 그리 살자고
힘을 모으면

좀 더 과학적으로 집단적으로 살아보자

뜻을 세우면

그 순간 못된 이데올로기가 되는

귀신같은 세상

제 것에 큰 손해 없을 때는

'좋은 사람'이었다가

제 것에 손해가 될 가능성이 있다 생각되면

'빨갱이냐' 소리치며 나타나는 귀신같은 사람들

— 강형철, 「자본주의」(『신생』, 2016 겨울)

체험은 지극히 개인적인 영역에서 비롯되기도 하지만, 사회적인 영역에서 만들어지기도 한다. 그 대표적인 것 가운데 하나가 이념과 거대서사와 같은 것들이다. 이념이란 것이 집단의식에 뿌리를 둔 것이기에 광범위한 사회적 음역과 분리시켜 사유하기는 어려울 것이다. 집단의 체험과 기억은 자신의 뿌리를 굳건히 내리기 위해 만들어진다. 그렇기 때문에 그것은 상대방에 대한 안티 담론을 반드시 전제하기 마련이다. 오늘날 우리 사회를 지배하는 두 가지 뚜렷한 대항 담론을 본보기로 제시한다면, 단연 진보와 보수의 이데올로기일 것이다. 이 둘 사이에 적절한 길항작용이 이루어질 때 사회는 건강해질 것이다. 그럼에도 이 두 가지 이념이 가지고 있는 장단점 또한 분명히 존재한다. 그렇기에 어떤 가치가 보다 긍정적인 것일까를 구분해내는 것은 어리석은 일이 아닐 수 없다. 그럼에도 우리 사회는 흑백논리라든가 양도논법의 가치 체계를 내세우면서 대단히 명쾌한 긍정성과 부정성을 만들어내는 현실을 목도하게 된다.

여기서 양극단의 관념에 대해 어떤 가치 평가를 내리고자 하는 것은 아니다. 또 이 자리에서 그럴 필요성이 있을까 하는 의문이 드는 것도 사실이다. 그러나 중요한 것은 아무리 중요한 것, 혹은 소중한 것이라 해도 그것이 하나의 이즘(~ism)으로 굳어질 때, 전연 엉뚱한 결론이 얻어질 수 있다는 점을 주의해야 할 것이다. 인용시가 말하고자 하는 부분도 이 지점이다. 공동체를 위한 삶, 더불어 베푸는 삶을 실천한 사람은 모두에게 존중의 대상이 되지만, 그것이 집단으로 승화될 때에는 부정적인 가치 체계로 순식간에 전변한다는 것이다. 우리에게는 이념의 아픈 역사가 있었고, 또 그것이 현재진행형으로 우리 앞에 놓여 있기도 하다. 자신의 이익을 지켜내기 위해서는 과거의 아픈 체험을 적극적으로 드러내야 했던 것이 현실이었기 때문이다. 물론 이들의 심연에 자신들만의 이익을 지켜내기 위한 또 다른 흑역사가 숨겨져 있음은 부인하기 어려울 것이다. 그런 흐름들이 이제 대대로 역사가 되고, 자신들만의 굳건한 이데올로기가 되어서 자신의 영역을 넘보는 세력들에 대한 방어막으로 작용하고 있다. 그것이 만들어내는 체험들이 갖는 불온성이 어떤 결과를 가져올 수 있는가를 인용시는 경계하고 있는 것이다.

이 거리에서
너는 사람이 아니다.

우리가 규정한 대로 살고
우리의 규정을 따라 죽어라.
죽음의 이유조차도 묻지 마라.

우리가 정한 규정대로 가라.

우리가
네 주검으로 무슨 거래를 했던
중요치 않다.

우리가
네 생명에 가한 위해가 무엇인지도
중요치 않다.

이 거리에서
사람을 말하지 마라.

권리를 주장하지 마라.
의무를 다해라 끊임없이
너를 비워라 숙이고 또 숙이라
중요한 것은 이것이다. 너는
자유인이 아니라는 것.

문명을 믿지 마라. 법과 규정도
믿지 마라. 우리를 위한 것을 너를
위한 것이라고 착각하지도 마라.
따지고 덤비지도 마라. 감히!

이의를 제기하지 마라. 네가
자유민이라고 생각하지 마라.

죽어도 죽지 마라. 우리가 허락할 때까지
호곡도 매장도 하지 마라.

이 거리에서
우리는 너의 신이다

경배하라 야만의 거리에서
떠나지 마라 우리 자리로 오지 마라.
거기서 침묵하고 네 자리에서 경배하라.
도전하지 마라 조용히 따르라, 따르라.
— 김동현, 「포고령 18」(『예술가』, 2016 겨울)

불온한 집단 이데올로기가 위험하게 표출하는 것 가운데 하나가 권력이다. 자기만을 위한 권력은 광기에 불과할 뿐이다. 따라서 거기에는 어떤 타협도 없고, 용서도 없다. 무한 증식하는 거대한 욕망만이 존재할 뿐이고, 따라서 타자를 위한 억압의 기제만이 난무할 뿐이다. 시인은 그러한 억압을 시행하는 제도적 장치로 포고령의 무절제한 남용을 그 본보기로 들고 있다. 불행했던 우리의 현대사를 회고하면, 이 불합리한 제도적 장치가 없었을 때가 거의 없었다. 시작은 민주주의였지만(아니 그런 척한 것이다), 나중은 강제와 억압, 곧 포고령으로 귀결되었다는 것이다. 우리는 군사정권의 아픈 역사를 겪었고, 지금 현재 벌어지고 있는 유신의 망령 또한 분명하게 목도하고 있는 현실에 살고 있다. 인간의 자유와 가치는 땅에 떨어졌고, 소통은 먹통이 되었으며, 최고의 존엄적 가치가 되어야 할 인간의 생명이 도외시되는 사회를 지금 우리는 마주하고 있는 것이다. 특정인에 남아 있던 독재자의 추억이 현재화되어 21세기의 민주주의 가치, 자유인의 가치가 현저하게 훼손되고 있는 것이다.

독재를 위한 조력자들을 부역자라 부른다. 그러나 동일한 이데올로기와 가치로 그들이 묶여 있다는 점에서 독재자나 부역자는 한 몸에 불과할 뿐이다. 몸통과 깃털이 따로 존재하지 않으며, 민중을 구속하는 비민주적 제도와 억압이라는 지렛대를 사용한다는 점에서 이들은 둘이 아닌 하나인 것이다. 이런 압제 속에 놓여 있는 사람들은 자립성을 상실한 존재들이다. "네가/자유민이라고 생각하지 마라./죽어도 죽지 마라. 우리가 허락할 때까지/호곡도 매장도 하지 마라."의 상태로 고립되어 있는 것이다.

체험은 문학을 생산해내는 주요한 기제이다. 체험이란 개인적인 것에서 보편적인 것에 이르기까지 다양한 색채를 갖는다. 그리고 경우에 따라서 아름다운 색채로 현상되기도 하고, 불길한 네온으로 예시되기도 한다. 이들 앞에서 어떤 포즈를 취할 것인가 하는 것은 전적으로 개인성의 영역에 속하는 문제일 것이다. 중요한 것은 그러한 체험이 반향하는 감응력일 것이다. 그것이 크다는 것은 곧 경험의 지대가 동일하고 넓다는 뜻이고 작다는 것은 그 반대의 경우일 것이다. 또한 공통분모가 큰 체험의 영역도 이를 마주하는 자의 포즈에 따라 다양한 색채를 갖게 될 것이다. 그것이 어떤 모양과 색채를 가지며, 또 어떤 포즈를 취할 것인가 하는 문제는 시의 고유성과 독자의 몫일 것이다. 그러나 그것이 시의 중요한 방법적 의장임에는 틀림없다 할 것이다.

생태적 요구와 수평적 사유

근대의 성과를 논하는 자리에서 그 폐단에 대한 물음들이 제기된 것은 어제오늘의 일이 아니다. 계몽이 성공과 함께 곧바로 도구화되면서 그로 인한 부정성이 노정된 것이 근대 초기의 일이기 때문이다. 그만큼 계몽은 어둠과 빛이라는 양면성을 동시적으로 지니고 있었고, 또 현재 진행형으로 계속 우리에게 다가오고 있다. 이런 각성과 문제의식이 생태적 위기 담론을 만들었거니와 그것이 이 시대의 주조가 된 지도 오래되었다.

사회는 언제나 정(正)과 반(反)의 투쟁과 그 변증적 통일을 요구하고 있다. 하나의 위기가 대항 담론을 낳고, 그것이 도구화되면 또 다른 대항 담론을 만들어내기 마련이다. 그 흐름이 단속적이지 않고 언제나 역동적 흐름으로 구현되면서 다양한 스펙트럼을 형성하게 되는 것이다. 환경과 전쟁을 비롯한 생존 환경의 위협이 생태론적 필요성을 요구하게 되었지만, 그 필연적 귀결이 어떠한 종점으로 향하지 못하고 있다.

인간의 삶에서 정과 반의 변증적 통일이 쉽지 않은 문제인 것처럼, 환경의 공포와 그 대안담론에 대한 피드백의 과정 또한 여전히 요원하다. 그 합일이 어려운 것은 인간의 존재성과 관련된 문제인데, 실상 인간이라는 실체를 구성하고 있는 욕망의 문제가 해결되지 못한 탓이 크다고 하겠다. 욕망 없는 인간이란 존재할 수 없는 것처럼, 그것은 곧 인간의 존재와 등가 관계를 이룬다. 뿐만 아니라 그것은 계속 전진할 뿐 정지는 없을뿐더러 과거로의 후퇴 또한 불가능하다. 오직 앞으로 앞으로 나아갈 뿐이다. 욕망의 거침없는 팽창은 인간 자신만의 이기주의에서 기인한 것이기에 그를 둘러싼 생존 환경에 대해서는 전혀 관심밖의 일로 만들어버렸다.

근대란 인간 욕망의 팽창일 뿐 그 이상도 그 이하도 아니다. 인간을 둘러싼 모든 것들은 단지 인간을 위한 수단으로밖에 존재하지 않는다. 이런 인간 중심주의가 위계질서를 만들어냈는바, 소위 위와 아래라든가, 중심과 주변의 문제, 집단과 개인을 뚜렷이 구분시켜놓은 것이다. 이런 분리주의적 사고는 통합이라든가 유기체와 같은 전일적 인식 체계를 무너뜨렸다. 특히 이 사유는 자연을 중심으로 한 하나의 유기체, 혹은 우주론적 전일성이라는 일원론적 세계관을 붕괴시켜버렸다. 모든 것은 파편화되었고, 완결이라는 인식은 하나의 추억거리로 만들어놓은 것이다.

지금도 그런 파편화 과정은 계속 만들어지고, 거기서 얻어진 결과물들은 과거의 추억으로 계속 쌓여가고 있다. 생태론적 위기는 그러한 추억 속에서 만들어졌다. 따라서 인간 삶의 조건을 개선하고자 하는 생태론적 요구는 더 이상 그러한 과정의 지속을 허용할 수 없는 단계에까지 이르게 되었다.

> 스키장 만드는 산에서
> 벌목하는 소리 들린다
>
> 오~음
> 옴 · 옴 · 옴 옴~
>
> 나무가 내는 소린가
> 엔진톱이 내는 소린가
>
> 진언소리 가득하다
> 사별노래 다급하다
>
> ── 함민복, 「옴」(『시와시학』, 2016년 가을)

이 작품을 이끌어가는 기본 동인은 이른바 파괴의 과정이다. 스키장 건설은 욕망의 아이콘으로 표상된다. 인간이 자연을 도구화하는 방식은 크게 두 가지인데, 하나는 문명에 의한 것이고, 다른 하나는 비문명에 의한 것이다. 전자가 물리적 국면과 관련이 있다면, 후자는 정신적 국면과 관련이 깊다. 기술의 진보가 문명과 물질의 풍부를 낳았다면, 그 이면의 부정적 국면들도 함께 길러내었다. 소위 정신적, 육체적 피로에 의한 여가 문화의 성장이다. 그러나 그것이 어떤 목적에 의한 것이라 하더라도 인간의 욕망과 분리하기 어려운 것이며, 「옴」은 바로 그러한 현실에 대한 정확한 진단을 내리고 있는 경우이다.

'스키장' 문화는 이른바 비문명적 개발에 의한 것, 곧 여가 문화에 대한 필요에 의한 것이다. 그러나 그것이 자연의 인간화임은 당연할 것인데, 시인은 그러한 파괴를 음성적 진실을 통해서 이를 효과적으로 경계하는 솜씨를 보여주고 있다. 그는 스키장의 벌목 소리를 이중의 목소리로 전달하는데, 그것은 "나무가 내는 소리"이기도 하면서 "엔진톱이 내는 소리"로 이중화시키기 때문이다. 그러한 소리가 "옴"으로 수렴되어 울려 나온다. 만약 그 소리가 전자의 경우라면 진언 소리가 될 것이고, 후자의 경우라면 사별의 노래가 될 것이다. 어떻든 이 개발 논리는 어떤 생산과도 관련이 없을뿐더러, 궁극적으로는 인간에 의한 자연의 파괴일 뿐이다.

시인은 자연과의 그러한 작별을 음성 상징을 통해서 매우 실감 있게 전달하고 있다. 이 시를 읽을 때, 자연의 아픔이 생생하게 들리는 듯한 환상을 불러일으키는 것은 이 때문이다. 생생함과 진실성이 자연의 이별 소리에 오버랩되면서 자연과 인간의 관계가 어떠한 형태로 공존해야 하는 것인가를 이 작품은 사실적으로 전달하고 있는 것이다.

자연과 인간은 영원한 경쟁 관계에 있다. 그러한 긴장의 역사는 인류가 지상적 존재가 되면서부터 시작되었을 만큼 오랜 역사를 가지고 있는 것이다. 어쩌면 인류의 출발이 이 자연 파괴와 함께 시작된 것인지도 모르겠다. 에덴동산이라는 유토피아를 잃어버린 것도 궁극적으로는 자연을 버린 인간의 과실에 있었다고 할 수 있다. 사과는 곧 자연이었으며, 그것을 먹은 것은 인간의 욕망에서 비롯되었기 때문이다. 어떻든 자연을 버릴 때, 인간은 항상 위기의 국면을 맞이했다. 자연이란 그만큼 인간에게 생존 요건을 위한 필수불가결한 대상이었다.

나무가 흔들릴 때
새는 가지에 앉아
열매를 쪼거나 울음을 울어서
균형을 잡는다

자벌레가 가지를 이동하거나 나뭇잎에 이슬방울이 매달리거나
우듬지에 조각구름이 걸리는 건솜털만큼한 오차를 나무가 조절하
는 중

석양이 겹겹이
나뭇잎을 떨굴 때
그때 미루나무는 비행을 한다

운이 좋으면
불거진 뿌리의 실핏줄이
낙하하는 구름에 움찔대는걸 목격하기도 한다.
　　　— 정자경, 「미루나무의 비행」(『시와표현』, 2016년 9월)

　　정자경의 「미루나무의 비행」은 자연의 존재성을 그것의 미세한 관찰
속에 보여준 작품이다. 이 작품은 1,2연과 3,4연이 대조를 이루면서 그
러한 모습을 조명해주는데, 우선 1,2연은 자연의 사실적 현상과 그것의
기능적 의미를 표현하고 있다. 시인은 나무와 새를 자세히 관찰하면서
그것이 어떤 조화를 이루고 있는지를 알려준다. "나무가 흔들릴 때/새
는 가지에 앉아/열매를 쪼거나 울음을 울어서/균형을 잡는다"는 응시
야말로 사실적 현상에 대한 직접적 제시이면서 자연의 기능적 가치의

표명이라 할 수 있다. 자연에 대한 시인의 그러한 미시적 관찰은 2연에서도 그대로 이어진다. 이는 1연의 연장선에 놓인 것이고, 이를 한 번 더 확인해주는 과정이라 할 수 있다.

시인이 제시해준 것처럼, 자연의 특성이란 조절 감각이다. 그리고 그것이 결국 조화의 감각과 연결된다고 인식한다. 조화란 중심에 대한 거부이며, 위계질서에 대한 우회적 표현이다. 인간의 거침없는 욕망이 만들어놓은 것이 자연의 수단화인데, 자연에 인간적 욕망이 개입하게 되면, 조화라는 자연의 궁극적 가치는 훼손되기 마련이다. 그러한 파괴가 생태론적 위기 상황을 초래한 것은 잘 알려진 일이거니와 자연에 대한 이런 도구화야말로 인간적 삶의 조건, 곧 생태론적 환경을 훼손한 주요 요인이 된다.

자연의 그러한 유기론적 질서의 완벽함이랄까 생생함을 3, 4연에서는 환상적 수법을 통해 오버랩시키면서 극대화시키고 있다. 어쩌면 생태론적 완결성을 만들어주는 것이 이 부분이라 해도 과언이 아닐 정도로 시인은 몽환적 기법을 통해 이를 실현하고 있다. 환상이 사실의 저편에 있는 비현실적인 것임에도 불구하고 이 작품에서는 그런 분위기가 전혀 감각되지 않는다. 어째서 그러할까. 구체적인 사실과 주관적 황홀이 혼합되어 또 다른 생생한 사실을 만들어내는 데 그 원인이 있는 것은 아닐까. 시인은 석양이라는 신비적 상황을 설정해놓고, 낙엽이 떨어지는 것을 나무의 날개로 비유하고 있다. 이렇게 되면 나무가 상승하는 착시 효과를 불러일으키게 된다. 그런 다음 시인은 "불거진 뿌리의 실핏줄이/낙하하는 구름에 움찔대는" 현상을 볼 수 있다고 하면서 가상의 현실로 독자를 안내하고 있다. 그런데도 이 작품은 그러한 비허구성이 주는 실감으로부터 동떨어진 느낌을 주지 않는데, 이는 나무를 통한 미시적 관찰과 그 섬세한 감각화의 수법으로 새로운 사실을 환기시켜 주는 효과 때문이라고 할 수 있겠다. 어떻든 이 작품은 자연이라는 궁극적 가치가 어떤 시대적 함의를 갖고 있는가를 묻고 있다는 점에서 매우 의미 있는 경우라 할 수 있다. 자연은 하나의 우주이고 이법이라는 사실을, 그것의 미세한 움직임이라는 사실적 현상을 통해서 제시해주었다는 것이 이 작품의 의의일 것이다.

> 동양화의 산수화에는
> 역원근법이란 기법이 있다.
>
>
> 멀리 있는 산을 앞으로 당기고
> 가까이 있는 들판을
> 위로 보내기도 한다.
>
>
> 보이지 않는 것을 가까이 불러
> 크게 숨쉬게 하고
> 보잘것없는 소소함을 보듬기도 한다.
>
> 앞쪽과 뒤쪽이 함께 살아있어
> 몇 갑절의 공간을 만들어낸다.
> ―김성옥, 「역원근법」(『시와시학』, 2016년 가을)

이 작품은 제목이 말해주는 것처럼 동양화에서 얻은 상상력을 바탕으로 제작된 것이다. 이른바 역원근법이 그러한데, 도대체 이 수법이란 무엇을 말하는 것일까. 그것은 원근법의 상대되는 개념일 터인데, 실상 근대를 열었던 사고의 하나가 원근법이었음을 감안하면, 이 작품이 함의하는 의미는 매우 시사적인 것이라 할 수 있다.

원근법이란 근대 미술에서 도입된 기법 가운데 하나로서 미래지향적인 사유를 표방한다. 그렇기 때문에 미래라는 시간 개념이 원리적으로 닫혀 있는 근대 이전의 세계, 곧 민화의 수준에서는 찾아보기 어려운 의장이다. 근대란 직선적인 시간관이 지배하는 사회이기에 항상 미래로만 열려 있다. 이런 시간관이 발전 사관에 기초하고 있는 것임은 당연한 일이거니와 순환 사관이 지배하는 농경 문화에서는 성립하기 어려운 관념이다. 이런 원근법적 시야를 문학론에 처음 도입한 것이 루카치인데, 그는 모더니즘의 자폐적인 사고를 비판하면서 여기에는 원근법적인 사고가 닫혀 있다고 했다. 결국 그에 의하면 원근법적 세계는 곧 미래이자 전망이며, 다가올 유토피아에 대한 기대치로 기능하고 있었다.

근대의 명암이 이런 시간관의 교차와 정확히 일치하는 것이라면, 역원근법이란 반근대성의 사유라 할 수 있을 것이다. 시인이 말하고자 하는 것도 이와 분리하기 어려운 것인데, 그는 원근법을 미래로 나아가는 열린 공간이 아니라 오히려 폐쇄적인 공간으로 읽어낸다. 따라서 그가 말하는 역원근법이란 "멀리 있는 산을 앞으로 당기고/가까이 있는 들판을/위로 보내"는 행위에 의해 시도된다. 이는 사실적 차원을 부정하는, 곧 사진기적 과학성을 부정하는 역발상의 시도에서 기획된 것이다. 어떻든 이런 시야에 의해서 새로운 공간이 탄생하게 되는데, "보이지 않

생태적 요구와 수평적 사유

는 것을 가까이 부르"기도 하고, "보잘것없는 소소함을 보듬"기도 하는 생명의 장소가 만들어지는 것이다. 다시 말해 "앞쪽과 뒤쪽이 함께 살 아있어/몇 갑절의 공간을 만들어낸다"는 것이다.

자연은 생명이 살아 숨 쉬는 성소이다. 따라서 자연에 편입되지 않는 한, 인간의 유토피아는 허락되지 않는다. 근대가 원근법의 세계에서 성립한 것이기에 근대의 실패는 이런 미래지향적인 사유의 실패와 곧바로 연결될 수밖에 없다. 반성적 담론이란 실패의 뒤안길에서 만들어지는 것이기에 시인이 묘파한 역원근법은 반근대 의식과 분리하기 어려운 것이라 할 수 있다. 이 작품에서 이런 생태적 담론을 역원근법이라는 민화적 기법에서 읽어낸 것은 매우 참신한 작시법이었다고 하겠다.

모든 생명의 무게는 동일하다.
한 방울의 물에도 갚아야 할 빚이 있고
눈송이 하나가 댓잎을 구부리며
풀잎 한 촉도 살 떨리는 칼날을 품는 법,
저 알몸으로 빛나는 자작나무 우듬지 끝
피 흘리지 않고 지켜낸 목숨이 어디 있을까.
북한산이 내려 보낸 중랑천 물줄기가
마침내 서해에 닿기 전 꿈의 비늘로 번득이는 것을
상상하던 시인의 지혜도 그랬으리라.
내가 숲속에서 참나무와 오리나무 곁을 지날 때
바람이 살짝 내 뒤통수를 치고, 잎들은 살 섞는
푸른 냄새로 부풀어 오를 때
십리 밖쯤에서 터지는 우레 소리였던가 아무튼

이 지상의 모든 생명의 무게는 동일하다
— 허형만, 「생명의 무게」(『현대시』, 2016년 9월)

　생태론의 요구에서 무엇보다 중요한 것은 억압이 없어야 하고, 종속
이 없어야 한다는 점이다. 뿐만 아니라 지배도 없어야 하고 도구적 수
단 같은 것도 없어야 한다. 모든 것이 수평적인 가치를 지녀야 생태론
적 요구를 완성할 수 있다. 하나와, 다른 하나는 동일하며 또한 그들 각
자마다의 고유성이나 개별성이 존중되어야 한다. 그런 고유성과 자율
성, 생명성이 생태론의 기본 요건이 될 것이다.

　허형만의 「생명의 무게」는 개체마다 지니고 있는 생명의 가치를 일깨
우고 있는 작품이다. 시인은 "모든 생명의 무게는 동일하다"고 선언한
다음, 생명체 개개마다 고유성과 자립성을 부여하고자 한다. 어느 특정
생명체에 의한 수단화나 종속화가 아니라 그들 나름의 존재성을 인정
하고 각자의 생이 존중되는 방식인 것이다. 가령, "한 방울의 물에도 갚
아야 할 빚이 있고/눈송이 하나가 댓잎을 구부리며/풀잎 한 쪽도 살 떨
리는 칼날을 품는" 것처럼, 지구상에 존재하는 모든 자연물은 인간이
라는 존재가 그러하듯 그들 나름 존재성이 있다는 것이다. 마치 인간이
그러하듯 사물도 그러할 수 있다는, 이른바 의인화의 기법을 통해서 이
들을 인간화시키면서 그들의 자율성과 고유성을 담보해내고 있는 것이
다. 모든 생명체는 동일한 가치와 질이 있다는, 곧 수평적 관계에 놓여
있다는 것이 이 작품의 근본 의도인 것이다.

　시인은 이런 수평적 사고를 바탕으로 인간과 자연의 영원한 조화를
통해서 생태론적 이상을 실현하고자 한다. "내가 숲속에서 참나무와 오

리나무 곁을 지날 때/바람이 살짝 내 뒤통수를 치고, 잎들은 살 섞는/ 푸른 냄새로 부풀어 오를 때"가 그러한데 이런 조화감이야말로 인간을 자연의 품으로 되돌리려는 시인의 지난한 노력의 결과가 아닐까. 인간과 자연은 화해할 수 없는 평행선의 관계라는 이원론적 세계관에 물들어갈 때 생태론적 위기가 발생한 사실을 감안한다면, 자연과 인간의 조화라는 이 명제는 매우 고전적이면서 실질적인 방법이라 할 수 있을 것이다. 인간과 자연이 하나일 수밖에 없다는 일원론적 사고는 모든 생태학적 상상력의 근본적인 이상이다. 따라서 서정적 자아와 나무의 교직, 잎냄새와 살냄새가 푸른 냄새로 승화되는 것은 일원론적 위상일 것이다.

이런 일원론적 세계관, 수평적 세계관에 입각할 때, 종속과 지배라는 이원론적 세계는 극복될 것이다. 시인이 그러한 세계를 염두에 두고 "이 지상의 모든 생명의 무게는 동일하다"고 선언하는 것도 일원론적 세계의 정당성에서 얻어진 것이라 할 수 있다.

자연에 대한 기술적 지배는 과거에도 그러했고, 현재에도 그러하며, 또 미래에도 그러할 것이다. 그것은 현재의 삶을 조건 짓는 필수불가결한 요소로 기능할 뿐, 인간 삶의 조건을 풍부하게 하는 기능적 요소로는 적용되지 않았다. 그것은 욕망이라는 바이러스가 무한 증식한 결과이다. 그런데 이를 제어하는 어떠한 백신도 만들어질 수 없다는 데에 문제의 심각성이 놓여 있다.

유토피아는 늘 과정 중에 놓여 있을 뿐 그 마지막 여정에 도달한 경우는 단 한 번도 없었다. 만약 그러한 상황에 이르렀다면, 그것은 인간의 경계를 넘어서는 지점에서나 가능할 것이다. 그렇기에 인간은 그런 가능태라도 붙잡을 수 있다면 어떻든 성공의 지대로 들어선 것이라 할 수 있지 않겠는가. 어렴풋이 잡힐 듯하면서도 잡히지 않는 이 유토피아가 영원한 도정에 놓여 있는 것은 이 때문이다. 그렇기에 현 시기를 위기로 진단하고 이를 초월하고자 하는 노력, 곧 생태적 환경의 이상에 이르고자 하는 시인의 노력은 끊임없이 지속될 것이다. 그것이 인간의 조건이고 또 시인의 운명이기 때문이다.

따스함, 혹은 평등을 향한 발언들

　몇 년 만의 초대형 엘니뇨가 엄습해서 전 지구가 기상이변으로 몸살을 앓고 있다. 기후가 더운 탓에 겨울다운 겨울이 되지 못한다고 아우성이다. 두툼한 겨울 패딩을 무조건 세일하면서 이 계절이 다 가기 전에 모두 팔아치운다고 법석을 떤다. 근데 이런 난리가 어제런가 싶더니 날씨가 갑자기 너무 추워졌다. 기상청은 한파주의보를 발령하면서 모두에게 감기를 주의하라고 연일 시끄러운 방송을 해댄다. 아무리 과학이 발전해도 불과 며칠 앞을 내다보지 못하는 것이 일상적 현실이란 말인가.

　암튼 추워도 너무 추운 것이 지금의 현실이다. 그런데, 이런 한기가 비단 날씨에서만 기인하는 것일까 자문할 때 여기에 명쾌한 답을 주는 것은 어려워 보인다. 지난 몇 년 동안 우리 사회는 냉정한 정치 현실과 사회적 무관심으로 말미암아 따뜻함이 무엇인지에 대해 엄밀히 따져보지 못해왔기 때문이다.

도대체 이런 무관심은 어디에서 오는 것일까. 우리 사회가 무슨 대단한 선진국이 되어서, 누구도 넘나들 수 없는 보수화된 사회가 되어서 그러는 것일까. 혹은 이와 반대로 하루하루가 살기 급급한 가난의 골이 깊게 파인 나머지 나 이외의 것들에 대해서 돌아볼 여유를 갖지 못한 결과에서 오는 것일까. 그도 아니면 나만 잘되면 그만이라는 무딘 감성과 이기주의에 기인하는 것일까.

이런 현실에서 악에 대해서 발언하거나 혹은 정치적 항의를 하는 것이 희화화되기도 한다. 이런 현상이 지금의 역설적 상황을 말해주는 것은 아닐까. 아무튼 어떤 중심축에 대하여 그에 걸맞은 대항 담론이 정립하지 못한다는 것은 그만큼 그 사회는 죽은 것이라 해도 크게 틀린 말은 아닐 것이다. 무관심이 무기력을 낳고, 무기력이 다시 무관심을 잉태한다. 이런 악순환이 반복되다 보면, 삶의 역동성은 사라지게 되고, 무서운 냉소만이 우리를 에워싸게 된다. 2016년 1월이 매우 추운 것은 이런 까닭이 아닐까 한다.

그러나 현실이 그러하다 해도 우리에게는 그러한 한기를 뛰어넘는 따뜻한 서정성이 있어서 어느 정도 위로를 받는다. 그것이 서정시의 역할이고, 시인의 의무가 아닐까. 서정성이란 자아와 세계의 화해할 수 없는 대립에서 시작된다. 그러한 대립이야말로 이 시대의 무관심과 무감각을 초월하게 해주는 좋은 매개가 될 것이다. 이런 맥락에서 서정성을 무매개적으로 이해하는 것은 잘못된 것이라 할 수 있다. 서정시의 근간은 서정의 온기이기 때문이다. 자아와 세계의 끊임없는 대립을 무화시키고자 하는 시인의 열정이 서정의 온기이다. 따라서 서정시를 외딴섬에 고립된 어떤 것으로 치부하거나 사회적 대항력을 상실한 양식으로 분류하는 것은 대단히 잘못된 일이다.

　시에 대한 정립을 이렇게 정의하고 보니 이 계절의 시들 가운데 소위 따듯함의 정서로 에두른 시들이 무엇보다 눈에 들어온다. 물론 이러한 감각이 필자 개인의 정서에서 촉발된 것이긴 하나 이 시대를 견디는 모든 사람들에게도 동일한 감각으로 다가올 것이라는 기대를 갖게 되는 것도 사실이다.

　　　꽃이 아니면
　　　어때.

　　　천수관음
　　　천 개 손 뻗은
　　　나무 아니면
　　　어때.

　　　그대
　　　언 발
　　　감싸줄 수만 있다면—
　　　　　　　　— 서대선, 「이끼」(『시와정신』, 2015 겨울)

　이 시의 소재는 이끼이다. 이끼란 무엇인가. 유명무실한 상태로 대상의 한켠 공간을 차지하는 것이 이것의 존재성이 아니었던가. 따라서 그것은 자신만의 합목적성을 상실한 채, 이타적 존재의 외연을 단지 메꾸어만 주는 미천한 존재일 뿐이다. 이렇듯 시인의 시적 발상은 지극히 사소한 것에서 시작하지만 이타성을 포회하는 속성을 포착하는 것만으로도 그 의도는 충분히 달성되었다고 본다. 어쩌면 어떤 거대한 물상으로부터 그러한 정서를 읽어내는 것이 어렵다는 측면에서 그러하다.

실상 이끼는 시의 소재로서도 미미할 만큼 매우 사소한 존재이다. 그러한 성질이 '꽃'과 '천수관음'과 대비되면서 더욱 극대화되는 것이 이 시의 특징이다. 그러나 이 보다도 이 시의 맛을 더욱 끌어올려주는 것이 '어때'라는 어사이다. 이 말은 사소성과 이를 뛰어넘는 내적 에너지가 뒤엉키면서 이끼의 존재를 더욱 부각시켜주는 역할을 한다. 사소하지만 전연 그러하지 않은 것 속에서 삶의 온기를 온전히 보전해내는 것, 그것이 이 시의 주제이다.

묘소한, 흑은 평드을 향한 박언들

비는 민주주의다 평등주의다
운동장에서 공놀이하는 아이들을 모두
교실 안으로 불러들이고
점심 식사하러 가는 직장인들에게 일제히
우산을 씌운다
남자 한 사람 여자 한 사람
우산이 하나밖에 없다면
그 남자와 여자를 한 개의
우산 밑에 머리를 모으게 한다
비는 화평주의다 박애주의다.
　　　　　　　　—나태주, 「비」(『시와정신』, 2015 겨울)

나태주의 인용시 역시 작품의 소재가 일상의 사소한 소재, 곧 비에서 시작된다. 그러나 시인은 여기서 아주 굉장한 형이상학적 의미를 이끌어내는 멋진 솜씨를 보여준다. 비의 평등성이라는 관념의 사상이 바로 그것이다. 어째서 그러한 것일까. 작품의 문면대로 비는 모든 사람들에게 공통된 것이지만, 아니 그것은 여러 이질적인 대상들을 꼭 그런 속성으로 만들어버린다. 그것은 남녀노소에게 심지어 지상의 모든 것들에게 동질성의 감각으로 다가온다.

마치 1930년대 백석의 「모닥불」을 보는 듯한 착각을 불러일으킬 정도로 근대성의 제반 원리도 어렵지 않게 읽어낼 수가 있다. 모닥불이 남녀노소, 상하 귀천을 가리지 않고 똑같이 따뜻하게 감싸 안을 수 있었다면, 비의 기능원리 또한 그러하다. 그렇기에 이 작품은 마치 백석이 21세기 초에 다시 귀환한 듯한 착각을 불러일으킬 정도로 그 상상력이 매우 독특하다. 아주 미미한 일상의 사물로부터 웅숭깊은 철학적 사유를 의미화하는 능력, 그것이 나태주 시학의 본질이 아닐까 한다.

> 여름 밤 들길을 걸을 때 나는, 길바닥으로 기어 올라와 달려드는 무수한 개구리 울음 소리들을 밟지 않으려 얼마나 노심초사하였던가. 그런 날 밤에는 대기 속으로 데굴데굴 굴러다니던 울음소리들이 능선을 타고 내려오는 별빛을 만나 영롱하게 반짝이는 것을 보기도 했다.
>
> — 이재무, 「개구리 울음」(『문학선』, 2015 겨울)

지금은 쉽지 않은 일이지만 농촌에서 유년 시절을 보낸 사람이라면 누구나 개구리 울음소리에 대한 추억을 갖고 있을 것이다. 늦은 봄과 초여름 사이 청명한 하늘과 풋풋한 대지 사이를 수놓은 개구리 울음소리야말로 이 시기에 삶의 진정성을 담보해주는 적절한 수단이었다. 시인이 기억 속에 회자되는 이 소리도 바로 그런 상상력 속에서 얻어진 것이다.

이 시의 주제는 아름다움과 따뜻함, 곧 포근함에서 찾아진다. 이러한 정서의 토대를 만들어준 것이 청각적 이미지와 시각적 이미지의 교묘한 배합이다. 누구나 한 번쯤 경험했을 법한 개구리의 울음소리는 이 시를 읽는 독자를 쉽게 공통의 지대 속에 가둬놓는다. 그것을 가능케 하는 것이 청각적 이미지이다. 이 감각이 독자로 하여금 유년의 시기로 자연스럽게 흘러들어가게 한다. 그런 다음 이 소리는 반짝이는 별빛이라는 시각적 이미지와 만나게 된다. 곧 그것은 능선을 타고 내려오는 별빛을 만나 영롱하게 반짝이는, 곧 시각적 이미지와 결합함으로써 더욱 강렬하게 독자의 가슴속으로 스며들게 되는 것이다. 그런 자연스런 결합이 아름다움으로 승화되는 것은 매우 의미심장한 일이 될 것이다. 그리고 이 복합적 이미지에서 묻어나는 추억 역시 따뜻함의 정서와 밀접하게 결합되어 있다. 유년의 아름다운 기억 속으로 들어갈 수 있다는 사실 자체만으로도 이 정서는 충분히 성립되는 것이기 때문이다.

> 오디가 길바닥에 떨어졌다. 누가 놓고 간 것일까.
> 까아만 오디 한 알. 중학교 1학년 여름 강원도 춘
> 성군 신남면 오디 나무 아래로 가며 오디를 따 먹
> 었지. 동네 여인이 나와 "따 먹지마, 따 먹지 마"
> 목소리 높이던 한낮. 그때 오디 한 알이 떨어졌겠
> 지. 아버지는 병치료로 큰집 가까이 방을 얻어 어
> 머니와 함께 머물고 계셨다. 오디 한 알 속에 하루

가 있고, 아버지가 있고, 지나가던 내가 있다.

— 이승훈, 「오디」(『예술가』, 2015 겨울)

이승훈의 시들은 요사이 들어 무의미의 세계에서 점점 의미의 세계로 복귀해 들어오고 있다. 언어의 본질인 의미의 세계로 그의 시들이 돌아오고 있다는 사실이 오히려 참신하게 느껴지는 것이 현재의 그의 시작이다. 이런 감각은 익숙한 것에서 낯선 것으로의 여행을 떠날 때 늘상 겪는 문제이긴 하지만, 어떻든 시인의 시세계에서 이런 변화가 일어나고 이것이 참신하게 느껴지는 것은 지극히 자연스러워 보인다.

「오디」를 이끌어가는 정서 역시 「개구리 울음」과 마찬가지로 지난 시기의 아름다운 추억이다. 시인이 오랜 시적 여정에서 돌아온 곳, 아니 찾은 곳은 이렇듯 아름다운 추억의 세계이다. '개구리 울음'에 대한 추억 못지않게 '오디'에 대한 그것도 뭇 사람들의 가슴속에 깊이 간직되어 있는 정서이다. 시인은 길바닥에 떨어진 오디 한 알을 보면서 먼 과거로의 여행을 떠난다. 그곳에는 시인의 중학 시절이 있고, 동네 여인이 있으며, 몸이 아픈 아버지와 이를 간호하던 어머님이 있었다. 이런 면에서 오디는 현재와 과거를 이어주는 징검다리 역할을 하고 있는 것이다. 오디를 타고 시간의 여행을 떠난 시인이 만난 것은 이렇듯 유년 시절의 아름다운 추억이다. 상실의 시대, 모든 것이 물신화되어가는 시대에 이만한 정도의 추억만으로도 삶이, 인생이 아름다워지고 훈훈할 수 있다면, 이야말로 시의 존재 의의가 아닐까. 까마득한 과거로의 아름다운 여행을 통해서 보편의 경험 지대를 모두 향유하는 것이야말로 이 시대의 불모성을 치유하고도 남음이 있기 때문이다.

바닷물 속으로 가야 할 길 있네
그 길로 가기 위해
바닷물 재워 하얀 길을 여네

갯벌의 바다로 가마솥 불을 지피면
그리움도 기다림 지나 한껏 맛이 들고
소금꽃 활짝 핀다

세상에 지칠 때마다
바다로 길 찾아 나서면
바다는 언제나 제 안을 열어 주네

불길 속으로 소금이 오네
소금꽃 흰 가슴 열릴 때마다
우리 어머니 무슨 생각을 하셨을까
소금이 짠 것은 땀과 눈물
그것으로 세상은 상하지 않네

— 김완하, 「자염」(『시와시학』, 2015 겨울)

이 작품의 기본 소재는 바다와 소금이다. 그러나 이들 상상력이 근원
지향적 속성을 갖고 있다는 점에서는 동일한 대상이라 하겠다. 그 공통
의 지대가 바로 모성적 사유이다. 자염이란 바닷물을 끓여서 만든 소금
의 일종이다. 그것이 만들어지기 위해서는 바닷물이 있어야 하고, 또
이것을 증류하는 절차 혹은 과정이 따라야 한다. 그런데 시인은 여기서
더 나아가 그것이 어머니의 눈물 속에서도 가능한 것이라고 이해했다.

이렇게 되면 소금은 바다와 어머니의 눈물을 공통의 지대로 남겨두게
된다.

이 세상이 보지하고 있는 불편부당의 세계를 이야기할 때, 모성적인
것만큼 온유한 것도 없으리라. 이 작품의 서정적 자아가 "세상에 지칠
때마다/바다로 길 찾아 나서"는 까닭이 여기에 있다. 바다는 그의 그러
한 기대에 부응하듯 "언제나 제 안을 열어 주"며 맞이한다. 여기까지가
바다의 일차적 기능이다. 그러나 바다의 그러한 기능은 여기서 그치지
않고 두 번째의 화학적 변화를 통해 더 큰 변신, 곧 새로운 기능을 만들
어낸다. 바로 소금꽃으로의 개화라는 화학적 변이이다. 그런데 이런 변
화를 거친 뒤에도 바다의 형이상학적 기능은 사라지지 않는다. 세상을
부패시키지 않는, 시인의 표현을 빌리자면 "상하지 않"게 하는 또 다른
기능을 하기 때문이다. 세상이 변질되지 않는다는 것은 무엇을 말하는
것일까. 실상 이 말 속에는 다양한 의미들이 겹쳐질 수밖에 없는데, 그
가운데 하나는 보존으로서의 의미일 것이다. 현재의 가치와 질량을 그
대로 유지할 수 있다는 것은 또 다른 생산이나 잉태를 위해서는 절대적
으로 필요한 법칙이다. 가령, 형질이 변경된 음식이나 세포 속에서 건
강한 생명을 기대할 수는 없기 때문이다. 그리고 다른 하나는 형이상학
적인 측면으로서의 의미인데, 이는 건강성의 문제와 분리하기 어려운
것이다. 건강성을 꼭 육체적 혹은 물리적 국면에 한정시켜 사유할 필요
는 없는데, 공동체를 비롯한 사회의 건강성이야말로 진정 이 시대가 필
요로 하는 소중한 자산이기 때문이다.

이런 측면에서 시인이 이 작품에서 묘파하고자 했던 것은 통합의 상
상력이었다고 할 수 있을 것이다. 그는 모성적 테두리에서 출발하여 그

것을 사회적 영역으로까지 확대시켜나가고 있는데, 이런 확장적 상상력이야말로 이 시인이 즐겨 사용하는 시적 의장이라 하겠다.

> 그녀는 엉덩이가 전부다.
> 엉덩이로 생각하고
> 엉덩이로 꿈을 꾼다.
> 엉덩이로 말을 하고
> 엉덩이로 사랑할 줄을 안다.
> (그게 아무나 할 수 있는 일인가)
> 시들지 않는 사랑을 꿈꾸는 비애의 色으로
> 꽃대를 길게 밀어 올리는 것도
> 달고 짙은 향기가 사방으로 번져나가는 것도
> 순전히 엉덩이의 힘이다.
> 시폰으로 가려진 그녀의 엉덩이,
> 쿠르베 여인들의 엉덩이보다도 깊고 아늑하다.
> 세상 모든 남자들이 기어들어가
> 웅크리고 자고 싶은 엉덩이.
> ― 최서림, 「히아신스」(『열린시학』, 2015 겨울호)

인간 삶의 근원은 모성적인 것에서 비롯된다. 그렇기에 이와 관련된 상상력만큼 포근하고 따뜻한 정서도 없을 것이다. 최서림의 이 시가 말하고자 하는 것도 근원으로서의 모성적인 안온함, 곧 따뜻함의 정서이다. 이 작품에서 그녀로 표상된 모성성은 절대적인 자율성을 가진 존재, 완결된 존재이다. 그 정점을 말해주는 것이 '엉덩이'의 기능적 역할이다. 그것은 스스로 '생각하고', '꿈을 꾸고', '말을 하고', '사랑을 함으로써' 합목적적인 자기 지향적 존재로 거듭 태어난다. 그 새로운 일탈 내지 변신이 바로 모성적 음역임은 당연할 것이다.

그러나 이 모성성은 이런 자기 충족적인 존재에서 만족하지 않고, 곧 내부 지향적인 것에 갇히지 않고 외부 세계와의 대화를 통해 그 영역을 점차 확대시키고자 한다. 가령, "시들지 않는 사랑을 꿈꾸는 비애의 色"이 되기도 하고, "꽃대를 길게 밀어 올리"기도 하며, "달고 짙은 향기가 사방으로 번져나가는 것도" 알기 때문이다. 그런 힘들이 나오는 곳이 바로 엉덩이의 생산적인 힘이다. 따라서 엉덩이는 물리적인 차원에서 그치는 일차원의 세계가 아니라 새로운 건강성과 생명성을 담보해주는 이차원, 혹은 삼차원의 세계라 할 수 있다.

이렇듯 엉덩이는 이 작품에서 생명의 근원으로 표상된다. 생명은 따뜻하고 안온한 곳에서 잉태한다. 그러므로 그곳은 "깊고 아늑"한 공간으로 구현된다. 프로이트에 의하면 오이디푸스적 슬픈 운명을 갖고 태어난 것이 인간의 운명이다. 그렇기에 인간은 본능적으로 엉덩이로 표상된 어머니의 품을 언제나 그리워할 수밖에 없게 된다. 이른바 사랑 충동과 죽음 충동이 인간이 도달해야 할 영원한 형이상학적인 목표가 되는 것도 여기에 그 원인이 있다.

최서림의 「히야신스」의 주제는 모성적 상상력이다. 어머니와 나와의 관계 속에서 형성되는 이자적(二者的) 관계의 끝이 그 완벽한 합일에 있는 것이기에 이 시가 지향하는 의도는 매우 내포적이라 할 수 있을 것이다. 어머니는 인간 삶의 처음이면서 마지막이기 때문이다. 따라서 온유와 사랑 혹은 용서라는 정서의 알파와 오메가가 엉덩이, 곧 어머니라

한국 현대시의 체험과 상상력

는 시인의 발언은 따듯한 것이 무척이나 그리운 이 계절에 매우 시의적
절한 것이라 하겠다.

어느 해 겨울 송년회에서
한 사람과 마주앉아 밥을 먹은 적이 있다
늦게 도착하여 빈자리를 찾아 앉은 내 앞에
그 사람은 수저를 가지런히 놔 주고는
반찬을 내 앞으로 밀어주었다
가스렌지를 켜서 국물을 데우더니
한 그릇 가득 떠서 넘겨주었다
국그릇을 건네 오는 엄지와 검지손톱이 유난히 예뻤다
고맙습니다 – 하고는 이름을 물어볼까말까 하면서
밥을 마구 퍼먹는데
서울에서 멀리 산다는 그는
밤차로 떠나야 한다며 곧 일어섰다
이름도 연락처도 묻지 않아서
이제는 얼굴도 기억이 나지 않는
지금도 한없이 세상에 다정할 것만 같은 사람
마주 앉아 밥을 먹어본 사람과는
내세에 반드시 한 번은 부부가 된다고 한다
아 – 내세가 오기 전에라도
엄지와 검지손톱이 예쁜 사람을 만나
살림을 차리고 싶은 연말이다
　　　　　　　　　—공광규, 「12월감정」(『시와표현』, 2016.1)

공광규의 이 작품은 누구나 한 번쯤 경험했을 법한 경험을 다룬 시이다. 그렇기에 친숙함의 정도가 다른 어떤 작품보다도 매우 강렬하게 느껴진다. 우선, 산문에 가까운 이 작품의 전개는 이렇게 이루어진다. 어느 해인가 연말 행사에 좀 늦게 도착한 시적 화자가 앉을 자리를 헤매다가 자리를 잡게 되었고, 그 앞에 앉은 상대방이 정돈되지 않아서 수선스러운 자신에게 수저와 반찬도 내밀어준다. 배려 깊은 그에 대한 생각이 복잡하게 밀려올 즈음, 그는 서울이 집이라며 자리를 뜬다. 그와 새로운 인연을 꿈꾸는 시적 자아의 아쉬움이 진한 여운으로 남겨진 채 이 작품은 끝이 나게 된다.

이 작품을 이끌어가는 기본 정서는 훈훈함과 아쉬움이다. 그런데 이 정서들이 교묘하게 복합됨으로써 더 강한 그리움이랄까 아쉬움이 짙게 배어나오는데, 이를 가능케 한 것은 다음 두가지 요인이 아닌가 한다. 하나는 계절적 요인이고, 다른 하나는 미완성에서 오는 결핍의 정서이다. 연말이란 한 해를 정리하고 새로운 해를 맞이하는 접이 지대의 시간이다. 그러나 새로움보다는 지난 시간에 대한 아쉬움이 보다 크게 다가오는 것이 사실이다. 이런 정서의 늪에서 서정적 자아의 마음이 공허하고 실존적 뿌리가 매우 흔들리고 약화되는 것은 당연할 것이다. 그리고 여기에 덧붙여서 시적 자아가 처한 미완의 상황이 부가된다. 그 미완의 상황이란 이러하다. 이른바 제시간에 당도하지 못한 당황의 정서이다. 이 정서가 크면 클수록 이를 벌충하고자 하는 욕망도 강해질 것이다. 대상에 대해 시적 자아가 느끼는 정서의 강도는 이와 밀접하게 결부되어 있는 것이라 할 수 있다.

어느 경우에라도 완벽함이 어떤 결핍을 모두 메워주는 것은 아니다.

뿐만 아니라 그 경계에 이르지 못한 경우도 동일한 정서가 형성된다. 늦게 참석한 시적 자아의 정서에 따듯함으로 다가왔던 그녀는 서정적 자아에게 자신의 상황이나 존재를 이해시켜줄 만한 아무런 배경을 제시해주지 못했다. 무엇을 알려고 하기 전에 그녀가 떠났기 때문이다. 짙은 아쉬움을 남기고 떠난 그녀의 공백이야말로 시적 자아로 하여금 공허함의 지대로 더욱 내몰리게 했을 것이다. 이런 미정형의 상태가 그녀에 대한 한없는 그리움의 정서로 표현된 것이다. 충족과 채움만이 절대가 아니고, 완전만이 능사가 아니다. 어느 하나의 빈 지대, 혹은 미세한 결핍이 주는 아쉬움이야말로 인간이 살아가는 데 있어서 역동적인 힘이 되는 경우가 더 많은 것이 아닌가. 「12월감정」이 혹한의 세월에 더 따듯이 다가오는 것은 결핍과 아쉬움 속에서 길어 올린, 그러한 그리움의 정서 때문일 것이다.

열린 광장으로의 길을 막는 소통의 부재

갈등이 존재하는 폐쇄 공간이 아니라 모두가 하나로 어우러지는 열린 광장은 인류의 오랜 꿈이다. 그 세계가 이상이기에 현실은 늘 그 반대의 경우로 구현되었던 것이 아니었겠는가. 실상 인류가 에덴동산에서 추방된 이후 그 열린 세계는 거의 획득되기 어려운 선험적 공간이었다고 해도 과언이 아닐 정도로 접근 금지 영역이었다. 다만 그 근처라도 갈 수가 있다면, 인간 사회는 대단히 성공한 것으로 간주되곤 했다. 만물의 영장인 인간이 그렇지 못한 동물들조차 쉽게 도달하고 만들어내는 이 공간으로 다가가지 못하는 이유는 도대체 무슨 이유 때문일까.

이런 질문 앞에 설 때, 흔히 지적되는 것이 인간이 욕망하는 존재라는 것, 그리고 완벽한 전일적 존재가 아니라는 점이었다. 욕망이 인간들 사이의 섬을 만들어냈고 거리감을 형성케 했다. 이러한 유폐된 공간 의식이야말로 열린 광장으로 나아가는 최대의 적이었다.

열린 공간으로 나아가는 데 있어 최대 장애 요소는 그 통로를 막아버리는 일이다. 흔히 정치가 불안해지고 사회가 혼돈스러울 경우, 가장 먼저 운위되는 것이 소통의 문제이다. 그것은 개인과 집단 모두에게서 일어날 수 있는데, 개인의 것들이 확대되어 집단의 것으로 귀결된다는 점을 감안하면 궁극적으로는 개인적인 차원에서 비롯된다고 할 수 있을 것이다.

개인이 사회로부터 고립되고 유폐적 공간 속에 갇히게 되는 것에는 여러 가지 원인이 있다. 그 가운데 하나가 이른바 소외이다. 소외란 한 집단이나 사회에 적응하거나 합류하지 못하고 자기 고립에 빠지는 경우에 형성된다. 그렇기에 소외는 개인적인 것에서 비롯하기도 하고 집단적인 것에서 그 원인을 찾을 수도 있다. 가령, 개인들 간의 장벽에서 만들어지는 소외가 있고, 경제로부터 오는 소외가 있으며, 정치와 사회로부터 오는 소외도 있다. 그러나 그것이 어떤 경우에서 비롯된 것이든 간에 타자와의 부조화란 측면에서 소통의 부재와 밀접한 관련을 맺고 있다고 할 수 있다.

> 사람들을 설득하려다 노여움을 사
> 도둑 누명을 쓰고 벼랑 아래로 내던져진 이솝,
>
> 탐욕스런 가족들로부터 가까스로 도망쳐
> 작은 철도역사에서 편히 눈을 감은 톨스토이,
>
> 주인 없는 집에 들어와 수다를 떠는 이웃 여인들을
> 문밖으로 내보내다 넘어진 여인을 평생 부양한 쇼펜하우어,

그림 한 점 팔지 못하고
암울한 밀밭 풍경을 끝으로 자살한 고흐,

밤마다 포로수용소에서 저질러지는 살인의 공포를 잊으려
자기 생 어금니를 뽑은 김수영,

가난 때문에 헤어진 처자식 이름을
손가락에 피가 뚝뚝 떨어지도록 길바닥에 쓰다 간 이중섭,

꽉 막힌 세상 위로
한 번만이라도 날고 싶다던 이상(李箱),

지금도 누군가는 천형(天刑) 같은 오해의 덫과
피 흘려 싸우며 출구를 찾는다
— 황성주, 「소외 2」(『시와정신』, 2016 가을)

이 작품에는 소외의 계보학이라 해도 좋을 정도로 다양한 형태의 소외 양상들이 제시되어 있다. 가령, 사람들을 설득하려다 노여움을 사서 벼랑 아래로 내던져진 이솝의 경우를 비롯해서 꽉 막힌 세상 위로 한 번만이라도 날고 싶다던 이상에 이르기까지 동서고금을 통해서 이루어진 소외의 계보들이 제시되고 있는 것이다. 소외란 어떤 자아가 개인들이나 집단으로부터 동화되지 못할 때, 흔히 발생한다. 그리고 그것은 소속된 집단이나 개인들 사이에서 자신이 펼쳐 보일 수 있는 진실 여부와 상관없이 일어난다. 그렇기에 그 결말은 대개 비극적인 것으로 귀결되기 십상이다. 이 작품에서 인용된 소외의 대상들이 부정적인 귀결로

매듭지어지는 것은 모두 이 때문이라 할 수 있다.

인간이 세계 속에 내던져진 존재, 곧 실존적인 상황에 처해지게 되면, 자신의 의지와 진실과는 무관한 상황에 직면하게 되는 일이 많아지게 된다. 그러한 상황이 긍정적인 것으로 다가오면 다행이지만, 그렇지 못한 경우 시의 표현대로 오해의 덫과 같은 부정적인 상황과 불가피하게 맞물리게 된다. 오해가 소통의 부재와 관련되는 것인데, 문제는 그것이 출구를 찾지 못하는 상황에서 일어난다. 그것은 인간의 실존과 분리하기 어려운 것이며, 이 세상의 모든 갈등 또한 여기서 비롯된다.

인용시에서 시인은 그러한 오해를 천형과 같은 것으로 보았고, 또 이로부터 벗어나기 위해 "피 흘려 싸우며 출구"를 찾아야 할 정도로 쉽지 않은 과정으로 이해했다. 쉬운 듯하여 금방 풀릴 것 같으면서도 그러한 해결에 도달하지 못하는 것이 오해이다. 뿐만 아니라 실존적 인간이라면 마치 기독교의 원죄처럼 이런 상황의 덫으로부터 자유롭지가 않은 것이 사실이다. 그것은 어쩌면 원죄적인 것이어서 실존적 인간이라면 결코 벗어날 수 없는 한계상황이기도 하다.

마늘을 걸어두고 농기계 보관하였던
헛간을 허물고
폐기물
정리하였다.
지난봄 폭풍에
오래된 슬레이트가 이웃집에 날아가
하늘을 보고 있는
부서진 지붕의 흔적들이 파편처럼

바닥에 남아 있었다.

소중한 것 버리지 못하고

허물지 못하는

지붕을 철거하면서

쉽게 바꿀 수 없는 사유의 방식에

망치질을 한다.

구부러지고 녹슨 못들

긴 세월동안 비바람 피할 수 있었던

공간의 의미를 생각한다.

허물어 버릴 수 없는 벽,

마음의 장벽

헛간 안에 자리 잡고 있었다.

　　　　　　　　　— 문성욱, 「헛간을 허물며」(『시사사』, 2016.9-10)

　소외란 어찌 보면 인간 자신의 문제로 한정되는 것인지도 모른다. 그
것이 집단으로부터 오는 것이든, 혹은 개인 내부에서 오는 것이든 결국
은 인간 자신의 문제이기 때문이다. 인간 자신의 것으로 한정할 경우,
그것은 폐쇄된 자의식과 분리하기 어려울 것인데, 「헛간을 허물며」가
지적하는 것도 바로 이 부분이다. 이 작품은 폭풍에 의해 날아간 헛간
을 수리하면서 '장벽'의 의미를 유추해내고 있지만 실상은 결국 자기 자
신의 문제로 귀결되는 것이다. 장벽이 폐쇄된 자의식에서 오는 것임은
분명하거니와 시인은 그러한 의식을 무너진 헛간 속에서 분명하게 이
해하고 있을 따름이다. 그 장벽을 견고하게 했던 것이 '구부러진 녹슨
못'이다.

마음을 고쳐 먹으면 누구나 부처가 될 수 있다는 말이 있다. 어떤 대상에 대해서 가질 수 있는 마음 자세가 어떠하냐에 따라서 그 대상과의 관계뿐만 아니라 나 자신 속에 내재된 장벽의 문제도 무너질 수 있다는 뜻이 아닐까 한다. 소외나 소통의 부재와 같은 폐쇄적 의식은 개인의 문제와 분리하기 어렵다는 뜻이다.

따라서 장벽과 같은 비순환의 문제가 순전히 개인적인 것이고, 이로부터 오해가 발생한다는 것이 전혀 틀린 말은 아닐 것이다. 사회적 상호 과정 속에 놓인 존재가 열린 공간을 열어젖히는 근본 매개는 이 벽의 해소로부터 시작되는 것이기 때문이다. 그런데 중요한 것은 소외라는 상황이 개인의 장벽을 넘어서는 경우이다. 이는 개인 내부의 문제가 아니기에 개인의 존재성을 초월한다. 특히 사회의 구조적인 모순에 의해서 그것이 발생하는 때, 보다 더 큰 사회적 의미를 갖게 된다. 인간이란 인접한 사회적 상황으로부터 자유롭지 못한 존재이다. 그렇기에 인간은 사회로부터 직접적으로나 간접적으로 많은 영향을 받게 된다. 그리고 그것이 사회적 구조로 편입될 경우, 개인의 문제를 초월하게 된다. 이럴 경우 이 소외는 개인적인 국면이 아니라 사회적인 국면과 분리하기 어려운 것이 된다.

세월호가 미궁 속에 침몰하고
별들이 우수수 떨어지던 날 밤

호젓이 안산 늪 공원에 나가
차가운 밤바람 등에 업고

그토록 울어대던
벌레소리마저 잠든
갈대숲을 거닐었다.

찬 이슬 내리는 허허벌판
바람에 흔들리는 갈대숲 언저리엔
싸늘한 별들의 시체와
적막뿐

잠 못 이루는 밤이 아니면
아무도 별들의 자장가는 들을 수 없다

새벽 나팔 소리는
아직 울려 퍼지지 않고

삼 년이 지나도
끝없이 이어지는 조문 행렬과
별들의 자장가는 언제 멈추려나.
　　　　　—유재철, 「별들의 자장가」(『시와정신』, 2016 가을)

　　유재철의 인용시는 세월호의 참사를 다룬 시이다. 잘 알려진 것처럼, 세월호 사건은 2014년 4월 16일 제주도로 수학여행을 가던 학생들이 진도 앞바다에서 전복되면서 일어났다. 그런데 사고 직후 그들은 제대로 된 구조 활동도 받지 못한 채 죽어갔다. 이들에게 구조라는 개념은 존재하지 않았을 뿐만 아니라 그들을 보호해줄 국가의 존재는 감각조차 되지 않았다. 어떻든 그들의 허무한 죽음이 남긴 것은 가족적인 슬픔의 문제에 국한되지 않았다. 이후 무언가 명쾌하게 해결되지 못한 의혹의 실타래들을 남겨놓았다. 세월호 사건의 의혹이 명쾌하게 해소되지 않았기에 그것은 여전히 현재진행형으로 우리에게 다가오고 있다.

시인이 이 작품에서 말하고자 했던 것도 이 부분이다. 그는 세월호의 침몰을 "미궁 속"의 사건으로 규정하고 있을 뿐만 아니라 "삼 년이 지나도/끝없이 이어지는 조문 행렬"이 진행되고 있다고 함으로써 그것이 현재에도 유효한 문제임을 일러주고 있기 때문이다. 별처럼 우수수 떨어진 이들의 죽음과 이를 애도하는 자장가는 과연 언제나 멈출 수 있는 것일까.

우리는 세월호 사건이 어떤 경로에 의해서 일어났고, 그 이후 그것이 어떤 절차를 거치고 있는지에 대해서 명쾌한 답을 얻기가 힘든 상황이다. 심판자의 위치에서 그것을 바라보거나 조사자의 권위를 부여받지 못하였으므로 그 실체적 진실에 전혀 다가갈 수 없기 때문이다. 그 해법은 오직 당국자만이 갖고 있다. 민중이 주인이라는 이 시대에 민중은 결코 주인이 될 수 없다는 사실을 이 사건은 증명해주었다. 누가 그 힘을, 권력을 움직여 그 진실에 다가가게 할 수 있을 것인가.

그리고 세월호는 피해 당사자들뿐만 아니라 일반 국민에게도 소통의 부재가 얼마나 심각한 것인가를 일깨워주었다. 그 부재는 육체적, 정신적 트라우마를 각인시켰고, 삶의 가치가 무엇인가를 되새김질하도록 만들어주었다. 게다가 권력의 권위와 허상에서 시작하여 사회적 분열에 이르기까지 우리 사회의 도처에 치유될 수 없는 생채기를 남겼다.

광장으로 나가자!

나는 얼음,
나는 오랜 기간 격리되어 누구와도 어울리기 어려운데
오늘은 뜨거운 커피 한 잔이 나랑 놀자며 상냥하다.

물론 그 끝이란 전부 다 녹는 것이기는 하지만
나를 녹여보겠다는 이런 시도는 얼마나 특별한가 말이다.
결국 나는 당신도 믿는 윤회를 담보하는 존재인가?
하여간 나는 그 잔 속으로 나를 제법 보란 듯이 빠뜨린다.

영혼의 운반자 같은 눈으로 배처럼 둥둥 떠 있다가
영혼의 모험가가 되어 커피의 영혼 속으로 노 저어 간다.

평화로운 표면을 모질고 격하게 푹 찔러
열정 한가운데를 휘익 감아올리면 첩첩 일렁일렁
향기는 더욱더 천지간을 진동하고 기품 가득 차가운
극락의 꿈이 이루어지고 있다.

그 내용을 지지하는 우리는 서로에게 정성을 다해 섞인다.
나는 당신에게 영원히 기억되는 맛있는 놀라움을 주기 위해
오래도록 차가움을 유지하려고 심장을 사뿐히 오므린다.

더없이 그윽한 융합, 깊고 참한 관계가 만든 맛은
애초의 출신 성분과 이미 알려진 요소 등으로는 분석 불가능,
경의를 표하며 허심탄회 진심과 진정이 만들어낸 이 맛.

강력한 신뢰와 결속이 창조한 시원한 독특함이여.

소통과 화합이 제일이다.
우리 나아길 길 뻥 뚫려라!
— 김은정, 「시원한 자메이카 블루마운틴」(『시와표현』, 2016.9)

이 작품은 소통과 화합이 제일이니 광장으로 나가자고 이야기한 시이다. 다소 선언적이고 직설적인 발언이 비시적인 상황을 유발하고 있긴 하지만, 이 작품이 말하고자 하는 의미는 매우 시사적인 것이라 할 수 있다. 우선 이 작품에서는 서정적 자아가 자신을 얼음으로 비유했다. 얼음은 차가움의 상징이다. 그렇기 때문에 그것은 이타적 사물과 쉽게 동화될 수 없는 상황에 놓이게 된다. 따라서 "내가 오랜 동안 격리되어 있었다"고 한 것은 얼음과 같은 자신의 존재성에 대한 성찰이 아닐 수 없다. 그런데 스스로 뜨거운 커피와 어울려 얼어붙은 자신을 녹임으로써 서정적 자아는 다른 대상들에게 동화하고자 하는 노력을 보여주었다. 그 경지가 경계의 소멸이고 하나로 완결되는 전일체로의 과정이다. 시인은 그러한 경지를 "더없이 그윽한 융합"이라고 했고, 그런 관계를 "깊고 참한 관계"라고도 했다. 뿐만 아니라 이 관계가 만들어내는 맛은 "애초의 출신 성분과 이미 알려진 요소 등으로는 분석 불가능"한 맛이라고도 했다. 관습화된 것이나 선입견이 팽배한 사고로는 이 맛의 경지를 알 수 없다는 것인데, 이런 경계 무화는 강력한 신뢰를 바탕으로 한 결속 없이는 불가능하다는 것이다.

이 광장의 상상력이 우리에게 말해주는 것은 무엇일까. 소외와 장벽으로 점철된 것이 우리 역사이고, 사회이며, 또 그것이 분열을 조장해 왔다는 것은 아무도 부인할 수 없을 것이다. 나는 이런 상황을 역사적이라 했거니와 그것은 세월호의 그것처럼 현재진행형으로 우리에게 다가오는 심각한 문제가 아닐 수 없다. 그런 갈등과 분열이 지금까지 우리 민족이 보여준 모습이 아니었던가. 우리 주변 국가들과 우리나라가 처한 상황을 견주어보면, 이런 분위기랄까 상황을 이해하는 것이 한층 명쾌해지는 것이 아닐까 한다. 우선 미국의 경우를 보자. 오바마가 대통령 후보 시절 "백인의 아메리카나 흑인의 아메리카 혹은 히스패닉의 아메리카가 있는 것이 아니라 오직 하나의 아메리카만 있다"고 했다. 미국에 대한 그의 통합적 사고가 그를 미국의 대통령으로 이끌었음은 물론이고, 그 기조는 아마도 지금도 그렇고 앞으로도 영원히 유지될 것이다. 그것이 하나의 미국이다. 일본의 경우는 어떠한가. 일본 음식이 일식(日食)임은 당연한 것이지만, 다른 말로 화식(和食)이라고 하는 말에서 그들이 갖고 있는 정신 기조를 볼 수 있을 것이다. 왜 화식일까. 화란 화합하자는 의미이다. 섬나라에서 싸우다 도망가면 더 나갈 수 없기에 화합하자는 의미에서 그러했다는 것이다. 통합 없이는 이들 민족의 생존 근거를 찾을 수 없다는 절박함 때문에 그러했던 것으로 보인다. 중국의 경우도 이 화합의 정신이 국가의 근간이 되고 있다. 중국 국가의 모토가 중화(中華)임은 잘 알려진 일인데, 이 말의 의미는 한족을 중심으로 가운데에서의 빛남, 보다 외연을 넓히면 지구의 가운데에서 빛이 난다는 뜻이다. 곧 가운데를 중심으로 모든 것이 뭉치자는 의미가 아니겠는가.

주변국의 이런 통합주의 사상이 우리에게 주는 교훈은 무엇일까. 우리 사회는 인접국들의 국가 정신과 달리 갈등을 조장하고 분열을 조장해온 것이 사실이다. 당쟁이 보여주었던 분열의 오랜 역사가 그러했을 뿐더러 현대사 또한 과거의 그것과 하나도 다를 것이 없다. 갈등과 분열을 조장하는 축들은 늘상 북한을 말해왔으며, 또한 특정 지역을 거론하면서 한반도 일원주의를 훼손시켜놓았다. 이들의 머릿속에는 하나된 한국은 어디에도 없었고, 다만 분열된 한국만이 있을 뿐이었다. 분열이 있어야만 자신들에게 유리했기에 이들은 우리 민족이 통합되는 것을 극구 반대해왔다. 북한을 들먹거리고 지역감정을 자극하는 것은 그들만의 그릇된 욕망을 채우기 위한 좋은 먹잇감이었다. 자신과 자신이 속한 집단의 이익을 위해서 숭고한 국가를 훼손시킨 것이다.

인용시의 구절처럼, "애초의 출신 성분과 이미 알려진 요소 등으로는 분석 불가능"한 통합의 이 맛을 이들은 결코 알 수 없을 것이다. 이들에게는 어쩌면 그것이 매우 이질적이고 쓴 맛이 되는 것은 아닐까. 이제 우리는 관습과 선입견을 초월한 오묘한 맛을 느낄 때가 되었다. 열린 상상력으로 얻어진 소통과 통합의 맛을 이제는 알아야 하고 또 알 수 있는 상황을 서서히 열어가야 하지 않겠는가. 소외와 장벽을 넘어 그러한 통합의 세계를 예비하는 것이야말로 이 시대 우리 서정시의 임무 가운데 하나일 것이다. 그것이 이 분열의 시대에 서정시가 줄 수 있는 감동의 맛이 아닐까 한다.

현대를 진단하고 뛰어넘는 다양한 문법

현대사회의 문제점이 무엇이냐고 물을 때, 이에 대한 올바른 답을 내리기는 쉽지 않다. 사회가 복잡한 만큼, 거기서 파생되는 문제 또한 단순하지 않은, 여러 가지 관계망으로 얽혀 있기 때문이다. 매일매일 새로운 사건들이 발생하고, 사람들은 이에 대해 다양한 방식으로 반응한다. 이를 응전이라고 할 수도 있겠지만, 그러나 그러한 대응이 당면한 문제들에 대해 효과적이었다고 할 수 없을 것이다. 왜냐하면, 그러한 응전이 깔끔한 사건의 종결을 의미하지는 않기 때문이다.

시를 쓰는 의의도 현대사회의 이런 문제점을 짚어내고 서정화하는 데에서 찾아야 하지 않을까. 일상의 세계와 시의 세계가 서로 분리되기 어려운 것이라면, 시 속에 구현된 문제들은 사회의 그것과 동일한 것이 되어야 하기 때문이다. 따라서 사회의 역동성이 강하면 강할수록 시의 긴장 또한 커지기 마련이다. 물론 여기에도 약간의 반론이 제기될 수도 있을 것이다. 시를 너무 외재적인 어떤 국면과 긴밀히 연결시키는 것이 아닌가 하는 것이 바로 그러하다. 서정시를 두고 그것이 어떤 것이 되어야 한다는 논의는 어제오늘의 문제도 아니고, 또 서정시란 세계관의 다양성만큼이나 많은 정의가 가능한 양식이다. 그러나 시 쓰는 행위는 어디까지나 사회적 범주의 일이다. 심지어 나만의 독백을 서정화한, 가장 고립적인 서정시라고 하더라도 이 또한 사회의 영역 안에서 설명할 수밖에 없다. 인간이란 궁극적으로 사회적 존재이기 때문이다.

21세기가 시작된 이후 이제 10여 년이 훌쩍 지나갔다. 사회의 제반 문제들은 여전히 진행형이고, 문명은 계속 그 한계를 드러내고 있다. 미래에 대한 새로운 패러다임은 여전히 안개 속에 있고, 서정적 자아들은 그 속에서 나아갈 방향을 정하지 못하고 계속 헤매고 있다.

그럼에도 이에 대한 모색은 중단되지 않고 계속 진행되고 있다. 명쾌하게 드러나 있지는 않지만, 현재의 불온한 현실과 일상에 대해 그 발생적 원인이 무엇일까 하는 질문들이 계속 시도되고 있기 때문이다. 그러한 시도들 가운데 하나가 집단 이기주의나 개인의 욕망 등에 관한 것이다.

> 폐허가 된 거리에서 피아노를 친 사내
> 다마스쿠스 외곽 팔레스타인 난민촌
> 폭격으로 모든 것이 무너져 내린 야르무크 거리
> 스물일곱 깡마른 청년이
> 손수레에 싣고 나온 낡은 피아노 건반을 두들겼다
> 그의 가족들이, 그의 친구들이, 그 거리의 아이들이
> 하나둘 피아노 주변에 모여 함께 노래를 불렀다
> "야르무크로 돌아와요.

당신 어머니 야르무크를 버리지 말아요.

당신을 기다리고 있어요—"

야만의 그림자가 짙게 드리운 땅에서

굶주림과 질병과 폭력과 광기와 절망을 딛고

지구촌의 양심을 깨우던 피아노는

검문소 앞에서 IS대원들 손에 불탔다

더 이상 피아노를 칠 수 없게 되었을 때

그는 영혼의 언어를 잃어버린 난민이 되었다

악기장인이자 스승인 병든 아버지와 어머니를 두고

동행했던 아내와 두 아이마저 중도에

난민촌으로 되돌려 보낼 수밖에 없었지만

멈출 수 없었다 그는

몇 달을 걷고 또 걸어 도착한 땅에서

다시 '야르무크의 노래들'을 연주하기 시작했다

전쟁의 두려움과 죽음의 거리가 아닌

독일 국립무대의 수많은 청중들 앞에서

세계의 거장들과 함께

그의 난민생활은 여기서 다시 시작되었다

그는 야르무크를, 야르무크는 그를 그리워하는

피아노 선율은 끝을 알 수 없는 기나긴 싸움의 서곡

그의 눈물은 우리의 부끄러움

그의 절규는 우리의 분노

그의 사랑은 우리의 슬픔

— 곽효환, 「피아노맨」(『시와정신』, 2016 여름)

이 작품의 주인공은 아이함 아흐마드인데, 그는 오랜 내전으로 폐허가 된 시리아의 수도 다마스쿠스 외곽 야르무크의 거리에서 피아노를 연주하며 전쟁의 참상을 세계에 알렸고, 2015년 9월 16일 IS 대원에 의해 피아노가 불타자 난민이 되어 터키와 그리스를 거쳐 독일로 갔다고 한다. 거기서 그는 다시 '야르무크의 노래'를 연주하면서 평화의 전도사 역할을 하고 있다고 한다.

이 작품은 전쟁에 대한 직접적인 고발은 아니지만, 이 시대의 가장 첨예한 문제 가운데 하나인 중동의 시리아 사태, 그리고 IS 문제를 시화하고 있다는 점에서 의의가 있는 경우이다. 시인은 피아노 연주자인 아흐마드의 눈물 속에서 '우리의 부끄러움'을, 그의 절규 속에서 '우리의 분노'를, 그의 사랑 속에서 '우리의 슬픔'을 읽어내고 있다. 전쟁이라는 비극을 통해서 동정과 분노의 정서를 환기시키는 것은 이런 시들 속에서 흔히 발견되는 일반적인 사실일 것이다. 그러나 이 작품이 우리에게 일차적으로 시사하는 것은 현대 문명이 안고 있는 병리적 현상들에 대한 고발일 것이다. 전쟁은 유사 이래로 언제나 있어왔고, 현재도 진행형이다. 문제는 전쟁이라는 일반적 사실이 아니라 그 속에 내재된 성격이다. 과거에는 전쟁이 지배자의 허황된 환상이나 영토 확장과 같은 지극히 단순한 동기에서 시도되었다. 그러나 현대의 전쟁은 과거의 그것과는 전혀 다른 요인에서 비롯된다.

국가는 하나의 민족 혹은 언어, 문화를 망라하는 거대 집단이다. 그것이 모여서 만든 세계가 지구촌이다. 이런 거대 집단이나 단위가 모두의 이해관계를 해결하거나 만족시켜줄 수 없다는 데 문제의 심각성이 놓여 있다. 하나를 위해서 다른 하나를 희생해야만 하는 일이 비일비재하고, 그 과정에서 소외의 집단이 만들어진다. 국가나 거대한 지구촌이 유지되기 위해서는 그러한 소외의 과정이 불가피하게 일어날 수 있다. 그런데 그러한 소외가 고착화되어 견고한 틀로 자리잡게 되고, 특권층과 그렇지 못한 층의 구별이 항구적인 것이 되어버리면, 소위 정치적 억압이라는 사회적 불안이 생겨나게 된다. 이 억압이 적절하게 해소되지 않으면, 정치적 무의식이 생겨난다. 만약 이 왜곡된 무의식이 적절한 경로로 발산되지 못한다면, 억압의 주체들은 싸워나갈 수밖에 없는 현실에 이르게 된다.

정치적 무의식은 거대 집단에 의해 만들어지는 것이 아니다. 국가와 국가 간의 관계가 중요했던 과거에는 이 무의식이 큰 문법으로 만들어졌지만, 현재는 과거의 그것과는 매우 다르다. 소규모 집단의 이해와 욕망이 모여서 이익집단이 만들어지고, 또 그들의 이익만을 추구하게 되는 이기주의를 만들어낸다. 현대사회에는 이러한 이기주의가 만들어낸 이익집단, 이해집단들이 과도할 정도로 많아졌다. 그만큼 사회가 복잡해졌다는 뜻도 된다. 따라서 오늘날의 전쟁이나 갈등 등은 국가와 국가 사이의 거대 단위보다는 조직이나 집단과 같은 보다 미세한 단위들에 의해 일어나게 된다. 그 대표적인 것이 IS이다. 테러의 상징처럼 되어 있는 IS는 국가의 형태를 취하고 있긴 하지만, 거의 조직에 가까운 모양새다. 문화라든가 종교, 혹은 경제적 이권 등등이 어우러져 자신의 기득권을 지키려고 하는 소위 집단 이기주의가 모여서 만들어진 것이 현재의 IS 그룹인 것이다. 자신의 이익을 지키기 위해 소외된 자가 강한 자에게 할 수 있는 방법 가운데 하나가 테러리즘이다. 따라서 자신들의 이해관계가 적절히 해소되지 않는 한, 이런 행위들은 간단없이 진행될 수 있다는 것이 현재의 이들 행위가 시사해준 교훈이라 할 수 있다.

집단 이기주의는 매우 불온한 것이긴 하지만 경우에 따라서는 생존에 대한 최소한의 요구를 관철시킬 수 있다는 점에서 그 정당성이 확보된다. 억압은 발산되어야 하고, 어둠의 공간은 밝은 빛을 받아야 한다. 테러는 이런 과정을 거쳐야만 비로소 어느 정도 해결의 실마리를 찾을 수 있을 것이다. 강압은 억압을 낳고, 억압은 분노를 일으키게 된다. 그러한 분노가 적절한 탈출구를 찾지 못하면, 테러가 된다. 그러나 테러는 그들이 노리는 직접적인 대상을 겨냥할 수 없다는 점에서 애매한 피해자를 낳기 마련이다. 테러가 정당화될 수 없는 것은 이 때문이다.

집단 이기주의는 개인의 욕망들이 모여서 만들어진다. 이들의 욕망이 하나의 목표로 수렴될 때, 집단 이기주의가 발생하는 것이다. 따라서 그것은 어느 특정 조직에게만 유효한 것이고, 그 상대에게는 배타성을 갖게 된다. 이해성과 배타성이 공존할 수 있다면 인간들의 영원한 꿈인 유토피아가 결코 실현될 수 없는 환상만은 아닐 것이다.

　　　자기를 낳아주었음에도 불구하고
　　　자식이 요양원에 갖다버린 노인들이 양지에 나와
　　　이번 겨울은 무사했다면서 해바라기한다

　　　심한 치매로 자신이 몇 살인지 누구의 부모인지
　　　누구의 자식인지 모르고
　　　자신이 개라고 믿는 할아버지는 자꾸 짖어댄다.
　　　심심하던 차에 함께 멍 멍 멍 짖어보는 노인들

흡사 버려진 유기견같이 서글프게 짖는다

찾아가도 너무 늙어 입양보내지도
그렇다고 집에서 돌보지 못할 난감한 유기견들
집이 그리워 봄날을 짖어내고 있다.
— 김왕노, 「유기견」(『예술가』, 2016 여름)

　현대사회의 병리적인 현상은 집단 이기주의에서만 발생하는 것이 아니다. 개인의 이기주의 또한 집단의 그것에 못지않게 심각한 양상을 노정한다. 인용시는 그러한 문제의 심각성을 고발한 시이다. 이 작품은 노인들의 처지를 유기견에 비유했다. 요즈음 우리 주변에서 가장 흔히 볼 수 있는 의료기관 가운데 하나가 요양병원이다. 소위 노인 사업의 일환으로 우후죽순처럼 생겨나고 있는 곳이 요양병원이고 실버타운이다. 그러나 노인들의 건강과 평온을 위한다는 구실에도 불구하고 이들 산업의 번창 저변을 살펴보면 이와 상반되는 양상을 보게 된다. 육체적 능력과 경제적 능력을 상실한 노인들은 젊은이들의 입장에서 보면 아주 거추장스러운 존재가 아닐 수 없다. 특히 핵가족의 이기성에서 촉발된 배타주의는 노인들을 더 이상 가족의 테두리 안에 남아 있지 못하게 한다. 그들은 실버타운에 모셔지는데, 아니 모신다는 것보다는 가둔다는 것이 맞는 말인지도 모르겠다. 이들을 이렇게 맡긴 다음 이들은 돈만 기계적으로 보내준다.

　따라서 노인들이 이런 유폐적 감옥에서 만족을 느끼기란 매우 난망한 일이 아닐 수 없다. 이들에게 필요한 것은 이런 고립이 아니라 가족이라는 따뜻한 울타리일 것이다. 그럼에도 이들의 소망은 소위 핵가족이라는 이기주의에 의해 철저하게 차단된다. 이들은 그리움의 정서를 내밀히 간직한 채 그저 다가올 죽음만을 기다리고 있는 것이다. 이들의 이러한 모습은 용도 폐기된 유기견의 처지와 하등 다를 것이 없다. 슬픈 비유이긴 하지만 이 시가 현대사회에 던지는 메시지는 분명하다.

　욕망이란 흔히 부정적인 것으로 치부된다. 종교적인 국면에서도 그렇고 사회적인 면에서도 그러하다. 뿐만 아니라 심리학적인 측면에서도 그것은 긍정적 요인으로 구현되지 않는다. 그럼에도 그것은 삶의 역동성이나 긴장을 불러일으키는 수단으로 기능하기도 한다. 내적인 동력과 자장이 있어야 현재를 딛고 일어설 수 있는 힘이 되기 때문이다. 그러나 문제는 그것이 과잉의 상태에 놓여 있을 때이다. 제동장치 없는 힘으로 욕망이 앞으로만 나아갈 때, 그것은 흔히 도구화라는 부정적 상태를 피할 수 없게 된다. 이는 삶의 건강성과 역동성과는 하등 관계가 없는 것이고, 타자에게나 자신에게 결국은 소모적인 것만이 주어지게 된다. 그런데 이러한 사실에 대해서 대부분 인정하고 그 적절한 사용에 대해서 수긍하지만, 결과는 언제나 반대의 방향으로 나타난다. 그것이 어쩌면 신과 같은 절대적인 존재가 되지 못하는 인간의 한계이기 때문이 아닌가 한다.

누군가 인생이 무엇이냐고 물어온다면
이렇게 답하겠다
커다란 괴물이 되어 가는 것이라고
자신을 지키고 살아온 자들에 대해
경의를 표한다/만신창이,

내게 잘 어울리는 이름표다

신이여

어떤 구원이 있다면 다만 이 이름으로부터

구원하소서

몽골 초원에서 노린내 나는 양고기를 뜯다가

문득

나 아닌 무엇도 될 수 있다고 느낀 것은

바람 때문이었다

만신창이를 핥아주는 바람

탯줄을 끊고 피 묻은 어린 생명을

싹싹 핥는 어미의 혀처럼

모든 중심을 흔들며

나를 핥아주던 그 바람

— 우대식, 「구원」(『시와사람』, 2016 여름)

그러나 그러한 한계에도 불구하고 인간은 스스로에 대한 자기 인식이 다른 어떤 생명체보다도 강한 존재이다. 도구화된 욕망이 가져오는 결과가 무엇인지에 대한 결과를 뻔히 아는 탓이다. 그렇기에 회고와 반성이라는 사유를 하고 보다 나은 삶의 조건이 무엇인가에 대해서 지속적인 질문을 하는 것이다. 이를 두고 흔히 수양의 과정이라고 하거니와 인용시는 그러한 반성의 과정이 어떻게 이루어지는가 하는 것을 잘 보여주는 작품이다.

우선 이 작품의 특색은 매우 선언적이라는 데에서 찾을 수 있다. 그리고 서정적 자아 스스로가 자기의 존재가 무엇인지에 대해서도 잘 알고 있는 경우이다. 아니 단순히 아는 정도가 아니라 아주 명쾌할 정도로 스스로에 대해 규정하기조차 한다. 시인은 인간으로서 가질 수밖에 없는 한계, 곧 욕망에 붙잡힌 자신의 삶을 '괴물'로 파악한다. 이 담론은 매우 부정적인 뜻을 함의하고 있는데, '자신을 지키고 살아온 자들'에 대한 분명한 차이를 인식하고 있기 때문이다. 이들은 소위 괴물의 영역에서 벗어난 존재들이다. 반면 자신은 '괴물'이면서 '만신창이'와 같은 존재로 규정된다. 그는 어째서 이런 누더기 존재가 되었는가. 자신을 이렇게 사유하는 배경과 동기가 무엇인지 이 작품에는 뚜렷이 나타나 있지 않지만, 문맥을 통해서 추정해본다면, '자신을 지키고 살아오지 못한 자'라는 인식 때문이 아닐까. 다른 말로 하면, 욕망을 도구화한 자, 자신의 이익만을 추구해온 자, 그리하여 소위 윤리와 도덕을 초월한 지극히 세속적인 자이기 때문이다.

수양이라는 덕목에서 볼 때, 이 작품은 자신의 한계를 뚜렷이 알고 있다는 점에서 존재론적 완성이라는 인간의 영원한 꿈을 노래하고 있다. 인간은 스스로의 한계에 대해서 인지하고 있는 존재이고, 이를 통해 끊임없는 윤리적, 실존적 행보를 보이는 존재이다. 시인의 그러한 여정 앞에 놓여 있는 것이 '바람'의 존재이다. 바람 그 자체에서 그치는 것이 아니라 자연이라는 커다란 음역을 내포한다. 말하자면 시인은 바람을 매개하여 일탈된 자신의 삶을 완성하고자 하는데, 그것이 곧 자연의 이법인 것이다. 따라서 자연의 일부인 바람은 치유의 매개이고 삶을 완성시켜주는 절대 진리가 된다. 자연의 순리를 따르면서 욕망을 순화시키는 것, 그것이 이 시의 주제인 것이다.

과학사박물관에 오니
다이아몬드가 결코 인간의 소유가 아님을 알겠구나.
더 더욱 부호들만의 소유가 아님을 알겠구나.

지구의 보이지 않는 깊고 깊은 지층 어딘가에
숨겨진 채
인간의 어떤 탐욕으로도 정제될 수 없는
반짝임만으로, 살아있는

과학사박물관에 와서
비로소 보석들이 보석이 아닌,
결코 그 누구의 소유도 아닌
다만 스스로 빛 발하는 그 자신임을 본다.
　　　　　— 윤석산, 「과학사박물관에서」(『문예바다』, 2016 여름)

　욕망은 소유욕과 불가분의 관계에 놓인다. 소유하고자 하는 심리가
곧 욕망인데, 만약 그것이 승화되지 못하게 되면, 억압으로 전화하게
된다. 인간에게 무언가를 소유하고자 하는 욕망은 지극히 당연한 이치
이다. 어쩌면 삶의 최소한의 요건이 이 소유의 심리에서 생겨나는 것인
지도 모른다. 문제는 그 정도의 문제일 것이다. 가령, 생존 조건을 위한
소유욕은 매우 자연스러운 것인데, 먹고자 하는 것, 입고자 하는 것, 거
주하고자 하는 것에서 발동되는 이 욕구야말로 인간적 삶을 영위하는
필수 조건이 될 것이다. 만약 이러한 심리조차 없다고 한다면 그것은
신의 영역에서 설명해야 할 것이다.

소유욕이 일정한 범위를 넘어가면, 그것은 욕망의 과잉이 된다. 그 대표적인 경우가 생존과는 무관한 소유욕의 과도한 발산이다. 인용시가 말하고자 하는 것도 이 부분인데, 다이아몬드라는 보석에 관한 심리적 양상이 그러하다. 보석이란 말 그대로 장식품일 뿐, 인간이 생존하는 데 있어서 반드시 필요한 것이라고는 할 수 없다. 물론 그러한 소유욕이 생존 조건과 분리하기 어려운 것이긴 해도 이에 대한 집착은 과도한 욕망으로 밖에 설명할 수 없을 것이다. 그것을 사치품이라 부르는 것도 이 때문이다. 그런데 시인이 과학사박물관에서 본 보석의 실체는 그 반대편에 놓이는 것이라 할 수 있다. 다이아몬드가 결코 인간의 소유일 수 없다는 것, 그 자체만으로도 그것은 존재의 의의가 있는 사물이라는 것이다. "결코 그 누구의 소유도 아닌/다만 스스로 빛 발하는 그 자신임을 보는 행위"가 그러한데, 이 저변에 깔려 있는 사유가 윤리라든가 수양이라는 과정과 밀접하게 연결되어 있음은 자명하다고 하겠다. 욕망을 버린 자만이 물상 그 자체로 인지할 수 있기 때문이다. 욕망은 이에 이르는 사유의 공간을 절대로 허락하지 않을 것이다.

> 태어난 집터에서 76년째 살고 있다.
> 그리 흔한 일이 아니다.
> 그동안 동네가 몰라보게 변했지만
> 그 옛날 숨바꼭질하던 골목 하나가
> 고맙게도 그대로 남아 있다.
> 그 골목으로 들어서면 금방 어린 시절이다.
> 일부러 그 골목길을 가 보곤 한다.

더 고맙기로는 그 골목 입구에

어려서 기어오르던 나무 한 그루가 그대로 있다는 것이다.

그때의 어른들은 한 분도 남아 있질 않아

이젠 그 골목길 인근에서

그 나무 다음으로 내 나이가 제일 많다.

이런 시를 쓸 수 있어 참 행복하다.

그 골목은 나의 동화이고

그 나무는 우리 마을의 설화이다.

　　　　　　　—김대규, 「행복한 시」(『시와시학』, 2016 여름)

　이 시를 읽노라니 참 편안하고 행복하다는 느낌이 든다. 어째서 이런 감정이 드는 것일까. 누구나 경험할 수 있는 지난 시절이 추억이 담겨 있어서일까. 아니면 유유자적하는 여유로움이 묻어나서일까. 그도 아니면 복잡다단한 일상과는 저 멀리 떨어져 있는, 금단의 세계와도 같은 한가로움 때문일까.

　연륜이 쌓여가면, 누구나 지나온 시간을 반추하게 되고, 거기서 나오는 추억들을 아름답게 감상하는 것은 자연의 이치일 것이다. 이 작품도 그러한 일상의 한 단면을 드러내고 있다는 점에서는 다른 사례들과 다를 것이 없다. 그러한 과거의 일상들이 숨바꼭질로, 골목길, 한 그루의 나무로 기억되거나 오버랩되면서 서정적 자아는 아름다운 과거로의 여행을 떠나고 있는 것이다. 이런 여행길이 누구나 경험할 수 있는 보편적 속성을 담고 있다는 점에서 이 작품은 우리에게 매우 친숙하게 다가온다. 시인은 이를 두고 동화의 세계, 혹은 설화의 세계라고 했다.

동화나 설화의 세계는 지금 여기의 현실과는 동떨어진 절대적 공간에 놓여 있다는 점에서 매우 비현실적인 공간이라 할 수 있다. 그렇기에 그곳은 순수하고 깨끗하다. 이런 감수성이 주는 교훈은 욕망의 부재 현상이다. 근대인의 분열과 혼돈이 모두 이 감각과 분리하기 어려운 것이라면, 이런 서정화야말로 새로운 윤리적 모형이 되는 것은 아닐까 한다. 과거로의 퇴행이 모두 현실도피와 같은 부정적인 감수성으로 치부될 수는 없다는 의미이다. 그것은 적극적인 의미에서 현대에 대한 반담론이며, 새로운 시대에 대한 예비 의식과도 밀접하게 결부되어 있는 것이다. 지나온 과거의 추억이나 사물에 대해 즐거움을 감각하는 것 자체가 반욕망적인 행위이다. 이런 의식의 저변에는 무엇에 대한 강렬한 집착이 따라붙을 수가 없다. 따라서 단순한 퇴행이 아니라 현재의 행복한 시를 만들어내는 소재일 뿐이다. 서정시가 물질이나 욕망의 건너편에 놓인, 초월적인 양식이라는 점에서 이러한 시 쓰기야말로 행복 그 자체라 할 수 있을 것이다.

암벽을 타고 있는 중인가.
가만히 들여다보니,
사랑하는 자세로
바위에 들러붙어 있다.
숨을 몰아쉬며
죽자 사자 붙어 있다.
뼈도 삭이는 외로움이기에
바위까지 뚫고 마는 사랑인가.
몸이 먼저 눈을 뜨는 봄날,

여기저기서 사랑하는 냄새들로

온 산이 혼곤(昏困)하다.

　　　　　— 최서림, 「바위취」(『시와정신』, 2016 여름)

　사랑은 소유욕이라는 점에서 욕망과 하등 다를 바가 없다. 집착이 없
는 사랑이란 존재하지 않는 까닭이다. 그러나 동일한 소유욕에도 불구
하고 사랑은 욕망과 분명히 다르다. 사랑은 집착이긴 하되 포괄적이라
는 점에서 욕망과 구별된다. 욕망은 소유할 뿐 상대방을 포용하지는 않
는다는 점에서 배타적이다. 나 혼자만의 이해관계를 완성하면 그뿐 여
타의 것들에는 관심이 없기 때문이다.

　「바위취」는 그러한 사랑을 소유라는 관점에서 풀어낸 시이다. 서정적
자아에게 소유의 정서를 갈망하게 한 것은 "뼈를 삭이는 외로움"이다.
그러한 갈망이 서정적 자아로 하여금 타는 목마름처럼 사랑 의식으로
구현되게끔 했다.

　동일한 소유욕에서 촉발된 것이긴 하지만, 사랑이 인간의 욕망을 제
어할 유효한 수단일지도 모르겠다. 뿐만 아니라 집단의 이기주의도 이
의식으로 치유할 수 있을 것이다. 억압된 상대방의 정서를 끄집어내어
이를 치유해줄 수단은 사랑이기 때문이다. 포용의 정서가 배제의 정서
보다 언제나 가치 있고 의미 있었다는 것은 역사가 증명하지 않는가.
포용의 시대가 배제의 시대보다 정치적·문화적으로 찬란했기 때문이
다. 시인은 그것을 지금 여기의 세대에게 묻고 있는 것이다.

　근대성이나 현대성에 대한 끊임없는 질문들이 계속 던져져왔고, 또
던져지고 있는 것이 지금 여기의 현실이다. 그럼에도 그에 대한 뚜렷한

모형이나 해법이 명쾌하게 제시된 것도 아니다. 여러 경우의 수처럼, 사람마다 다양한 갈래로 제시되어왔을 뿐이다. 과거부터 현재, 그리고 미래에 이르기까지 그러한 질문들은 계속 던져질 것이고, 그에 대한 해답 또한 지속적으로 제시될 것이다. 그러나 한 가지 분명한 것이 있다면, 그것은 모두 인간적인 영역에서 발생하고 있다는 사실이다. 가장 흔히 운위되었던 욕망의 문제라든가 집단 이기주의 같은 것이 그러하다. 그것을 어떻게 인지하고 그에 대한 올바른 해법을 내릴 수 있는가 하는 것, 그것이 지금 우리 사회, 혹은 현대시가 당면한 근본 과제라 할 수 있을 것이다.

서정성을 통한, 사회를 향해 발언하는 방법

5월이다. 해마다 이 시간을 맞이하게 되면, 마음 한켠에 남아 있는 개운치 않은 여운이 솟아나온다. 치열했던 과거, 열정을 불살랐던 청춘의 시절을 회상하지 않더라도 5월은 결코 쉽게 떨쳐낼 수 없는 시련의 시절이다. 높고 푸르러야 할 계절, 생동감 있는 계절이어야 할 5월이 사라지지 않은 원죄로 가슴 깊이 남아 있는 것은 민주화에 대한 아련한 꿈이 여전히 유효한 탓일 것이다.

그러나 이런 감상과 회고의 정서는 지금 이 순간에는 전혀 익숙한 것이 못 된다. 정의와 윤리가 정확히 이 시기의 어떤 부조리한 정서를 메꾸어주는 좋은 기제가 된다고 하더라도 그것을 표 나게 언표화하는 것이 왜 이리 어색한 일이 된 것일까. 그동안 우리는 많은 것을 잊어왔고, 또 그 망각한 것들에 대해 의도적으로 기억하려고 하지도 않았다. 그만큼 세상에 대해 무관심했고, 나의 영역이 방해받지 않는다면, 그것에 대해 군이 덧나게 들출 필요조차도 느끼지 못했던 것이다. 이런 중층의

90

겹들이 모여서 하나의 인식적 단위를 만들어낸 것이 지금 우리가 처해 있는 적확한 현실이 아닐까 한다.

실천이나 사회, 현실, 진보, 비판, 민중, 변두리, 기저층에 대한 정서나 인식들은 이미 온데간데없이 사라진 지 오래다. 또 그러한 것들에 대해 깊이 있게 알려고 하지도 않을뿐더러, 문제의식을 짚어내려고도 하지 않는다. 사회는 매우 정적으로 변해버렸고, 역동적인 힘이나 인과관계의 필연적 법칙에 대해서도 적절한 핑계를 들이대면서 외면했다. 그리하여 불활성의 정서들만이 집요하게 우리들의 내면 속으로 파고들어왔다. 인간이 사회적 존재임에도 불구하고 사회의 제반 문제들은 인간으로부터 작별한 님처럼 저 멀리 떠나가고 있었던 것이다.

그러나 그러함에도 불구하고 시인들은 그 척박한 환경에 대해서 굳이 고개를 돌리지 않았다. 이런 환경 속에서 자신들이 해야 할 일, 비판해야 할 일, 고발해야 할 일 등등에 대해서 언제나 예리한 촉수를 들이대고 있기 때문이다. 이들의 비판적 인식이 있기에 지금 여기의 현재가 건강한 상태를 유지하고 있는 것이 아닐까. 이런 현실과 더불어 이 계절의 작품들 가운데 비판적 정서를 보이는 것들이 많은 것은 아마도 5월이라는 역사적 시간성 때문이리라.

민중총궐기대회, 더 낯설다
세월이란 게 물 다 빠진 백사장 웅덩이에 드문드문 고인 물빛만 같은데
우후죽순 피켓을 든 광장 한구석에, 초롱초롱 앳된 아가씨의 목에 걸린
−청년 일자리를 주세요−

그 한줄이 영 지워지질 않는다

··· (중략) ···

노동자에게도 계급이 있어, 취미와 특기는 오로지 시위이며 농
성뿐인

노총위원장이 투쟁을 외치며 전복을 꿈꾸는 이 백주천지,

그래 이제 와 어쩔 거냐

복사꽃 살구꽃 피인 오두막집에 예쁜 딸 오동통한 아들

살랑살랑 날마다 웃는 색시, 그 셋과 함께

흙 파서 흙밥 먹고 살던 산천을 두고 도시로

도시로 몰려와 산 발전이란 게 과속과 급진만 낳았으니

가거라! 기억도 없이 박치기로 산 시대야

받아라 공!

어느 님들 머리에 받힌 해와 달이 또 급급하게 내일로 가고

너도 물려가고 나도 따라가면 청산엔 누가 남지, 얄리 얄리 얄라
성 얄라리 얄라.

— 서규정, 「청산별곡」(『시와정신』, 2016 봄)

우선, 이 작품에서 가장 우리의 시선을 끄는 구절은 "민중총궐기대
회"이다. 시인의 표현대로 이 말은 이제 매우 낯선 것이 되었다. 낯설다
는 것은 익숙한 감각이 무뎌질 때 나오는 거친 정서이다. 1980년대 유
행처럼 넘실거렸던, 거의 호흡하는 공기와 같이 자주 그리고 익숙하게
들어왔던 민중이라든가 궐기대회와 같은 담론들은 더 이상 우리들의
담론이 아니다. 뿐만 아니라 이 작품에서 의도하고자 했던 것도 그 본
의는 이와 상관없는 것이다.

이 작품은 도시와 시골이라는 이분법적인 구도에서 직조된 것이고,

그 지향하는 바가 후자에 놓인 경우이다. 마치 70~80년대 봇물처럼 터져 나오던 도시화와 그에 따른 농촌의 공동화 현상을 짚어내었던, 감태준이라든가 김용택 등의 시세계를 연상케 해준다. 도시적 속성과 그 삶의 양태들이 부정적 모습으로 비춰진 것은 어제오늘의 일이 아니지만, 이 시는 그러한 이법적인 구도 속에서 도시를 삶의 치열성이 녹아나는 현장으로 이해한다. 그것은 팍팍해진 삶이라기보다는 생존을 위한 기본권도 보장되지 못하는 척박한 공간으로 묘사되는 것이다. 물론 그 저변에 놓인 것이 그러한 삶을 추동하는 도구화된 욕망이겠으나 시인은 그 내적 모순에 크게 관심을 두고 있지는 않는 듯이 보인다. 삶의 긍정성은 반도시적 환경 속에서도 얼마든지 가능하다는 것, 그러나 그런 편편한 삶들이 쉽게 외면당하는 부조리한 현실에 대해서만 항변하는 것이 이 시의 주제라 할 수 있다. 더 이상 민중이나 집단 같은 거대 이데올로기 속에 편입되지 않고, 환경적 요인의 불편부당한 모습에 대해 적절히 경고하고 있는 것이다.

사회의 내부 모순이나 거기서 솟구쳐 나오는 갈등 해결의 모색을 비판성이 전제된 담론의 전형적 양상으로만 이해할 필요는 없을 것이다. 무언가 경계가 모호해지고 무감각해지는 현상 속에서 그 경계에 대한 자그마한 사유라도 일깨워줄 수만 있다면, 그 자체로도 성공한 것이라 할 수 있기 때문이다. 서규정의 시들은 사회에 대한 소박한 인식에도 불구하고 이런 면에서 비판적 현실에 대한 소극적 의미의 현실 인식이라는 점에서 의미가 있는 경우이다.

쟁점이나 갈등의 절정에 놓인 주제나 사건 등에는 여러 주체들의 이해관계가 복잡하게 얽혀 있는 것이 사실이다. 따라서 그것을 조정하고 승화의 단계로 나아가는 데에는 매우 어려운 일들이 가로놓여 있게 된다. 그러한 소재 가운데 하나가 현재 뉴스화되고 있는 '소녀상'의 문제이다.

> 눈물의 강에 푹 잠긴 달을 건져 올려
> 밤마다 하늘에 뜨는 여자들이 있다.
>
> 종로구 중학동 일본대사관 건너편
> 소녀상의 소녀들도 그렇다.
>
> 위안부라 불리는
> 끌려가 강제로 성노예로 묶였던
>
> 소녀들!
>
> 이제,
>
> 소녀를 지켜라.
>
> ― 남태식, 「소녀를 지켜라」(『시와정신』, 2016 봄)

위안부들 당사자뿐만 아니라 우리 모두가 피해자들이다. 따라서 이 땅에서 그들은 보호받아야 하고 또 과거의 상처에 대해서도 치유받아야 하는 것이 마땅하다. 그들의 불행했던 과거를 조금이나 기억하고 치유하고자 세운 것이 소녀상이다. 그러나 그것이 이 땅에 있으니 당연히 보호받아야 하는데도 "소녀를 지켜라"고 외쳐야만 하는 현실이 오히려 낯설게만 느껴지는 것은 어떤 이유에서일까. 오히려 이런 상황이 아이로니컬하게 비춰지는 것이 더 이상한 일이 아닐 수 없다. 어째서 이런 일이 벌어져야 하는가. 갈등의 정점에 놓인 사건들에는 수많은 이해관계들이 거미줄처럼 얽혀 있기 마련이다. 위안부의 문제에는 우리와 일본의 갈등 관계가 놓여 있고, 그리고 우리 내부에는 소위 보, 혁 간의 갈등이 놓여 있다. 이 모두는 친일의 문제를 명쾌히 정리하지 못해서 빚어진 슬픈 현실일 것이다. 일본은 그렇다 치고 이 소녀상을 두고 우리 내부에서 의견 일치가 이루어지지 않는 것은 친일파의 뿌리가 그만큼 강고하게 남아 있다는 증거가 아닐 수 없다.

친일파나 그 후손들은 자신들의 생존권을 지키기 위해 자기들보다 더 강력한 그리고 부정적인 대상이 필요했다. 그리고 조작해낼 수밖에 없었다. 그래야만 자신들의 안위를 굳건히 정립할 수 있었고, 또 생존권을 부여받을 수 있었기 때문이다. 그리하여 이들이 만들어낸 것이 소위 종북과 친북의 개념과 그 정향적 논리이다. 그들의 논리와 이해관계에 어긋나는 것은 모두 종북으로 몰아세우면서, 자신들을 보수나 우익의 주체라고 거듭 주장해온 것이다. 그러나 이들의 주장은 성립하기 어려운 것이다. 가령, 보수나 우익이란 민족주의 없이는 성립 불가능한 이데올로기이다. 우리 국가만의, 우리 민족만의 이익을 최우선의 가치로 두는 것이 바로 우익의 이데올로기이기 때문이다. 그러나 우리 사회의 우익이나 보수는 이와 정반대의 경우에 놓여 있다. 일제강점기를 미화하고, 친일 세력을 우호적으로 쓴 역사 교과서를 두고 우편향적이라 부르는가 하면, 이 교과서를 쓴 주체들을 우익 집단의 초청 연사로 초

빙하는 것이 이를 단적으로 증명하고 있는 것이다. "소녀를 지켜라"라는 시인의 절규가 허투루 들리지 않는 것은 모두 이런 상황에서 나온 것이다. 조국에서 버림받고 또 보호받지 못하는 피해자에게 조국의 존재 의의란 무엇이고, 또 이를 응시하는 시민의 정서는 무엇일까가 궁금해지는 것이 이 시가 던지는 함의일 것이다.

> 나일론 양말 밖으로 엄지발가락을 드러낸 한 사내가 분식점을 들어선다 한 손엔 S대학 법대 합격통지서를, 다른 한 손엔 손바닥보다 작은 전단지 한 장을 들고 있었다 합격자 이름의 성(性)이 그를 닮았다 물끄러미 통지서를 바라보던 그는 소주 한 병을 주문했다 병뚜껑이 열리는 순간 식도로 들이부었다 콘크리트보다 더 견고한 허기가 화상을 입는다 술잔에 비친 이마의 주름은 한겨울을 통과하지 못한 굴참나무 껍질이었다 그때 창밖엔 눈이 내렸다 유기견들의 발목까지 차올랐다 막소주에 얼굴이 붉게 구워진 그가 '장기매매'라고 쓰인 전단지를 보며 분식점을 빠져나갔다 사내의 등너머에 겨울과 봄이 중첩되고 있었다.
>
> — 심은섭, 「콩팥세일」(『시산맥』, 2016 봄)

이 작품이 우리에게 주는 인상은 처연함 그 자체라고 할 수 있다. 희망과 불안의 공존 속에서 이 작품의 시적 화자가 지향하는 곳은 후자에 가깝다. 그에게 차라리 어떤 긍정적인 요소조차 없었다면, 아예 극적인 상황은 발생하지 않았을 것이다. 이 작품은 이런 극적인 낙차 속에서 더욱 비극적인 상황을 이야기해준다. 합격 통지서와 전단지의 대조 속에서 스며 나오는 비극적인 상황은 다소 작위적이긴 하지만, 그러나 이런 상황 설정 자체가 전연 허구적인 것에서 근거하지 않는다는 점에서

한국 현대시의 체험과 상상력

이런 구도는 사실적이라고 할 수 있다.

지금 우리 사회의 가장 뜨거운 화두 가운데 하나가 이른바 흙수저, 금수저 논란이다. 자신의 주체적인 능력과 발전적인 힘에 기댈 수 없다는, 다분히 운명론적 사고관에 기대어 있는 이 갈등 양상이 우리에게 준 정서는 무엇보다 좌절감일 것이다. 나는 분명 어떤 것을 할 수 없다는 것과, 누구는 나와 다른 처지에 놓여 있기 때문에 그것을 할 수 있다는 것은 아주 큰 사회적 격차를 만들어낸다. 그 차이가 곧 사회적 성공 여부를 좌우하는 것이며, 그 지름길은 금수저만이 가능하다는 것이다. 실상 「콩팥세일」이 말해주는 것도 이 부분이다. 시적 화자는 어쩌면 금수저로 갈 수 있는 기회를, S대학 법학과에 합격함으로써 그 가능성을 부여받았을는지 모른다. 그러나 그 길로 들어가는 것은 생각만큼 녹록한 것이 못 된다. 이를 뒷받침해줄 수 있는 환경, 금수저적인 환경이 마련되지 못한 탓이다. 이를 증거하는 것이 '콩팥세일' 광고 전단지이다. 자신을 어떤 가능성의 세계로 인도할 수 있는 것이 그에게 가장 중요한 신체의 한 부분을 매매함으로써만 가능하다는 이 역설이야말로 이 시대의 비극적 상황을 말해주는 것이 아닐 수 없다.

새파란 군복 같은 여름
스물도 안 돼 입대한 사촌을
민통선 부근에서 면회한다.

싸 들고 간 햄버거와 닭튀김은
절반 넘어 남았고
장난기 기발하던 아이는

이제 말이 많이 줄었다.

모르는 사이
내 어깨에 얹은 잠자리를
그 애가 떼어준다.

견딜 만하니? 문자 대답 대신
두 손가락 사이로 쥐고 있던 잠자리를
뒷날개 두 장 무심히 찢어내곤
허공에 뿌리고 만다

두 달 전 그 애가 공중전화에서 남겨놓은
여섯 통의 부재 전화와
음성사서함에 녹음된 길지 않은 묵음처럼
잠자리는 날아가지 못하고
바닥에 주저앉아 부르르 전저리를 친다.

환각만큼 선명한 구슬빛 머리를 기울인 채
두꺼운 안경알 뒤에서 밝게 빛나며 떨고 있는
투명한 겹눈 속의 나를 외면하면서
살아 있는 것 괴롭히면 못쓴다, 라고조차
그 애를 탓하지 못한다
… (하략)

— 채길우, 「부재중전화」(『현대시』, 2016.3)

한때 민주화 과정 속에서 가장 많은 문제 가운데 하나로 부각한 것이 소위 병영 문화였다. 사회와 차단된, 고립된 공간에서 무수한 일들이 일어났고, 또 진실하고는 상관없이 그 부당한 일들이 적당히 묻혔다. 여기에서 일어난 모든 일들은 단지 사고라는 단 한마디로 공지하고 처리되면 그만이었다. 병영 속에서 일어난 이런 불투명한 일들이 독재라든가 군부 통치의 상징처럼 비춰진 것은 당연한 일이거니와 그 제도의 개선이 민주화의 또 다른 시금석으로 받아들여졌다. 그 결과 민주화의 성공과 도덕적, 윤리적 감각을 갖춘 정권이 들어서면서 과거와 같은 권위적 병영 문화는 상당히 개선되었다.

그러나 병영 문화가 보다 올바른 방향으로 개선되었다고 하더라도 이를 수용하는 주체들에게 전면적인 만족을 가져다주지는 못했다. 물론 국가 안위와 방어라는 거대한 자부심에도 불구하고 군대에 간다는 것은 여러 심리적 부담감을 안겨주는 것 또한 사실이다. 그 가운데 하나가 소위 불평등의 논리이다. 잘 알려진 것처럼 우리의 병역 제도는 모병제가 아닌 징병제의 원칙을 적용하고 있다. 우리 국민이면 모든 사람이 예외 없이 군대에 가야 한다. 그것이 우리 국민, 특히 청년층에게 부과된 4대 의무 가운데 하나인 것이다. 그럼에도 이 원칙이 공평하게 적용되었다고 보는 것은 어불성설이다. 권력이라든가 금전적 요인들이 이 평등의 원칙을 끊임없이 파괴시켜왔기 때문이다. 이런 상황은 병영 문화를 수용하는 주체들에게 일종의 허탈감 내지는 좌절감을 안겨주었다. 이런 논리에다가 이른바 신세대의 자유주의적 속성이 인용시의 시적 화자와 같은 심리를 만들어냈을 개연성 또한 크다고 하겠다. 요즈음의 세대들은 무언가 자신들을 구속하는 상황에 대해서 철저하게 거부하는 태도를 취해왔다. 이는 평등과 불평등의 관계를 뛰어넘는 것이며,

오직 세대론적 관점에서만 접근 가능한 논리이다. 이런 구속과 좌절의 메타포가 "여섯 통의 부재중 전화"와 "음성사서함에 녹음된 길지 않은 묵음"일 것이다. 단지 민주화라는 이름으로, 보다 개선된 상황이라는 이유로 쉽게 묻힐 수 있는, 우리의 부조리한 현실 가운데 하나인 병영 문화를 예각화시킨 것이 이 작품의 의의라 할 수 있을 것이다.

> 일월산 아래 벌치기 아내는
> 솔숲에 숨은 검은등뻐꾸기 울음을
> 괜찮다고, 괜찮다고로
> 고쳐 듣는다
>
> 벌꿀 농사 흉년 들어도
> 날된장에 우산나물 쿡 찍어
> 맹물에 밥 말아 먹어도 괜찮다고
> 목이 쉬어 노래 못 불러도
> 십 년 넘게 짓다만 집 속에 살아도
> 살이 빠져 늙어가도 괜찮다고
> 검은등뻐꾸기가 타이른다
>
> ─박진형, 「괜찮다고,」(『시작』, 2016 봄)

이 작품이 다루고 있는 소재는 농촌의 척박한 삶이다. 이 또한 병영을 소재로 한 시의 경우처럼 과거에는 무겁고 치열하게 다가온 것 가운데 하나였다. 그러나 이 작품은 과거의 그러한 갈등을 첨예화하거나 개선된 상황을 가열차게 요구하지 않는다. 그런 차분함이 과거의 농민시와 다르다면 다른 경우라고 할 수 있겠다.

이 작품에 나오는 농촌의 삶은 「콩팥세일」의 경우처럼 매우 빈한하다. 그들의 생계 수단인 벌꿀 농사는 흉년이 들었고, 그 결과 이들이 먹는 식반찬은 매우 소박하다. 그럼에도 그러한 현실에 대해서 분노하거나 이에 대한 적극적 대항 담론을 만들어내지 않는다. 뿐만 아니라 개인의 숙명이나 사회의 구조적 맥락에서 그들의 위치를 읽어내지도 않는다. 오히려 자연에 기대어 자신의 삶을 위로받고자 할 뿐이다.

어쩌면 서정적 자아의 불행을 자연의 긍정적 가치 속에서 무화시키려 하는 것이 이 작품의 의도일지도 모르겠다. "검은등뻐꾸기 울음"이 바로 그것인데, 그런 자연의 음성이 어쩌면 이들의 곤궁한 삶을 위로하는 수단으로 기능하는 것처럼 보인다. 실상 이런 의미화는 지금 여기의 현실이 주는 사회적 음역으로부터 기인하는 바가 크다고 하겠다. 모든 것이 보수화되었고, 진보의 이름이나 혁신, 혹은 발전의 이름은 저 수면 아래로 잠수한 지 오래되었다. 텍스트는 사회와의 긴밀한 대화 속에서 탄생한다. 혼자만의 항변이나 주관적인 외침이 객관적 상황을 뛰어넘을 수 있을 만큼 강력하지 못할 바에야 이런 수긍의 자세가 경우에 따라 긍정성을 내포하는지도 모를 일이다. 소극적 항변이 적극적 저항의 길로 이르는 것, 그것이야말로 이 시대의 무감각, 소시민의 일상을 일깨울 수 있는 강력한 수단이 되는 것이 아닐까 한다. 이 작품은 이런 맥락에서 시대와의 적적한 호흡을 맞춘 빼어난 작품이라 할 수 있을 것이다.

네 사내가 메기탕 집에 모였다.

오늘 토론 주제가 국회의원의 자질 논고
결론은 그 수를 줄여야 한다는 것

－갑 : 각 시도별로 한두 명씩 둔다
－을 : 국회에 출석해야 수당을 지급한다
－병 : 의원에게 중과세를 매긴다
－정 : 무보수 봉사직으로 한다
아직 끓지도 않은 탕 속
고춧가루 뒤집어 쓴 메기도 한 소리한다
－비례대표제는 안 돼

이 거창한 문젤 누가 발의할까
쥐가 고양이 목에 방울 달기보다 어려운
이 때 나서겠다고 외친 친구가 있었다
호응?
－국회의원은 세금 먹는 쥐다
의원 잡는 쥐덫 역할까지 호언한다
…(하략)

— 노창수, 「쥐」(『문예연구』, 2016 봄)

　시의 역할이 어디까지일까 하고 문학 원론적인 질문을 던지는 일이
어제오늘의 화두는 아니지만, 그러나 그것도 사회의 한 영역에서 생성
되고 발전되는 이상, 사회적 문제로부터 자유롭지 않은 것은 사실이다.
따라서 시의 소재는 무엇이나 가능하고, 또 주제화될 수 있는 개연성을
갖고 있는 것이다. 노창수의 「쥐」가 시화하고 있는 것은 우리 사회의 지

도 집단이라 할 수 있는 국회의원의 양태들이다. 이들의 궁극적인 임무가 좋은 입법을 하고 민중을 대신하는 입장에 서 있어야 함은 당연할 것이다. 이들을 입법기관이나 대의기관으로 부르는 것도 이 때문이다. 그런데, 이들의 역할이 이런 긍정적인 면에 이르지 못하는 것은 어제오늘의 일이 아니다. 불성실은 기본이고, 자신들의 욕망이나 이익에만 충실했던 것이 이들의 본모습이었고, 그 어디에서도 대중적 책임과 윤리의식을 보여주는 데에는 매우 미흡했다. 그런 부정적 모습의 결과들이 이 시를 생산케 했던 것인데, 이 작품은 이러한 그들의 모습을 토론체의 형식을 통해서 다양한 각도로 읽어낸다.

우리 문학사에서 이런 기법으로 현실에 대한 부정적 국면을 문학화한 예가 개화기의 경우이다. 이때 선보였던 여러 토론체 가사와 정치 토론 서사 양식이 그러하다. 그런데 인용시 역시 그러한 담론의 전통을 계승하고 있다는 점에서 매우 의미 있는 시도라 할 수 있을 것이다. 일인칭 단일 음성성을 양식적 특성으로 하고 있는 서정시의 특성상 사회적 이슈에 대해서 다양하게 접근하는 것이 매우 제한되어 있다. 서정시 고유의 양식적 특성을 유지하면서 서사적 요소를 적절히 가미할 수 있다면, 그리하여 리얼리티라는 시의 또 다른 임무를 수행할 수 있다면, 시의 존재 의의나 영역은 좀더 확대될 수 있는 것이 아닐까. 이 작품이 갖는 의의는 리얼리티를 유효 적절하게 드러내기 위한 시적 의장으로서 대화체를 도입했다는 점에서 찾을 수 있을 것이다.

> 개가 개집 지붕 위에서 나를 향해 짖었다
> 나는 언덕길을 내려가는 중이었다

개집은 목조주택 앞쪽에 놓여 있었다

개가 저보다 더 큰 사람에게 왜 짖을까

사람들에게 무시당해 억울할 때조차

나는 내 집 지붕 위에 올라가

나보다 더 큰 신을 행해 소리치지 못했다

개는 개들에게 무시당해 억울한 걸까

내가 언덕길을 걸어온 이유는

언덕 너머에 한 번도 만나 보지 못한

사람이 살고 있을 것 같아서인데

목조주택 주인은 왜 집을 나갔을까

사람들에게 무시당한 게 억울하여

자신의 집 지붕 위에 올라가

자신보다 더 큰 신을 행해 소리쳐 보다가

응답이 없어 다른 곳을 찾아갔을까

목조주택은 개집 뒤쪽에 세워져 있었다

개는 주인에게 무시당해 억울한 걸까

목줄에 묶여 있어 뛰쳐나가지 못하는 개에게

나는 손 흔들어 주고 언덕길을 내처 내려갔다

개가 개집 지붕 위에서 나를 향해 계속 짖었다

　　　　—하종오, 「개가 개집 지붕 위에서 나를 향해 짖었다」

　　　　　　　　　　　　　　　　　　（『포지션』, 2016봄）

　　이 작품은 다소 우화적이다. 이런 유형의 대표적 작품이 「동물농장」
임은 잘 알려진 일이거니와 시의 영역에서 이런 의장이 구사되고 있다
는 점이 매우 이채로운 경우이다. 사회를 향한 발언들이 그 직접성을

상실한 채 내면화의 길을 걷고 있는 것이 현재의 시단 흐름이다. 아니 그러한 직서적 화법들이 대중의 관심을 끌기도 어렵거니와 설사 가능하다고 하더라도 1980년대의 수준으로 올라가기도 매우 어려운 것이 사실이다. 그렇기에 대사회적 발언들은 시대의 변화와 더불어 적극적 혹은 능동적으로 '소리치지 못하고' 있는 것이다. 이럴 경우 이런 우화적 기법이 하나의 대안으로 제시되는 것이 가능하지 않을까 한다. 물론 이런 물음에 시의적절한 답이라고 결론짓기는 쉬운 일이 아니다. 그러한 사례들은 문학사에서 얼마든지 있어왔기 때문이다. 그러나 이런 시사적 맥락에 견주어 현재의 의미 있는 우화적 담론들이 쉽게 폄하되어서도 안 될 것이다. 부정적 현실에 대한 분명한 환기나 관습화된 은유조차도 경우에 따라서는 매우 참신한, 그리고 강력한 발언이 될 수 있기 때문이다.

현실을 견뎌내고 삶의 현장을 치열하게 겪다 보면, 본의 아니게 자신의 의도를 숨기거나 드러내는 것이 매우 어려운 일이 될 수도 있다. 반면, 본능의 영역은 계속 살아 움직이면서 이성이 제어하는, 혹은 현실이 억제하는 상황에 대해서 끊임없이 저항의 몸짓을 하기도 한다. 그러나 소시민 의식이나 현실적 자아들은 이런 몸짓들이 수면 위로 올라오지 못하도록 계속 억제해버린다. 인용시는 그러한 과정을 소위 본능성과 반본능성이라는 이원적 대립으로 탁월하게 읽어내고 있는 경우이다. 개로 표상되는, 불합리한 현실에 대해서 저항하는 짖음의 담론이나 몸짓은 제어되지 않는다. 개의 그러한 발언을 억제하는 차단선은 존재하지 않은 까닭이다. 반면, 인간의 영역은 그러한 저항선을 뚫지 못하고 안으로만 계속 움츠러든다. 시적 화자의 이런 모습이 어쩌면 지금 이곳을 살아가는 모든 인간 군상들이 아닐까. 시인이 우화적 요소를 도입한 것은 직접적으로 고발하기보다는 그러한 현실에 대해 우회적으로 경각심을 주는 편이 더 강렬한 파장을 일으킨다고 이해했기 때문이 아닐까.

현실과 시의 관계를 규정하는 요인과 환경들은 많이 달라졌고 또 바뀌어왔다. 그렇기에 각각의 시기마다 구현하고자 했던 리얼리티의 요소들도, 또 시적 의장도 상당한 변화를 겪어왔다. 과거의 향수가 현재의 상황을 초월하게 하는 궁극적 매개가 될 수 없는 것처럼, 과거의 소재적 매력과 그 기법들이 현재의 시단 상황에 유효한 수단으로 작용하지도 않을 것이다. 따라서 지금 이 시대가 요구하는, 시에 있어서의 진정한 리얼리티가 무엇이고, 그것을 어떤 시적 의장으로 구현해낼 것인가 하는 문제들에 대해 진지한 고민의 자세가 필요하다. 시대가 다르면 소재와 주제가 달라지듯이 시의 내용 또한 많은 변화를 겪어야 한다. 과거의 어떤 주제가 지극히 정합적이었다고 해서 현재의 그것으로 정확하게 재현될 필요도 없을 것이다. 뿐만 아니라 시의 기법 역시 마찬가지라고 할 수 있다. 그저 현재의 부정성을 올곧이 드러내는 방법이면 족한 것이다. 시의 내용이나 리얼리티는 기법의 여러 다양한 장치에 의해 언제나 새롭게 의미화되어 태어나기 때문이다.

제2부

현대시의 자아와 상징

자연과 선시의 상관관계

— 송준영의 최근 시

1. 선시의 개념

선시는 시와 선이 결합된 양식이다. 어째서 이런 유형의 시 형식이
가능할까 하는 의문에 대한 해답은 시와 선이 나아가는 방향이 동일하
다는 점에서 찾을 수 있을 것 같다. 잘 알려진 대로 선이란 마음의 깨달
음을 통해서 자아와 세계의 본질에 다가가는 불교적 수행의 한 방법이
다. 서정시 또한 선의 그러한 수행 과정과 어느 정도 비슷한 일면을 가
지고 있다. 자아와 세계의 화해할 수 없는 불화가 서정적 거리를 만들
어내고, 이 간극을 좁혀가는 과정이 서정시의 특성이기 때문이다. 그러
나 단순히 그 거리가 좁혀진다고 해서 그것이 곧바로 선이 추구하는 목
적과 금방 동일해지는 것은 아니다. 서정시의 목표인 서정의 황홀 상태
는 다양한 경로에 의해서도 완성될 수 있기 때문이다. 그럼에도 서정시
와 선 사이에 내재하는 공통분모가 전연 부재한다는 것은 아니다. 만약

그러하다면 애초에 선시라는 양식적 특징은 성립할 수 없기 때문이다. 서정시에는 선과 마찬가지로 서정적 완성을 만들어가는 수행의 기능이 존재한다. 가령, 서정시가 쓰여지는 가장 일차적인 전제 조건은 존재론적 불안이나 고독의 문제이다. 존재론적 미완성이라는 이 영원한 주제가 서정시인으로 하여금 그 완성에 대한 끊임없는 열망을 추동하는바, 이는 선의 자장과도 어느 정도 일맥상통하는 부분이라 할 수 있을 것이다.

다음으로 시와 선이 만날 수 있는 공통분모는 언어의 영역이다. 시가 언어를 질료로 삼고 있음은 잘 알려진 일이거니와 선도 이 언어의 자장으로부터 결코 자유롭지 못하다. 우선 선이 추구하는 최종 목표는 언어 이전의 세계이다. 이를 두고 불립문자로 부르기도 하거니와 본질 그 자체는 언어라는 외피를 철저하게 거부하게 된다. 언어로 덧씌워지는 것이야말로 본질로부터 멀어지는 일이 된다. 시 양식이 언어와 불가분의 관계를 유지할 수밖에 없는 것처럼 선 또한 마찬가지이다. 그러나 시와 언어의 상관관계가 굳건히 결합되어 있음에도 불구하고 그것이 정신의 해방을 추구할 경우 언어는 거추장스러운 것이 된다. 물론 언어에 대한 사상 행위가 언어를 거부한다는 뜻이 아니라 그 언어에 내재해 있는 의미를 차단시킨다는 맥락이다. 이는 초현실주의 미학에서 추구하는 언어의 부정, 곧 의미의 부정과 곧바로 연결되는 부분이라 할 수 있다.

실상 선시의 현대적 가능성이 어떻게 유효할 수 있는가에 대한 여부는 그것이 근대성의 제반 맥락과 분리하기 어렵게 얽혀 있다는 점에서 찾을 수 있을 것이다. 잘 알려진 대로 선시의 뿌리는 고전적인 것이다. 따라서 선시가 불교의 게송에서 유리된 것으로 알려져 있는 것처럼, 근대성의 영역에서 포섭하기에는 시간적 거리가 매우 큰 것이 사실이다. 그런데 그러한 역사적 거리를 무화시켜줄 수 있었던 것이 이 양식 속에 내재해 있는 정신세계였다. 선은 언어 이전의 세계이고 본질과 이법 그 자체의 세계이다. 또 사물의 본성 그 자체이기도 하며, 존재를 존재로 머물게 하는 법이기도 하다. 형이상학적인 국면에서는 자유이며, 정신의 온전한 해방 상태이기도 하다. 이렇듯 물성 자체에 충실한 것이 선이 추구하는 근본 정신인데, 이런 국면들은 반근대성이 추구하는 담론들과 크게 다르지 않은 것이다. 선시의 현대적 가능성 여부를 묻는 것은 전적으로 그것이 추구하는 의도랄까 목적이 근대성의 사유로 쉽게 편입될 수 있다는 것, 그리하여 그 긍정적인 에네르기를 추동할 수 있다는 점에서 찾아야 할 것으로 보인다.

2. 선험적 본질에 대한 인식과 시적 출발

송준영은 요즈음 보기 드물게 선에 주목하여 시를 쓰는 시인이다. 아니 주목한다기보다 선시 하면 그를 연상할 정도로 그는 이 양식에 매우 집착하는 듯한 느낌을 준다. 시인의 이러한 특색들은 불교적 세계관을 수용하고 이를 삶의 지향점으로 방향 설정한 그의 특이한 전기적 사실에서 오는 것이긴 하지만, 그렇다고 시인의 특이한 이력을 그의 시세계에 곧바로 덧씌워 이해하는 것은 일면적인 편견에 지나지 않을 것이다. 시인의 시세계가 선시를 수용하고 이를 즐겨 창작하는 것은 근대성이라는, 근대인의 삶의 구조와 분리하기 어렵게 얽혀 있기 때문일 것이다. 근대인 혹은 현대인의 자의식으로부터 자유롭지 못하다는 것은 상식에 속하는 일이거니와 그의 그러한 시작 태도는 우선 이런 문제의식과 분리하기 어려운 것처럼 보인다. 이는 선시가 근대성의 자장으로부터 자유롭지 않다는 뜻도 될 것이다. 본질에 대한 올바른 접근과 그에 대한 완전한 합일이야말로 근대가 제기한 궁극적 삶의 목적이기 때문이다.

선은 사고와 근원을 추적해 들어가는 수행법이자 깨달음 그 자체이다. 깨달음이란 본질 그 자체에 대한 발견이며, 본질은 현상에 의해 왜곡되고 변형되기 이전의 세계이다. 본질에 대한 그러한 선험성에 대한 인식이야말로 선에 대한 근본 출발점일 것이다.

> 천년을 깨물어 삼키는 저 눈 푸른 납자들마다 백담 돌탑을 무너뜨리고 희디 흰 물소리를 쓸어내리고 있었다
>
> 설악산 무금선원엔 80여 수자들이 동안거에 들고, 백담에 흐르는 계곡물은 눈물이 된 장광설을 읊조리고 설악은 아들을 놓은 채, 천년에 들고 있었다
>
> 저마다 있었다 저마다 저마다 있는, 원래 이 '낱' 은 내 사는 취현당 서쪽에 머리 풀고 있었다네 눈 뜬 채 있었다하네
>
> ──「내가 사는 서쪽」 전문

인용시는 선시가 무엇이고 또 그것이 추구하는 방법적 정신이 어떤 것인지를 잘 보여주는 작품이다. 1연과 2연은 깨달음을 탐색하고자 하는 납자들의 모습과 그 수행의 도정을 제시하고 있다. 그 수행의 과정

이 자연의 음색과 어울려 아름다운 풍경으로 제시되는데, 실상 이들이 하는 수행의 목표랄까 과정은 이미 선험적으로 존재하고 있는 것이다. 그것이 바로 '낱'이라는 사상이다. 이것은 본디 모든 인간들의 심연에 내재해 있는 것이지만, 그러나 이는 감각되지 못한 채 끊임없는 탐색의 대상으로만 존재한다. '낱'이란 개개의 사물 혹은 존재이다. 그런데 시인의 표현법에 의하면, 그것은 일물(一物)이며, 존재를 존재케 하는 법이자 도(道)이며 공(空)이면서 중도(中道)이기도 하다. 이를 정리하면, 그것은 깨달아야 하는 실체, 곧 사물의 본질이라는 것이다. 따라서 그것은 왜곡되거나 변형되지 않고 선험적으로 존재하는 것일 뿐이다. 그럼에도 낱은 현상으로부터, 인간의 의식으로부터 차단된 채 거리화되어 있다. 그런 벽을 초월하기 위해 "돌탑을 무너뜨리고 희디 흰 물소리를 쓸어내고" 있을 뿐만 아니라 "수자들이 동안거에 들고", "계곡물은 눈물이 된 장광설을 읊조리고", 설악은 "천년에 들"기까지 한다. 그러나 그것은 어디까지나 물리적 거리일 뿐이다. 중요한 것은 지금 여기를 차단한 심리적 거리일 것이다. 그 거리를 넘을 수 있는 것은 본질 속에 육박해 들어가는 만능의 키라 할 수 있는 깨달음뿐이다.

본질은 순수한 상태이다. 그것은 언어 이전의 상태이고, 태초의 그 무엇과도 같다. 그렇기에 이것은 무엇이고 저것은 또 무엇이다라는 개념화, 혹은 관념화를 철저하게 거부하게 된다. 한계지어지고 테두리지어지는 것 자체가 본질과는 거리가 있는 것이기 때문이다.

　　설악과 백담이 '이게 뭐냐?' 하고 물으면
　　웃는 것 외, 무슨 짓거리 있으리오

웃음과 고함 모두 빼앗지 마라를 내게 말하라면

서창에 솔 그림자, 하나 둘 셋 그루라 하리

　　　　　　　—「이게 뭐냐, 라고 묻는다면」 전문

　이런 시를 두고 선문답이라 하는 것이 아닐까. 여기에는 두 가지 의미망이 있을 터, 하나는 본질에 관한 것이고, 다른 하나는 엉뚱함의 상상력과 관련된다. 그러나 이 둘의 관계는 이형동체일 뿐 서로 분리되어 있는 것은 아니다.

　어떻든 이 시의 말하고자 하는 의도는 개념화에 대한 부정이다. 개념화라든가 의미화라고 하는 것 자체가 이미 본질로부터 한 단계 비켜서 있는 인식 행위이다. 개념화할 수 있는 것은 껍데기, 곧 현상에 불과할 뿐이다. "서창에 솔 그림자"를 "하나 둘 셋 그루라 할" 수 있는 것처럼, 언어로 현상시키는 것은 현상(그림자)이기 때문이다. 따라서 본질은 물자체이기에 어떤 의미화도 거부한다. 이 음역에 무매개적으로 접근할 수 있는 것, 그것만이 본질의 세계이고 깨달음의 영역이라 할 수 있을 것이다.

3. 본질로 가는 길―녹이기와 흘러가기

　존재론적 고독이나 인간의 억압을 만들어내는 요인들을 한두 가지의 갈래로 설명하는 것은 어려운 일이 아닐 수 없다. 그것은 형이상학적 사유나 종교적 영역, 혹은 정신적 음역에 따라 상이한 결과를 가져오기 때문이다. 그럼에도 이러한 사유들을 모두 아우를 수 있는 요인을 꼽으라면 욕망이 아닐까 한다. 억압을 만들어내는 것도, 혹은 원죄를 만들어내는 것도 욕망을 떠나서는 설명할 수 없을 것이다. 욕망이란 집착이고 응집이다. 그것의 힘이 작동하면 할수록 거대한 성채가 만들어지고, 그리하여 그 내면의 본질로 돌아가는 길은 멀어지게 된다. 그것이 남기는 잔상은 현실을 뛰어넘기 힘든 고립자, 영원의 세계로 들어가지 못하는 파편적 의식뿐이다.

> 비를 본다 비위에 앉아 모래 위 떠도는
> 돈황을 본다 모래톱 팍팍 쫓는
> 그 곳에 내리는 비를 본다 빗줄기 사이로
> 물기 한 점 없이 누워있는
> 어느 한 생을 내려놓고 모래 위 떠도는
> 미이라를 본다 ; 이미 오래다
> 향기 나는 방과 천길 솟는 환희와
> 뒷길로 스며든 슬픔 놓은 지 오랜
> 비를 본다 한 겹 두 겹
> 찰나에 冠을 만들고 겹 풀리는 빗방울의
> 영원 내 이승의 어느 모래 위 떠도는
> 미이라의 영생을 피어오르는
> 환한 저 켠의 하늘
> 풀려 떠도는 돈황을 본다
>
> ──「떠도는 敦煌」 전문

돈황은 인간의 욕망이 만들어놓은 거대한 성채이다. 그리고 그 속에서 영생을 꿈꿔왔던 미이라도 그러한 심리적 기제가 만들어놓은 결과물일 것이다. "향기 나는 방"과 "천길 솟는 환희"와 경우에 따라서는 "뒷길로 스며든 슬픔"조차도 모두 이 미이라가 만들어낸 욕망의 유산들이기 때문이다. 그러나 이렇게 만든 영생의 장치들도 본질로 되돌아가는 지름길은 되지 못한다. 그것은 그 길로 돌아가고자 하는 욕망이 만들어낸 결과물들일 뿐이다.

그런데 그러한 성채를 무너뜨리는 것은 인간의 욕망도 신의 에너지도 아니다. 이를 가능케 하는 것은 인용시에서 보듯 비와 같은 자연의 힘이다. "찰나에 冠"을 만들고 "한 겹 두 겹" 영생으로 가는 길을 만들어낸 것은 비라는 자연의 힘이었기 때문이다. 돈황은 비로소 빗물의 흐름 속에 견고한 자신의 기반을 잃어버리고 자유롭게 유동하기 시작한다. 그러한 본성이야말로 자신을 되돌아보는, 혹은 정확히 응시하는, 선의 중요한 수행법인 견성일 것이다.

뭐,
차나 한 잔 하라고?

찰나 참회의 차 우려내고
뜨거운 물 부어 '툭' 시간의
불거짐을 본다

이윽고 세상만사 같이 떠
다관에 몰아넣는다
차잎 한 술

말발굽이 나를 밟는

소리 듣는다 후회도 기쁨도

난초 꽃잎은 스러지고

빈자리

북창에

눈발이 휘날림을 본다 끓는

물 다완에 받아

—「차를 끓이며」 전문

세속의 욕망을 무화시키고 사물의 본성에 이르는 길은 인용시에서도 그대로 재현된다. 이 작품에서의 '차'는 세상의 물욕과 인간의 욕망을 무화시키는 매개이다. 그런데 이 과정 역시 '비'의 경우처럼, 녹이기의 철학을 내포하고 있다. 그것은 참회의 과정을 포지하지만, 그러나 "시간의 불거짐"이란 표현에서 보듯 그리 녹록한 과정은 아니다. 사물의 본질에 이르는 견성의 과정이 결코 용이한 것일 수는 없기 때문이다.

이 작품에서도 시인이 응시하는, 본질로 나아가는 길은 차로 표상되는 자연의 힘에 놓여 있는 것처럼 보인다. "이윽고 세상만사 같이 떠/다관에 몰아넣"음으로써 세속의 욕망들을 정화된 물, 본질로 가는 깨끗한 물로 승화시키고 있기 때문이다. 세속의 찌꺼기들이 이 물에 의해 걸러짐으로써, 곧 자연에 동화됨으로써 본질과 현상 사이에 놓인 차단된 벽을 이렇듯 초월하고 있는 것이다.

4. 자연과 선시의 상관관계

송준영의 선시는 욕망과 본질의 함수관계 속에서 진행된다. 시인이 뚜렷하게 욕망의 문제를 거론한 것은 아니지만, 그러나 그의 선시가 지향하는 곳이 자연의 질서, 우주의 이법에 놓여 있는 것은 틀림없는 사실처럼 보인다. 자연의 저편에 있는 것이 욕망이기 때문이다.

따라서 시인이 펼쳐 보이는 선시의 세계를 반근대성의 영역에서 사유하는 것은 의미 없는 일이라 할 것이다. 선시하면, 불교적 상상력이나 한시의 양상을 그 적절한 본보기로 제시하면서 이 테두리에 한계지으려 하지만, 그것이 근대적 욕망의 세계와 분리하기 어렵게 직조된 것이라면, 근대성의 사유 속에 편입시켜 논의하는 것도 가능할 것이다. 특히 송준영의 시들은 근대성 속에 내재된 욕망의 문제로부터 결코 자유롭지 않다는 측면에서 더욱 그러하다고 하겠다. 그의 시들은 지금 여기의 현실에서 욕망을 응시하고 그것이 만들어낸 성채에 대해 주목하고자 했다. 그리하여 그 견고한 틀을 무화시키기 위해, 곧 본질로 나아가는 길을 모색하고자 했다. 그는 이 가운데에서 선시 양식의 특성에 맞게 자연의 세계를 자신의 시적 방법으로 인유하고자 했다. 그는 그 초월의 길을 욕망 녹이기에서 구했는바, 자연은 그 적절한 치유 매체로 기능했다. 그리고 시인은 본질이 가장 온전하게 유지되고 그리하여 탐지해낼 수 있는 견성이 가장 순조롭게 이루어질 수 있는 곳도 자연으로 사유했다. 선시에 대한 새로운 가능성으로 자연이 갖는 궁극적 함의를 일러주었다는 점에서 이번 신작시들이 갖는 의의가 있다고 하겠다.

원형적 리듬에서 걸러진 일상의 평화

─ 이동순의 최근 시

이동순은 1973년 『동아일보』 신춘문예에 「마왕의 잠」이 당선됨으로써 문단에 나왔다. 이후 1980년 창작과비평사에서 『개밥풀』을 처음 상재한 이후, 끊임없이 작품 활동을 해왔다. 그리하여 최근에는 15번째 시집 『멍게 먹는 법』을 출간하기에 이르렀다. 이동순 시의 경향이 사회적인 것에 놓여 있고, 이를 바탕으로 보다 개선된 삶의 조건이 무엇인가에 대해 지속적인 물음을 던져온 것은 잘 알려진 일이다. 그렇다고 시인의 그러한 모색들이 지나친 갈등이나 투쟁과 같은 것에 기투함으로써 현실에 대한 격한 몸부림을 보여준 것은 아니었다. 그는 이보다는 우리가 흔히 지나칠 수 있는 것들, 소위 소외의 범주에 묶어두어야 할 것들에 대해 관심을 두면서 이를 따뜻하게 보듬으려는 시적 전략을 구사해왔다. 그를 온기 있는 서정시인이라 부르는 것도 그의 그러한 시적 경향과 무관하지 않을 것이다.

시인의 일상에 대한 세심한 관찰들은 최근의 시집 『멍게 먹는 법』에 이르러서는 이전보다 큰 외연을 보여주고 있다. 일상의 세목들을 우주적 질서라는 원형적 리듬으로 확장시키고 있기 때문이다. 이를 시 세계관의 변모라 해도 무방하지만, 어떻든 그의 시들은 사회라는 거대 담론으로부터 일상의 미시 담론으로 서서히 옮겨오고 있는 듯하다. 그렇다고 그의 시의 주제들이 똑같이 작아지는 것은 아니다. 오히려 미세한 일상들이 어떤 형이상학적 원리에 의해 제어됨으로써 보다 큰 메시지를 우리에게 제시해주고 있기 때문이다. 그것이 바로 조화의 원리이다. 그것은 섭리와 이법으로 설명할 수 있는바, 이를 가장 쉽게 간취할 수 있는 공간이 자연이다. 최근의 시집에서 그의 시들이 자연과 교감하고, 세세한 일상이나 작은 생명체에 대한 따뜻한 사랑을 보인 것은 모두 이와 밀접한 관련이 있다.

이번 신작 소시집들은 최근의 시집인『멍게 먹는 법』의 연장선에 놓여 있다. 이 시편들을 통해서 그가 추구해왔던 일상의 진리에 대해서 동일한 문법의 담론 체계를 제시하고 있기 때문이다.

경상북도
영덕군 창수면 인량리
너른 들 한눈에 내려다보이는
낡은 충효당 대청
난간마루

거기서 마당귀 굽어보니
저절로 돋아나
오래 된 산뽕나무 한 그루 있네

올해는 어인 오디가
저리도 주렁주렁 열렸나

마을 꼬맹이들
오디 먹고 까만 입술로
재잘거리다 가고
그 뒤를 굴뚝새 가족들
가지에 매어달려 오디 따 먹네

새들도 떠나고
갑자기 텅 빈 대청마루
여기저기 까만 얼룩 무엇인가
굴뚝새 녀석 배불리 먹어대더니
오디 똥 누고 갔네

　　　　　　　　　　　　　　　—「오디 똥」 전문

　이 작품은 여러 층위의 의미의 겹들이 모여서 생산된 것이다. 시인의
기억과 고향의 정서, 그리고 자연의 원리적 리듬감 등등이 켜켜이 쌓여
있는 것이다. 이 시는 지금 여기의 시간에서 만들어진 것이지만, 그 배
음에 깔려 있는 것은 지난 과거의 아름다운 추억이다. 기억이 파편화된
일상을 초월하는 데 좋은 역동성을 갖고 있거니와 만약 이 정서가 부재
한다면, 지금 여기에서 펼쳐지고 있는 오디의 기억은 매우 추상적으로
다가오게 될 것이다. 그것이 아름다운 기억으로 녹아 있기에 '마을 꼬
맹이'와 '굴뚝새'의 행위가 아름답게 현재화될 수 있는 것이다.

　그리고 다른 하나는 고향의 정서이다. 지금 시인이 있는 곳은 경북

영덕이다. 시인의 고향은 김천이지만, 시인은 지금 이 주변을 편력하면서 숨겨져 있던 자신의 기억을 더듬어내고 삶의 자존감을 드러내고자 한다. 그것은 근대인의 분열과 분리하기 어려운 것이며, 일탈에 대한 최고의 대항 담론이기도 하다. 고향의 정서가 분열된 사유를 완결시키는 매개 역할을 한 것은 이전의 시인들을 통해서 익히 알려진 바와 같다.

셋째는 이 작품에서 보이는 완벽한 조화의 세계이다. '오디'를 매개로 펼쳐지는 이 작품의 세계는 전일성의 구현에서 찾아진다. 오디가 자연이면, 이를 먹는 '꼬맹이'도 자연이고, '굴뚝새'도 자연이 된다. 뿐만 아니라 이 새가 배설한 '오디 똥'도 자연의 일부라 할 수 있다. 이러한 자연들이 준 것은 풍족함과 만족감, 그리고 조화감일 것이다.

조화란 어느 하나의 일탈도 허용하지 않는다. 하나의 유기체가 한 가지 요소라도 어그러지거나 빠져나가게 되면 그 정체성을 잃어버리거나 심각한 손상을 입게 된다. 그렇기에 조화감이란 일탈이 없는 완전함이 구비될 때 가능한 것이라 하겠다. 조화에 대한 시인의 열정은 매우 강렬하다. 그것은 그의 시를 만들어가는 동기이자 마지막 목표인 듯 보인다. 그가 보는 일상의 사물들은 이 감각과 분리하기 어렵게 결부되어 있기 때문이다.

오늘부터 식혜는
차고 응달진 곳에서
열흘간의 발효와 숙성 참고 견디며
옛 조상님 지혜와

정성이 듬뿍 밴 모습으로
드디어 진정한 식혜가 되어가는 것이다

차갑고 일정한 온도
결코 서두르지 않는 느긋한 끈기
외진 곳의 고독을 이겨내고
모든 재료는
하나로 부둥켜안은 채
진정한 가자미식혜로 거듭나는 것이다

— 「가자미식혜」 부분

'진정한 가지미식혜'로 거듭 태어나기 위해서는 한두 가지 요소가 충족되었다고 해서 가능한 것이 아니다. 그것이 완성되기 위해서는 이를 만들어내는 모든 것이 함께 충족되어야 한다. 가령, 여러 가지의 양념이 필요하고 영감님과 할머니의 손맛도 필요하다. 뿐만 아니라 먼 조상님의 지혜와 만드는 자의 정성이 또한 지극히 배어나야 하고 발효하기 위한 천연의 조건 또한 갖춰져야 한다. 하나의 완성품이 만들어지기 위해서는 모든 것들이 빠짐없이 구비되어야 하는 것이다.

이처럼, 이동순의 시선은 매우 작은 것에 닿아 있다. 그는 이 작은 사물이 어떻게 만들어지고, 또 어떤 기능을 하는 것인지에 대해 세심한 관심을 기울인다. 이런 과정을 통해서 시인은 일상 너머에 어떤 진실이 숨겨져 있다는 것을 간취해내고 이를 자신의 시적 전략으로 내세우고자 한다. 그러한 전략이 무슨 거대한 성채를 움직일 만한 묵중한 목소리도 아니고 또 날카로운 달변도 아니다. 그렇지만 분명한 음성이 내재되어 있는 것은 사실이다. 이 세상의 일상이란 어떤 원리에 의해 움직인다는 것이다. 그것을 어떤 섭리나 이법이라 해도 좋고, 순리라고 해도 무방할 것이다. 중요한 것은 그러한 원리 속에서 질서가 이루어지고 어떤 완성품이 만들어진다는 것이다. 일탈은 균형이 무너질 때 일어난다. 뿐만 아니라 하나가 둘로 분기될 때, 곧 경계가 만들어질 때, 이편과 저편도 생겨난다. 이 양립되는 세계에 부조화가 생기는 것은 당연하다.

데뷔 이후 시인의 시선이 가장 많이 닿았던 곳이 사회의 저변이었다. 시인은 그러한 응시 속에서 서정시가 나아갈 방향에 대해 지속적으로 고민해왔다. 그 고민 끝에 나온 것이 균형 감각이다.

찔레꽃이
언덕길에 만발한 봄
경남 합천군 야로면 나대리
노인정에 마을 할머니 할아버지들이
열다섯이나 모였습니다
이 가운데 넷은 경북사람
나머지는 모두 경남사람들입니다
경계가 마을 한 가운데로 지나가니
그냥 행정구역상
경남 경북으로 갈라져 있지만
원래부터 한 마을 주민들입니다
오늘은 부엌에서
비빔밥을 준비했습니다

경북 할머니 집에서 갖고 온

미나리 콩나물

경남 할머니 집에서 갖고 온

고사리 참기름 고추장이

한 그릇 안에서 맛있게 비벼집니다

오호 다정한 이 맛

모두들 쓱싹쓱싹 비벼서

볼우물이 옴쏙옴쏙 먹으며 마주 봅니다

보면서 웃습니다

이게 바로 세상살이 행복입니다

남과 북도 이렇게 만나

하나로 비벼지면 얼마나 좋을까요

통일도 얼마나 쉬울까요

— 「비빔밥」 전문

　인용시의 출발 역시 시작은 매우 작은 것에서 비롯된다. 시인이 주목한 '비빔밥'은 단순히 먹기 위해 만들어진 일차원적인 대상이 아니다. 그것은 여러 경계를 초월한 다음에야 비로소 만들어진 것이다. 경남과 경북 지역이라는 경계, 고사리와 참기름 등등의 경계를 무화시킨 다음에야 비빔밥이라는 새로운 물상으로 탄생하는 것이다. 이는 굶주린 자의 배를 채우는 물리적 차원의 것을 넘어서 시인이 천착해 들어간 새로운 가치 체계로 거듭난 것이라 할 수 있다. 곧 경계를 딛고 새로운 가치 체계를 만들어내는 절대 진리로 의미화된 것이다.

　그런데 그 진릿값은 소소한 일상에서 머무르지 않는다. 시인은 이를 지금 여기의 당면 과제 가운데 하나인 통일 문제와 결부시키고 있기 때문이다. 실상 남과 북이 갈라서게 된 계기는 바로 경계 의식이라 할 수 있다. 서로가 서로에게 융화될 수 없는 절대 경계가 만들어낸 것이 바로 분단이기 때문이다. 매우 소박한 것이긴 하지만 시인의 통일관은 순리의 감각, 곧 조화의 감각에서 찾아진다. '가지미식혜'가 올곧게 만들어질 수 있었던 것처럼, 통일 역시 경계의 자연스런 무화에서 가능할 수 있다는 것이 시인의 판단이다.

노인들만 계시는
마을회관에 두 꼬마가 논다
아빠는 산판 하러 갔고
엄마는 식당에 일하러 갔단다
나이 마흔 넘어서
캄보디아 처녀에게 장가든
이 마을 노총각 출신
성찬이 아빠

두 아들 연년생으로 낳고
다행히 아내를 살뜰히 거두어준단다
낯선 나라에 시집 와서
믿고 의지할 곳이라곤 오직
서방님 뿐
캄보디아 댁은
시댁 농사까지 보살피며
꿋꿋이 꿋꿋이 살아간단다

이름을 물어도

말없이 눈만 멀뚱

노인들 틈에 낀 채 방바닥에서

이리 뒹굴 저리 뒹굴

심심하기 짝이 없는

다문화가정 성찬이 형제 얼굴에는

한국도 들어있고

캄보디아도 들어있었다

—「성찬이 형제」전문

고향은 정서의 일탈을 완성하는 계기이기도 하지만, 현대사회의 여러 부정적 양태들이 많이 산재되어 있는 곳이기도 하다. 말하자면 시골이나 고향 하면 늘상 따라오게 되는 아름다운 추억이나 회고의 정서와는 무관한 공간이 될 수 있다는 뜻이다. 「성찬이 형제」가 말하고자 하는 것도 이 부분이다. 여기에 구현된 것은 일종의 낯섦의 감각에서 찾아진다. 시대의 대세처럼 굳어진 다문화 가정이 고향에서도 예외적이지 않기 때문이다. 어쩌면 농촌 총각 문제로 대변되는 경제적 궁핍과 그에 따른 전통적 결혼 제도의 붕괴가 다문화 가정이 생기게 된 현실적 계기가 아닌가 한다. 여러 부정적 양상이 노출됨에도 불구하고 다문화는 이제 피할 수 없는 대세가 되었고 이로부터 긍정이나 부정의 정서 또한 많이 발생하고 있는 것이 현실이다. 시인의 눈에 포착된 다문화 가정 문제점도 이런 사회적 여건에서 비롯되는 것이라 할 수 있다.

그러나 시인의 시선이 가닿아 있는 곳은 다문화의 부정성이나 그로 인한 갈등에 놓여 있는 것이 아니다. "나이 마흔 넘어서/캄보디아 처녀에게 장가든/이 마을 노총각 출신/성찬이 아빠"는 지금 우리가 마주하고 있는 농촌의 현실적 단면일 것이다. 그러나 농촌의 그러한 척박한 현실에도 불구하고 이 시를 이끌어가는 힘은 긍정의 아우라이다. "두 아들 연년생으로 낳고/다행히 아내를 살뜰히 거두어"주는 남편과 "시댁 농사까지 보살피며/꿋꿋이 꿋꿋이 살아"가는 캄보디아 아내가 있기 때문이다. 이런 삶 속에는 농촌의 척박한 모습도 없고, 문화적 차이에 의한 갈등도 없다. 오직 농촌이라는 공동체 속에 자연스럽게 녹아들어간 이들의 행복한 일상만이 드러나 있을 뿐이다. 그러한 일상의 모습이 상징적으로 드러난 것이 "성찬이 형제의 얼굴"이다. 한국이라는, 혹은 캄보디아라는 경계가 이들 얼굴 속에 무화됨으로써("한국도 들어있고", "캄보디아도 들어있는 얼굴") 경계 없는 새로운 조화의 세계가 만들어지고 있는 것이다. 시인이 응시하는 시선 속에는 이쪽과 저쪽을 구분하는 경계가 존재하지 않는다. 그의 눈에는 모든 것이 하나로 인식된다.

근대성의 과제 가운데 하나가 분열상에 대한 효과적인 극복이다. 그것은 삶의 질과도 관련된 것이며, 역사의 새로운 패러다임과도 관련이 있는 문제이기도 하다. 그러나 그 궁극은 어떻게 하면 가로막힌 경계를 넘어서서 새로운 공동체를 만들어내느냐에 놓여 있을 것이다. 너와 나의 경계가 없는 새로운 공통 지대로 나아가는 것, 그것이야말로 현대인들이 추구해야 할 당면 과제 가운데 하나라 할 수 있을 것이다. 그런 맥락에서 보면, 이동순이 고민하는 시적 과제인 조화의 감각들은 모더니스트들의 그것과 일맥상통하는 것이라 할 수 있을 것이다. 분열과 경계를 초월한 인식의 완결이야말로 이들의 정언명령이었기 때문이다.

가은이 자매는
산골의 다문화가정 어린이
언니는 열 살
동생은 아홉 살

필리핀 엄마는 집 나가 소식 없고
아빠는 새마을지도자
올해 나이 쉰
자매는 서둘러 책가방 챙긴다

영천시 자양면
자양초등 보현분교
전교생이래야 모두 넷
선생님 차로 학교에 오고 간다

호젓하던 학교엔
지난 가을 입양한 유기견 두 마리
새 보금자리에서
강아지 일곱 마리 낳았다

종이 울리고
한창 수업 중인데
어미를 따라 어린것들 우르르
교실로 들어온다

하학종이 울리자

텅 비었던 운동장으로

분교아이들이 일제히 달려간다

오늘만큼은 전교생 11명

　　　　　　　　—「보현분교」 전문

　이 작품은 일상의 섬세함과 이를 통한 조화의 감각이 어떤 함의를 갖고 있는가에 대해 아주 탁월하게 읊은 시이다. 여기서도 다문화 가정이 등장하지만, 그것이 이 작품의 전략적 주제는 아니다. 우선 이 작품을 이끌어가는 일차적인 요인들은 시를 구성하고 있는 세세한 일상들이다. 열 살인 언니와 아홉 살인 동생, 필리핀 엄마, 새마을지도자인 아버지, 자양초등 보현분교, 전교생이 모두 넷, 입양한 유기견 두 마리, 이들에서 탄생한 강아지 일곱 마리 등등이 그러하다. 엇나간 다문화 가정, 유기견이 주는 일탈의 정서들이 무언가 어두운 정서를 불러일으키기도 하지만, 그러나 이 시가 추구하는 방향은 그런 폐쇄적인 것의 반대편에 놓여 있다. 이 작품은 이런 부정성을 승화하면서, 인간과 동물이 하나 되는 축제의 장을 만들어낸다. 그 축제가 벌어지는 공간이 운동장이다. "하학종이 울리자/텅 비었던 운동장으로/분교아이들이 일제히 달려간다/오늘만큼은 전교생이 11명"이 되는, 인간과 동물이 하나의 공존을 이루어내고 있기 때문이다. 모든 일탈들이 운동장이라는 공간에서 비로소 새로운 조화감으로 승화되고 있는 것이다. 이렇듯 시인은 고향이라는 작은 마을 속에서 세상을 읽어낸다. 그에게 일상은 세상의 진리를 밝혀내는 작은 씨앗이다. 그러나 그것은 결코 작은 것이라는 자기 한계에 갇혀 있는 물상이 아니다. 그것은 이 세상의 섭리를 읽어내는, 형이상의 주제로 승화되는 진리가 되기 때문이다.

하루 일 끝내고
날 저물었다
어촌계장 댁 마당에 술판 벌어졌다
이래저래 어울린 사람이
여덟 하고도 아홉

장구와
아코디언과 젓가락장단으로
분위기 무르익어 가는데
이 댁 안주인은
소주 한 잔 마시고 입을 쓰윽 닦더니
소리 한 자락 쏟아낸다

영감님은
냉큼 장구채를 잡는데
그야말로 부창부수
길게 이어가는 노랫가락이 벌써
몇 절 째인가
마침 지나가던
윗마을 무당 윤 보살 들어와
소리를 주고 받는다

소한 지나

영하의 추위도 매서운데

마당귀에서 활활 타는 모닥불 위로

눈발까지 뿌리는데

술판은 점점 달아오른다

발그레한 얼굴로

두 여인이 주고받는 노랫가락이

어찌 이리도 아름다운가

솟구치는 흥을 못 참고

나는 기어이 일어나

덩실덩실 곱사춤 추었다

—「노랫가락」 전문

　인용시는 「보현분교」의 연장선에 놓여 있다. 이 작품의 주제는 '춤'이다. '운동장'의 기능을 대신하고 있는 것이 바로 춤인 까닭이다. 춤이란 무엇인가 흥겨울 때 나오는 반사적 행동이다. 따라서 거기에는 어떠한 경계도 초월할 수 있는 힘이 있다. 자연스럽게 하나가 되고자 할 때 나오는 행위가 흥겨운 춤의 형태이다. 그것은 나 자신의 문제를 초월하는 것이며, 또 집단의 문제를 초월하는, 여러 갈등을 하나로 묶는 접착제 역할을 한다. 그렇기에 춤은 모든 것을 하나로 만들어버린다. 춤사위가 이루어질 때, 갈등이 사라지고 경계 또한 과감하게 무너지게 되는 것은 여기에 그 원인이 있다. 곧 나는 너가 너는 또한 내가 되는 것이다. 모든 위계질서와 경계가 사라지는 현대판 카니발이 지금 「노랫가락」에서 펼쳐지고 있는 것이다.

자연은 하나의 리듬이다. 규칙적이라는 점에서 예외가 없는 리듬이고, 또 위계질서가 없다는 점에서 평등의 리듬이라고 할 수 있다. 그렇기에 자연 속에서는 모든 것이 동일한 하나가 된다. 이동순 시의 일상들은 모두 이 자연이라는 리듬 속에 수렴된다. 일상의 것들은 이 리듬 속에 걸러져 새롭게 탄생한다. 그의 시들은 자연이라는 원형적 규칙이 있기에 일탈의 세계가 없고 평등하기에 갈등의 세계가 없다. 그러한 정서가 최근에 시인이 찾아낸 새로운 진리일 것이다. 그는 이 흥겨운 춤사위를 통해서 현대판 카니발을 만들어낸다. 그의 오랜 시의 여정들이 비로소 여기서 완성되고 있는 것이다.

가변적인 것과 항구적인 것 사이에서

― 이은봉의 최근 시

　이은봉의 시가 발언하고자 하는 것은 분명하다. 시의 주제가 뚜렷하게 드러난다는 것은 그만큼 시인이 갈망하고자 하는 세계가 무엇인지, 또 그러한 길에 이르는 과정이 무엇인지가 명쾌하다는 뜻이다. 그렇다고 이런 명료성이 시의 단순성이라든가 정서적 함량의 농도를 흐리게 하는 것은 아니다.

　시인은 이 시대를 살아가면서 시인으로서의 역할에 충실하고자 애써왔다. 그런 성실성과 윤리성이 이은봉 시의 매력이거니와 그의 이러한 기조는 이번 시작에서도 예외가 아니다. 시인이 관심을 갖고 올곧이 지켜온 근대성의 문제는 어제오늘의 것으로 한정되지 않는다. 근대가 열리기 시작한 이후, 이 문제는 이 시대를 살아온 문인들마다 똑같은 무게로 다가왔기 때문이다. 시인들은 그러한 하중으로부터 탈피하고자 했던 가열찬 몸부림들을 자신의 언어 속에 담아내고자 했다. 언어 속에 자연을 흡입하기도 했고, 고향과 같은 영원의 감수성으로 시인의 언어를 끌고 들어가기도 했다. 이도 저도 아니면 자아를 해체하여 근대에 적나라하게 노출시켜서 근대성의 고민을 폭로하기도 했다.

이런 극렬한 자의식과 고민들이 이은봉의 시가에도 그대로 녹아들어가 있으며, 그 연장선에서 그의 시들은 시사적 맥락 또한 갖고 있다고 할 수 있겠다. 따라서 그의 시들이 불러낸 근대의 고민들은 외톨이의 감수성이 아니며 근대라는 거대한 축 속에서 자연스럽게 위치지을 수 있는 것들이라 하겠다.

시인이 고민하는 근대의 문제는 소위 도구화된 이성의 문제에서 비롯된다. 계몽의 이름으로 이상화되던 근대의 이념이 문명의 무한한 팽창으로 도구화되면서 그 아름다운 초기의 계획을 상실한 지 오래되었다. 그러나 그러한 이상의 좌절이 흔적의 차원에서 그치지 않고, 삶의 질을 훼손시키는 국면에 이르렀다는 데에 문제의 심각성이 놓여 있었다. 이러한 불행의 일차적 원인은 유기체적인 세계의 파괴, 곧 인간과 자연의 분리라고 할 수 있다.

인간과 자연은 왜 대립되어왔는가. 그리고 그러한 대립이 필연적인 것이라면 언제부터 그러했는가. 왜 하필 그러한 대립이 근대에 들어서 문제가 되었던 것인가 등등의 의문이 제기되어왔는데, 그 회의의 지점은 바로 인간의 욕망에서부터이다. 욕망은 지극히 근대적인 사유에 기반하고 있는 것이다. 특히 물질적 토대와 결부된 욕망이야말로 인간의 유기체적 삶의 조건을 파괴한 근본 원인이 된다. 욕망이 있는 곳에 파괴가 있었고, 파괴가 있는 곳에 인간의 욕망이 놓여 있었다. 좀 더 인간적인 삶을 영위하고자 한 인간의 그릇된 욕망이 오히려 그 반대의 결과를 가져오게 했다는 이 필연적 아이러니야말로 근대인의 불행이었던 것이다.

2월의 하루, 날씨가 얼굴을 찡그린다 온종일 몸이 고생을 한다 황사를 가득 품은 먹구름은 고인돌이다 고인돌이 심장과 혈관을 찍어 누르는 거다 피돌기가 급해진다 온몸이 멍해진다 어지럽다 하늘이 빙그르 돈다

2월의 먹구름은 저승사자다 자꾸만 고인돌로 사람들의 가슴을 찍어 누른다 누군가를 잡아가려고 쓰레기장 뒤로 살짝 몸을 숨기는 2월의 저승사자 먹구름, 겁난다 무섭다 숲으로, 자연으로 자꾸 몸을 피해야 한다

2월에는 나이 좀 든 사람들부터 이승을 떠난다 먹구름의 저승사자가 밧줄로 묶어 가는 거다 장례식장도 만원이다 밧줄에 묶여 가더라도 장례는 치러야 한다 살아남은 사람들, 그 일로 경황이 없다

2월의 날씨는 아직 춥다 추위를 틈 타 고인돌 저승사자가 터널 속 기차처럼 불쑥 나타난다 저승사자 먹구름의 부름을 받으면 어쩌나 빨라지는 숨결이 어둡고 무겁다 걸어야 한다 자꾸 숲으로, 땅으로 가야 한다.

— 「2월의 저승사자」 전문

이 작품에서 근대의 부정성을 읽어내는 것은 쉽지 않은 일이다. 시인은 이를 표 나게 드러내지 않고 있거니와 그 실마리조차도 암시하고 있지 않기 때문이다. 그럼에도 그 저변에 깔린 아우라를 탐색해 들어가면 이 작품 속에 내포된 불온성의 근거가 무엇인지를 어렴풋이나마 알

게 된다. 시인이 이 작품 속에 드리운 부정의 포즈는 2월이라는 계절 속에 표명된다. 물리적 측면에서 2월은 불구의 계절이다. 길이가 다른 계절에 비해 지극히 짧은 까닭도 있거니와 또한 그것은 겨울과 봄 사이에 끼인. 매우 어정쩡한 상태에 놓인 시간이라는 점에서도 그러하다. 시인은 그러한 2월을 고인돌로 치환해서 새로운 음역을 만들어낸다. 곧 그것이 주는 거대한 육중함을 서정적 자아의 감옥으로 의미화하는 것이다.

이 작품 속에 근대가 주는 역사철학적 함의를 끄집어낼 수 있는 것은 '숲'과 '자연'이다. 그것은 2월의 저편에 있는 것이고, 또 고인돌의 막중한 무게를 견디게 해주는 받침대 역할을 하는 것이다. 턱없이 '숲'과 '자연'이 갑자기 툭 떨어진 것이 아니라는 이야기이다. '숲'과 '자연', 그리고 '땅'이 근대성의 맥락과 분리하기 어렵다는 점에서 이 작품은 이 사유의 맥락으로 편입시킬 수 있는 것이다. 그만큼 이 작품 속에 담겨 있는 시적 함의는 매우 형이상학적인 것이라 할 수 있을 것이다.

「2월의 저승사자」에서 다소 모호하게 드러났던, 근대에 대한 부단한 항해는 「나로도 바닷가」에 이르면 보다 구체화된다. 개발과 문명이 무엇이고, 그 이면에 자리한 인간의 사유가 어떤 것을 지향해야 하는지에 대해서 이 작품만큼 뚜렷이 보여주는 것도 없을 것이다.

유자밭이 있었는데/유자밭이 있었는데 중얼거리다가/바다 바라보고 철푸데기 주저앉은 곳/몽돌밭이다 엉덩이까지/몽들몽들하다/10년이 지나니 나로도도/바뀐 것이다 변한 것이다/이 나라 이 땅 가운데/10년이 지났는데도/바뀌고 변하지 않은 곳이 어디 있겠는가/멀리 바라다 보이는 우주항공센터에서는/겁 없는 사람들 자

꾸 지구 밖으로 떠나고 싶어 하는데/오직 바뀌고 변하지 않는 것
은/저 바다와, 내 마음속 철부지 소년뿐이다/몽돌밭 위 철푸데기
주저앉아/생각한다 끝내 저 바다 건너/거문도로 백도로

　가지 못해도 좋다/나날의 삶에 끝이 어디 있으랴/여기 이렇게
앉아/꿈속을 헤매어도 좋다.

—「나로도 바닷가」 전문

　한갓 오지에 불과했던 나로도가 뭇 사람들의 관심을 끌게 된 것은 이
곳에 우주 발사체가 들어섰다는 것, 그리고 이를 바탕으로 인공위성을
우리 땅에서 처음 쏘아 올렸다는 점 때문이다. 그렇기에 이곳은 주목의
땅, 기회의 땅으로 인식되었다. 그러나 중요한 것은 이런 과학적, 혹은
일상적 사실이 아니다.

　근대가 문명의 첨단과 불가분의 관계에 놓여 있다는 점은 잘 알려진
일이다. 그것은 시의 근대성을 이야기할 때 언제나 제기되었던 문제였
다. 문명의 최전선에 서는 것만으로도 시의 근대성이 담보되는 것이기
에 근대 초기의 시인들은 근대 문명을 열렬히 찬양했다. 물론 찬양과
비판이 공존하긴 했지만, 그것을 언급하는 것만으로도 시의 근대성은
실현되는 것으로 인식했던 것이다. 그 가운데 대표적인 것이 문명의 상
징이었던 철도였다. 육당의 「경부철도가」가 그러하거니와 춘원의 『무
정』을 만든 핵심 기제 역시 철도였기 때문이다. 이런 흐름들은 김기림
의 Z기의 기적으로 이어졌고, 소위 과학의 명랑성에 관한 문제들은 계
속 신화적 차원으로 찬양되어왔다.

　이은봉의 「나로도 바닷가」가 문제적인 것은 바로 이런 시사적 맥락과
분리하기 어렵다는 점 때문이다. 21세기를 경과하는 이즈음에 우주로

한국 현대시의 체험과 상상력

향한 발걸음만큼 문명의 최첨단을 걷는 것도 없을 것이다. 근대에 대한, 혹은 현대에 대한 예민한 촉수가 이처럼 가장 앞선 곳까지 뻗쳐 있다는 것은 이 시인이 갖는 안목의 크기를 말해주는 것이라 할 수 있다. 그것은 철도를 시의 근대성으로 올려놓은 육당의 작업과 동일한 것이라는 점에서 그러하다.

그러나 근대 문명에 대한 이런 예찬에도 불구하고 시인이 주목하는 것은 그 이면에 가려진 근대의 불합리한 국면들이다. 시인은 그러한 예증을 이른바 가변성의 영역에서 찾고 있다. 실상, 근대가 준 불행한 단면 가운데 하나가 정신의 분열 현상이다. 하루가 다르게 다가오는 물질문명의 새로움이 인간에게 준 것은 달콤한 것이기도 했지만 쓰디쓴 약과도 같은 이중적 속성을 지닌 것이었다. 새로운 현실에 조화하지 못한 인간, 보다 앞선 문명을 따라잡지 못한 인간들에게 다가온 것은 오직 부적응의 참담한 결과뿐이었다. 이러한 가변성의 혼란 속에서 항구성의 매혹은 더더욱 커질 수밖에 없었다. 다시 말해 변하지 않는 것이야말로 현시대의 위기와 혼란을 극복해줄 최대의 치료약이었던 것이다. 그 대항 담론이 바로 영원성이다.

일찍이 엘리엇은 낭만주의를 부정하면서 비개성으로서의 전통을 강조한 바 있다. 그러나 그 이면에는 낭만성이라든가 근대적 현실이 주는 카오스의 세계를 초월하고자 하는 의도 또한 숨겨져 있었다. 코스모스로서의 전통이 예술의 근본 요소가 될 수 있다고 판단한 것이다. 그런 면에서 「나로도 바닷가」에서 시인이 표명한 '바다'와 '내 마음 속 철부지 소년'은 엘리엇이 말한 전통과 동일한 영역에서 사유되는 것이라 할 수 있다.

가변적인 근대의 현실에서 변하지 않는 것이란 무엇일까. 실상 근대 모더니스트들에게 이 물음만큼 유효한 것도 없었는바, 항구성으로 대변되는 모든 것들이 모두 이 영역 속으로 포회되어 들어왔다. 자연을 비롯한 절대 종교, 모성적인 것들 혹은 유토피아로서의 역사 등등이 바로 그것이다. 그러나 그것이 어떤 요인들로 묶여서 시인의 상상력으로 틈입해 들어오든 간에 문학작품 속에서 그것이 담당했던 시적 역능은 바로 불변성의 문제였다. 이러한 속성이 이은봉의 시들에도 고스란히 재현되고 있는데, 인용 작품에서 보듯 '바다', '소년의 순수성' 등등이 그러하다.

산 사람들은 산 사람들, 죽은 사람들은 죽은 사람들, 누가 그걸 모르랴 북한산이 다시 죽은 사람들을 불러 산 사람들을 골짝골짝 끌고 다닌다

이윽고 산 사람들, 큰 바위 밑으로 모인다

얼기설기 비닐을 깔고, 밤 대추 사과 배 곶감 따위 대충대충 늘어놓는다

밥도 떡도 나물도 산적도 그냥그냥 올려놓는다

산 사람들, 정성 들여 두 번 절하고 일어선다

초봄의 햇살, 밝고 환하고 가늘고 보드랍고 따스하다

아직은 추워 자꾸 손 움츠리는 이른 봄의 햇살, 또 죽은 사람들을 불러 산 사람들을 깨운다

북한산이 산 사람들을 불러 죽은 산사람들을 가슴 속에서 꺼내 진설하는 이른 봄이다

산 사람들이 즐겁게 지난 시대를, 아직 오지 않은 시대를 가슴 속에 넣고 불을 지핀다 죽은 산사람들로 하여 산 사람들의 가슴이

뜨겁게 끓어오른다.

―「산제사」 전문

'바다'와 '소년의 순수성' 등등과 더불어 시인이 이번 신작시에서 또하나 주목하고 있는 대상이 바로 자연이다. 인용시에서 산은 죽은 자를 부활시키는 생명의 저장소이다. 뿐만 아니라 죽은 자를 매개로 해서 산자에게도 생의 에네르기를 부여하는 공간이기도 하다. 죽은 자는 소위 변하지 않는 영역에 속한다. '바다'라든가 '소년' 등등과 동일한 위치에 있는 것인데, 산은 이들에게 새로운 부활을 명명한다. 바로 산 자로 하여금 "가슴이 뜨겁게 끓어오르"게 하는 생명의 젖줄 역할을 하게 하는 것이다.

그리고 이런 역동성 속에서 특히 주목되는 부분이 "지난 시대를, 아직 오지 않은 시대를 가슴 속에 넣고 불을 지핀다"라는 부분이다. 실상 이미 석화되어버린 듯한 전통이 중요한 것도 그것이 현재를 가로질러 미래에의 새로운 길을 열 수 있다는 가능태로서의 의미였다. 과거를 현재와 미래의 방향으로 조율할 수 있다는 것이야말로 전통의 긍정적 가치일 것이다. 시인이 항구성의 또 다른 대상인 자연을 통해서 시대의 길이 어떻게 나아가야 할 것인지를 일러준 것이 이 작품의 의의이다.

바람만 요란하게 나뭇가지를 물어뜯는다 파도만 겁나게 방파제를 두드려댄다 파밭의 파들, 파랗게 춤춘다 팔다리가 찢어지도록 몸을 흔드는 파들

달리던 길가에 자동차를 세우고, 내가 나에게 묻는다 어디로 가
야 하나 어디에도 갈 곳이 없다

　　전장포에는 새우젓 가게들도 텅 비어 있다 오늘은 이곳에서 사
람들 만나기 아예 어렵다 어디 길을 물어볼 사람조차 없다 농협창
고도 추워 자꾸 몸 움츠린다

　　잠시 눈 감는다 봄날의 임자도를 떠올려본다 들판 가득 들깻잎
들 고소하게 흩날리고 있다 길가의 튤립 꽃들 화사하게 물결치고
있다

　　아무래도 봄이 와야 한다 저 들판의 들깻잎들도 봄이 와야 팔 것
이 된다 돈이 된다 돈이 되어야 사람들도 개들도 신명이 난다 그래
야 튤립들도 활짝 꽃, 피운다.

—「겨울, 임자도」 전문

　　임자도는 추상적인, 혹은 형이상학적인 산이 아니다. 우리 국토의 한
부분을 차지하는 구체적인 산이다. 그러나 이런 구체성이 산속에 내포
된 근대적 의미를 훼손시키는 것은 아니다. 한국 시사에서 인식의 완결
을 이루고자 했던 모더니스트들이 자신의 그러한 꿈을 실현하고자 했
던 것이 자연이었다. 인간은 그러한 자연의 항구적 가치를 인식하면서
도 달면 삼키고 쓰면 뱉는, 감탄고토의 일을 거듭거듭 만들어왔다(「금
일도」). 그러나 이런 피드백 과정에서도 오직 기댈 곳은 여기뿐이라는
원점 회귀 의식이었다. "달리던 길가에 자동차를 세우고", "어디로 가야
하나 어디에도 갈 곳이 없다"라고 자기 회의에 젖어드는 것은 모두 그
러한 인식의 단면을 보여주는 것이라 할 수 있다. 그러나 그러한 회의

에도 불구하고 다시 회귀할 곳은 자연뿐이었던 것이다.

이은봉의 시에서 '임자도'로 구현되는 자연은 건강한 삶이 펼쳐지는 유토피아이다. 특히 그것이 봄이라는 또 다른 자연현상과 맞물리면서 더욱 신명나는 생명의 장으로 축제화된다. 그것은 인간에게는 삶을 매개하는 자본 역할을 해주고, 개와 튤립을 비롯한 작은 개체들에게는 활력소가 된다.

'임자도'는 시인이 문명의 뒤안길에서 삶의 전일성을 구현시키는 유토피아적 공간으로 현상된다. 그것이 자연의 구경적 가치임은 당연한 일이거니와 시인은 근대의 불안한 여정을 이를 매개로 초월하고자 했다. 이런 면에서 시인에게 자연은 유토피아로 나아가는 근본 수단이라 할 수 있다. 정지용 이후 근대 모더니스트들이 나아갔던, 자연이라는 통로 속에서 분열된 인식을 완결시키고자 했던 과정을 이은봉 시인도 고스란히 이어가고자 한 것이다.

자연의 근대에 대한 대항 담론임은 익히 알려져왔다. 특히 한국적 모더니즘이 나아갈 궁극적 목표가 자연이라는 사실도 잘 알려진 사실이다. 그런 면에서 이은봉 시인이 추구한 자연의 궁극적 가치도 그 연장선에 놓여 있는 것이라 할 수 있다.

그러나 중요한 것은 막연하고 추상적인 자연이 근대에 맞서는 담론임에도 불구하고 이은봉 시인의 그것이 지금까지의 방법적 의장과는 다른 지점에 놓여 있다는 사실이다. 무엇보다 근대에 대한 시인의 대항 담론은 구체성에서 찾아진다는 점에서 이전의 경우와는 차별된다고 할 것이다. 우선 그의 자연은 추상적이지 않다. '금일도'라든가 '임자도', 혹은 '나로도'와 같은 구체적인 지명, 혹은 자연을 통해서 그의 시들이 직조되고 있는 까닭이다. 근대에 저항하는 한국적 대항 담론이 자연이라면, 구체성에 대한 담보야말로 이 시점에서 요구되는 가장 중요한 시적 의장이 아닐까 한다. 막연한 자연이 아니라 구체적인 자연, 지금 여기의 자연이야말로 근대성의 새로운 단계가 아닐까. 실상 근대에 맞서는 저항 담론의 수준이 여기에까지 이른 것은 중요한 시적 거보가 아닐 수 없다. 그것은 전적으로 시인의 능력이자 몫이라 할 수 있으며, 그것이 이번 신작시에서 보여준 이은봉 시의 가치일 것이다.

싱크홀의 시대적 경고와 숲의 상징적 가치

— 오정국의 최근 시

오정국의 신작시 5편이 다루고 있는 것은 현대사회에 대한 경고의 메시지이다. 이 시대를 이끌어가는 위험 요소는 대단히 많아서 어느 하나를 꼭 집어서 말하는 것은 매우 어려운 일이다. 그것을 발생하게끔 추동했던 원인이란 것이 어느 하나의 요인에 의해 결정되는 것이 아니기에 이를 특정하기는 쉽지 않은 까닭이다. 그러나 그러하더라도 그것이 만들어낸 결과랄까 폐해라는 것을 지적하기는 어렵지 않다. 드러난 결과만큼 이를 직시하고 이해하는 일은 쉽기 때문이다.

오정국은 현대사회 속에 내재된 그런 병리적인 현상을 싱크홀로 알레고리화한다. 싱크홀이란 무엇인가 조화감이 깨졌을 때 나타나는, 물리적으로 위험하고 불안한 상황을 의미한다. 빈번한 뉴스거리로 등장하는 거추장스럽고 때로는 위협적인 싱크홀의 현상들이 어떤 원인에 의해 발생하는가에 대해서는 의견이 분분한 형편이다. 지하수의 누수가 빚어낸 결과로 이해하는가 하면, 도구화된 개발의 폐해를 그 일차적 원인으로 지적하도 한다. 그러나 그 원인이 어디에 있든 분명한 것은 싱크홀은 곧 생존 조건의 위협과 불가분하게 얽혀 있다는 것, 그리하여 생태적 환경 파괴로 이어질 수 있다는 불안 요소를 담아내고 있다는 것이다. 불안과 좌절, 혹은 공포와 같은 부정적 정서를 존재론적 요건으로 내포한 현대인에게 싱크홀은 또 다른 위협 요소가 아닐 수 없다. 그것은 인과론적인 것이면서 또 그렇지 않은, 그리고 불특정 시간이나 공간에서 발생할 수 있다는 점에서 우연적인 속성을 지닌 것이기도 하다.

생태적 환경에서 비추어보면, 싱크홀은 일차적으로 도시화에 따른 개발의 요인에서 발생하는 것으로 보아야 한다. 그런 면에서 이를 다루는 시를 도시시의 범주에서 검토하는 것도 가능할 것이다. 이 유형의 시가가 유행하던 것은 잘 알려진 대로 1980년대이다. 민중시와 서정시의 틈바구니에서 조용하지만 강력한 자장을 갖고 등장한 것이 이 장르였다. 특히 생태적 환경 조건이 중요시되면서 오염과 같은 문제들이 이 범주의 작품들에 있어 중요한 주제 가운데 하나가 되었다. 이런 맥락에서 싱크홀을 소재로 한 작품들을 이 범주에서 다루는 것이 옳지 않은가 한다. 따라서 시인은 21세기의 초엽에 새로운 형태의 도시시에 대한 개척, 곧 싱크홀이라는 전혀 새로운 영역을 일구어낸 선구자적 위치에 있다고 할 수 있다.

이토록 위태로운 발걸음 아래
우리가 불태운 창고가 있다 막다른 골목이
막다른 골목으로 치닫다가 내려앉은
흙구덩이

여기가 어딘지 아직도 모르겠는
결국은 이런 꼴의 막장드라마, 이런 막장이
또 어디 있겠냐만
발걸음을 옮겨갈 수 없다

이런 악몽이 있을 수 없다고? 데자뷔가 아니라
부메랑이다 목을 향해 날아오는
부메랑, 백주대로의 처형장이다

복선 없는 트릭처럼
허구의 맨바닥이 너무 깊어서, 그래 이건
아가리야, 유령의 아가리야

어쩌면
귀신고래의 물길이 흘렀겠고

아직도 여기서 누가 살고 있는 듯
중심에서 밀려난 변방들이
중심을 파고드는 중이다 지하창고의 도참서에 기록되어 있었으
나
글자 몇 자 뜯겨나간
미궁의 ■◆▼●이다

—「발밑 싱크홀」 전문

　시인이 본 대로 싱크홀의 존재는 매우 위태로운 것이지만, 그러나 그
것의 원인이 어디에 있는지를 정확히 아는 것은 불가능하다. 다만 1연

에 제시된 것처럼 그 이유를 어렴풋이 알 수 있을 뿐이다. 그것은 곧 "우리가 불태운 창고"에 일차적인 원인이 있으며, 그 불길에 의해 막다른 골목에 내몰린 결과가 "내려앉은 흙구덩이"가 되었다는 것이다. 이런 맥락에서 보면, 싱크홀의 형성은 자연에 대한 무차별적인 개발 때문이라는 것을 알 수 있게 된다. 근대 이후 개발의 논리가 도구적 이성에 의해 추동되면서 수많은 자연환경을 파괴한 것은 익히 알려졌거니와 그 목적은 인간의 편리성, 곧 문명화라는 기획에 의해 시도되었다. 인간이 보다 나은 조건을 만들려고 유기적 동일체를 이루고 있는 자연환경을 파괴했던 것, 그것이 근대화의 필연적 과정이었고 싱크홀을 만들어낸 근본 요인이었던 것이다.

그러나 한쪽으로만 치우치는 개발, 인간의 욕망을 기계적으로 추구하는 문명화가 어떤 유토피아적 환경으로 귀결되지 않았음은 반근대성의 제반 논리가 증명하고 있는 터이다. 이런 현실을 두고 시인이 "데자뷰가 아니라 부메랑이다"라고 한 것은 의미 있는 지적이라 할 수 있다. 그러나 개발의 논리가 반작용의 결과로 부메랑 효과를 가져올 수 있을 것이라는 사실을 긍정함에도 불구하고 그것이 가져오는 후폭풍은 만만치 않다는 데 문제의 심각성이 있다. 그것은 "목을 향해 날아오는 부메랑"은 물론이거니와 경우에 따라서는 "백주대로의 처형장"이 되어서 인간의 생명을 위협하고 있기 때문이다.

욕망이 이제까지 거침없는 편식을 해왔다면, 역으로 싱크홀은 그러한 인간을 다시 집어 삼키는 '아가리', 더 심한 경우에 '유령의 아가리'가 되어 다시 입을 벌리고 있는 것이다. 마치 뫼비우스의 띠처럼 누가 가해자이고 누가 피해자인지를 알 수 없는 악의 순환고리를 형성하면서

한국 현대시의 체험과 상상력

계속 부메랑의 효과가 연속되어 나타나고 있는 것이다.

도시적 삶과 환경을 특징짓는 요인들은 매우 다기한 편이지만 이를 어떤 현상으로 특정화시켜 개념화하는 것은 쉬운 일이 아니다. 시인이 감각하는 대상이나 세계관 등등에 의해 그것은 이질적 층위로 나뉘어질 수 있기 때문이다. 그런 어려움에도 불구하고 오정국이 인간의 현대적 삶의 상황을 싱크홀로 상징화한 것은 매우 의미 있는 일이 아닐 수 없다. 1980년대의 생태시를 비롯한 도시시의 화두가 환경오염이었고, 그에 따른 다양한 이미지들이 시의 작품 속에 내재한 것은 사실이지만, 이를 하나의 상징이나 개념으로 추상화시킨 경우는 거의 없었다. 반면 오정국의 경우는 그러한 병리적 모순을 싱크홀이라는 상징으로 의미화시키고, 이를 21세기 도시시라든가 반근대성의 음역으로 한정시켰다. 그러한 상징이 지금 여기의 현실을 병리화시키는 새로운 아이콘으로 자리할 수 있다면, 그것은 전적으로 시인의 역량이라 할 수 있을 것이다.

아직도 내 머릿속을 떠나지 않는
싱크홀, 이건 아무래도
멀쩡한 거짓말
앞뒤 맥락을 짚어낼 수 없다

오늘밤의 착지점을
가늠할 수 없다

눈먼 자의 도시가 여기였던가

갑자기 말문이 막히고

오늘 같은 밤의
영문 모를 밑바닥을 견딜 수 없다

지하도 계단을 내려가면서
무심코 양팔을 쳐들었을 때, 나도 그렇게
새의 종족이었던 것인데

날개 없는 어깻죽지를 펄럭거리며
마천루의 뚜껑 같은 커다란 손바닥을 본다
빌딩숲 그림자의 수렁을 걷는다

여기, 모래무덤의 구릉들이 흘러간
자리, 이게 뭐냐고, 되물을 수 없을 만큼
커다랗게 입 벌린
허기들

이젠 뭐라고 대꾸조차 할 수 없는
내 머릿속의 싱크홀, 줄기 끝의 꽃처럼
이토록 아름다운 거짓말을
되돌려줄 인간이 보이지 않는다

　　　　　　　　　　　　　　　—「날마다 싱크홀」 전문

　「발밑 싱크홀」이 물화된 현실이 빚어낸 인간의 욕망이나 문명화의 논
리를 비판한 것이라면, 「날마다 싱크홀」은 다소 추상화된 형태의 싱크

홀을 다루고 있다는 점에서 차별되는 경우이다. 물론 여기서도 그것의 의미는 불구화된 현실에 대한 비판의 음역으로 나타나는 것은 당연한 것이거니와 이전의 경우보다 체계화된 형태를 보여주고 있다. 여기서 체계란 시스템화를 말하는 것인데, 이는 마치 오이디푸스 콤플렉스처럼 일상적 인간들의 단자화된 싱크홀의 항상적 효과라 할 수 있다. 앞의 경우처럼, 여기서도 싱크홀은 무언가 유기적인 질서를 훼손하는 의미소로 기능한다. 그런데, 그것은 「날마다 싱크홀」이라는 제목에서 볼 수 있는 것처럼, 일상화된 것이어서 어느 한순간의 계기나 자의식적인 해방을 기대할 수 없는 보다 체계적인 형태로 자리하고 있다. 그것은 한순간의 일탈이 아니라 계속되는 파괴의 형태, 곧 현대인들이 항상 간직하고 살아야 하는 슬픈 숙명을 말해주고 있는 것이다.

그것은 자아를 옥죄는 감옥이고, 또 이를 조정하는 강력한 추동체이기도 하다. "오늘 밤의 착지점을/가늠할 수 없다" 할 정도로 자아의 유기적 동일성을 훼손하는 절대적인 어떤 실체로 자리하고 있는 것이다. 이런 맥락에서 여기서의 싱크홀은 존재론적 국면과 매우 밀접하게 관련되어 있는 것이라 할 수 있겠다.

그러나 그것이 비록 존재론적 불완전성과 같은 형이상학적 국면과 밀접한 연관이 있다고 하더라도 근대의 제반 맥락으로부터 자유로울 수 없다는 점에서 이 사유 구조 속에 편입시켜 논의할 수 있는 문제라 할 수 있다. 이에 동의한다면, 이 작품에서의 싱크홀도 앞의 작품 속에서 보여주었던 의미론적 국면과 동일한 것이라 할 수 있다.

싱크홀의 존재는 반유기성과 불가분의 관계에 놓여 있는 것이고, 또 영원의 상실이라는 근대인의 슬픈 운명, 그리고 절대 무의식의 실존이라는 측면과 분리하기 어렵게 결합된 문제이다. 이 모두는 하나의 전일성, 완전한 동일체를 향한 인간의 꿈과 좌절, 회한의 감수성을 떠나서는 성립하기 어려운 것이다.

이번 신작시에 시인의 또 다른 포즈로 제시된 숲의 상징적 가치가 절대화되는 것은 싱크홀이 주는 그런 불완전성에 기인한 것이 아닐까 생각된다. 문명이 실패할 때마다 자연의 상대적 가치가 부각된 것은 어제오늘의 일이 아니다. 그런 맥락에서 보면 시인의 경우도 동일한 설명이 가능할 것으로 보인다. 그에게도 숲으로 표상된 자연은 절대적 영역으로 의미화되고 있기 때문이다.

커브를 돌자 저절로 풀리는 핸들처럼
숲이 일렁거렸다 숲은 그렇게
나에게로 왔다 머뭇거리고 설레며
고개를 숙인 채

문득 문득 나무들이 울타리를 이루었고
납골당 유치 결사반대 현수막이
숲의 외곽을 흔들었다

숲은
저의 가슴에 무수한 무덤을 품고도
그 놀라움을 표하지 않았고

오줌버캐처럼 허연 밤꽃을
뒤집어쓰고 있었다 몇 가닥의 밧줄이

터널 속으로 사라지듯
숲길은 끝없고, 끝없이 움직여서
저녁 빛이 환했다

잠자코 저의 발등을 내려다보는
나무들, 언어의 매혹에 붙들린
시인들 같았다 불탄 숲의
공터를 지키는

침묵의 흙덩어리들, 끝끝내 되돌아올 수 없는
지점, 거기까지 가서
이 몸 하나
통나무 불길로 타오르고 싶었는데

굴삭기의 삽날 자국이 번쩍거렸다
천막처럼 내려앉는
숲의 외벽들, 가까스로
어둑한 숲길을 빠져나올 때

숲은
멸종된 공룡의 모습으로
강 건너 불빛을 굽어보고 있었다
공룡의 멸종을 지켜본
나무, 낙우송과(科) 삼나무속(屬)도 섞여 있었다

—「숲의 외곽」 전문

숲은 싱크홀의 불온성이나 부정적 기능 혹은 가치에 비하면, 매우 건강하고 긍정적인 기능을 하고 있다. "숲은/저의 가슴에 무수한 무덤을 품고도/그 놀라움을 표하지 않았고", "불탄 숲의 공터를 지키"기도 했으며, "굴삭기의 삽날 자국"에 "숲의 외벽"이 "천막처럼 내려앉는" 것에도 불구하고, "멸종된 공룡의 모습으로/강 건너 불빛을 굽어보고 있"을 정도로 자기 평정심을 가지고 있다. 이 얼마나 놀라운 복원력이며, 삶에 대한 건강성일까. 그것의 그러한 기능적 가치에 대해 무지한 것은 오직 인간의 욕망뿐이다. 시인은 그것에 대한 회한과 안타까움을 서정의 맥락 속에서 이렇게 자연 속에 흡수시켜 무화시키고 있는 것이다.

숲, 곧 자연은 인간으로 하여금 전일적 동일성과 완결성을 주는 공간이며, 소위 개발의 논리를 온몸으로 받아내면서도 또 이를 딛고 일어설 정도로 강력한 힘을 갖고 있다. 시인에게도 숲으로 표상되는 자연이야말로 싱크홀로 대표되는 현 시기의 위기를 극복할 수 있는 대항 담론으로 자리하고 있었던 것이다.

등산로의 나무들이
길 쪽으로 상처가 나 있다

그루터기만 남은 나무들이
스스로 밀어올린 높이를 절취당한 나무들이
길과 숲의 경계이다

언제든 나보다 키 큰 나무들이었다

고개를 젖히고 올려다보는 나무는
내가 미처 생각지 못했던
뜻밖의 나무, 천문(天文)의 지도를
머리에 이고, 나이테 깊숙이 감추듯이 새기고
이만큼의 뿌리를 저만큼의 뿌리로 넘겨주고 있었다

나무는
겨울에도 묵묵히 제 갈 길을 갔고
침엽수의 위용이 빛났다

이쪽으로도 몰아쳤던, 산 계곡의 눈바람은
거칠고 매서워서 올곧은 목소리
산허리를 내려가면서
힘을 잃곤 하였다

숲은
내 몸에 밤의 거미문신을 새겨주기도 하는데

저녁 숲을 나설 때, 머리 위로 새가 날아올랐다
허공이 불붙는 듯하였다
새의 날개가 빛나던 그만큼
숲이 어두워졌다

—「숲의 다큐멘터리」 전문

시인은 이 작품에서 숲의 건강한 모습을 다큐멘터리 형식을 빌려서
관조하고 있다. 르포가 주로 고발성의 보고 형식에 많이 쓰이고 있고,

다큐멘터리가 기록성의 보고 형식에 많이 원용되고 있음을 감안하면, 이 작품을 쓴 시인의 의도가 어디에 있는지를 알 수 있게 해준다. 숲을 다큐멘터리의 형식을 빌려서 파노라마 형식으로 구성할 수 있다는 사실 자체만으로도 그것은 동일성 혹은 전일성을 확보해주는 근거가 되기 때문이다.

이 작품은 소위 인간적인 것과 자연적인 것의 경계에서 만들어지고 있다. 시인의 시선 또한 이 언저리에 머물면서 숲의 진정한 가치가 무엇인지에 대해 말하고 있다. "등산로의 나무들이/길 쪽으로 상처가 나 있다"는 표현만으로도 길과 숲 사이의 경계가 어떤 것인지를 매우 극명하게 말해주고 있는 것이다. 인간의 영역 속에 놓인 온갖 수단과 방법이 궁극에 이르러서는 숲을 절대적으로 파괴하는 무기로 기능할 수 있다는 것을 일러주고 있는 것이다. 그럼에도 고개를 젖힌 채 올려보는 나무의 모습, 곧 숲의 기능적 형태는 놀라운 형상을 보지한 채 인간의 그러한 행위가 지극히 사소한 것임을 상징적으로 보여준다. 고개를 들고 쳐다본 나무는 "내가 미처 생각지 못했던/뜻밖의 나무, 천문(天文)의 지도를/머리에 이고" 있고, "나이테 깊숙이 감추듯이 새기고/이만큼의 뿌리를 저만큼의 뿌리로 넘겨주고 있"는 것처럼, 자연의 훌륭한 질서, 곧 우주의 이법이 숭엄하게 진행되고 있는 것이다. 이런 다큐멘터리야말로 인간의 반면교사나 타산지석으로 받아들여야 할 절대 교훈일 것이다.

오정국 시인이 이번 신작시에서 보여준 시의 구도는 매우 대립적인 형국을 보여준다. 긍정과 부정이라는 길항 관계 속에서 그는 싱크홀이라는 근대의 부정성을 새로이 찾아내고, 이를 이 시대의 도시시, 혹은 문명시가 나아가야 할 새로운 영역으로 일구어내었다. 반면, 그 싱크홀의 대항 담론으로 그는 숲의 형이상학적 가치를 내세웠다. 자연과 문명의 이분법이라는 지극히 상식화되어 있는 시사적 흐름에서 보면, 시인의 이러한 포즈는 매우 클리셰적인 것이라는 혐의를 벗어내기 힘들지도 모른다. 그러나 중요한 것은 시대를 이끌어가는 새로운 담론의 형성이고 그것의 의미화, 혹은 상징화에 있을 것이다. 시인은 이 시대의 불온성으로 싱크홀을 들었고, 그것을 이 시대의 전위 담론으로 내세웠다. 그의 시선에서 보면 싱크홀은 이 시대의 욕망이 빚어낸 암흑의 상징이고, 도구화된 욕망이 빚어낸 문명의 어두운 그림자이다. 그렇기에 그것은 삶의 동일성, 유기적 전체성을 훼손하는 절대 흠결이라 할 수 있다. 이 시대를 규정하는, 이만한 정도의 상징도 드물다는 점에서, 또 이 시대의 온갖 병리적인 현상의 총화를 이 담론으로 의미화시킬 수 있었다는 점에서 그의 시들은 이 시대의 새로운 서정의 길을 여는 사유라 해도 지나친 말은 아닐 것이다. 그런 상징화에 대한 새로운 시도가 이번 신작 시집이 갖는 의미가 아닐까 한다.

흔적 지우기와 세우기를 통한 새로운 자아의 탄생

— 박정선과 문화영의 최근 시들

살아온 경험과 생각이 다른 두 시인의 작품을 두고, 거기서 어떤 공통의 지대와 정서를 끄집어내는 것은 쉬운 일이 아니다. 그것은 경험의 편린들이 다양할뿐더러 사유의 흔적 또한 쉽게 공통의 지대를 갖기 힘든 까닭이다. 그럼에도 불구하고 신예 시인들인 박정선 시인과 문화영 시인에게서 드러나는 시정신의 공통분모는 쉽게 검출된다. 물론 이런 편의성이 시세계의 단일성이나 획일성을 말해주는 것은 아니다. 이들 시인의 작품 세계는 서정시임에도 불구하고 환상성의 요소들이 개입되어 있기도 하고, 자유연상에 가까운 모더니즘의 요소들도 혼재되어 나타나 있기 때문이다. 이런 요소들이 경우에 따라서 시를 난해한 국면으로 이끌어가기도 하지만, 이를 사조의 차원으로 묶어두는 것은 적절치 않아 보인다. 물론 이 사조들이 지향하는 일차적인 목적이 자아 규정과 모색의 도정에 있음에도 불구하고 이 음역과는 거리가 있기 때문이다.

다만 의미의 은유적 결합을 방해하는 박정선의 시들은 해체적 상상

158

력에 가까운 포즈를 보여주긴 한다. 그러나 그것이 그의 시의 본류라고 말할 수는 없다. 따라서 유사하다는 것은 이 시인들이 추구하는 시적 주제를 자아의 규정 문제에서 찾을 수 있다는 점에서 그러하다. 계몽의 정신이 유효하지 못하면서 자아가 불신받은 것이 근대성의 제반 과제라면 이들 시에서 추구하는 자아 찾기와 그 정의 내리기란 이와 분리하기 어렵다고 하겠다.

박정선 시의 핵심은 자아 문제, 곧 존재 규정과 매우 밀접하게 연결되어 있다. 최근에 상재한 『라싸로 가는 풍경소리』에서 이 시인이 보여준 탐색의 주제가 이와 관련되어 있기 때문이다. 시인은 이 시집에서 기억의 통로를 타고 주춤주춤 올라오는 존재의 흔적들에 대해 깊이 있는 질문을 던져왔다. 시인이 탐색한 존재의 흔적과 그 소멸 과정은 단순히 사라지는 것이 아니다. 그 반대 작용 또한 그의 시에서 매우 중요한 기제가 되고 있는데, 그 화학작용이 이루어지기 위해서는 사라짐의 행위뿐만 아니라 그 이전의 형상이 온전히 보존되어야 한다고 판단하고 있는 듯하다. 따라서 그의 작품 속 사라짐의 모습에는 이중의 형상이 내포되어 있다고 보아야 한다. 흔적을 경계로 한 이전과 이후의 관계, 곧 형상성과 비형상성의 공존 관계인 것이다. 이 둘의 의미망이 있어야 비로소 소멸이라는 과정이 비로소 완성될 수 있다고 보는 것이다.

박정선 시들이 소멸의 상상력에 기대고 있다는 점을 전제할 경우, 그가 이번에 선보인 신작시에서 가장 많이 드러나는 단어 또한 '잃다'와 관계된 것들이다. '길을 잃다', '사라진다', '보이지 않는다'(「길을 잃다」), '떠났다', '길이 없다', '꺼져만 간다'(「낙타는 떠났다」), '그쳤다', '사라진다'(「넌 가끔」), '던져버렸다', '산산이 부서진다'(「트라우마」) 등등이 바로 그러하다. 소멸은 무언인가를 만들지 않고, 또 어떤 고정적인 것에 기대지 않는다는 뜻도 포함된다. 따라서 그것은 하나의 지점이 될 수도 있지만, 그렇지 않을 수도 있다. 이른바 무와 유의 경계가 바로 소멸의 지점인 것이다. 시인은 그곳에서 교묘한 줄타기를 시도한다. 시인은 왜 이렇게 아슬아슬한, 때로는 위험한 줄타기를 하는 것일까.

아무도 본 적 없는 남자가 호수에 앉아 째즈를 부른다 검은 자켓에 풀어헤친 긴 머리, 다가가면 사라지는 저 남자가 돌아서는 내 발길을 자꾸 호수에 빠뜨린다

숨겨진 흔적이 호수에 굴절되어 떠오르면 기타를 찾아 물속을 헤매는 남자, 건져 올린 기타 줄엔 초대받지 않은 낯선 여자가 매달려있다 어둠을 뚫고 여인을 부르는 기타소리 들린다
누굴까

주위를 둘러보아도 늪에 빠진 사람 아무도 없다

물안개를 뚫고 지나온 우산 속으로 가을비 스며든다
마지막 공연인 듯 흘러내리는 어둠이 나뭇가지에 걸쳐있다 박수소리 요란한데 이어지는 빌리 홀리데이 노랫소리 사라져간다 검은 우산을 쓰고 잉어를 찾아 나서본다 돌 틈과 물풀을 헤쳐보아도 길 잃은 내 발걸음 보이지 않는다

허우적거리다 물에 뜬 기타소리 놓치고 말았다

당신을 원하는 나는 바보예요

예약 문의가 폭주한다

—「길을 잃다」 전문

일단 시인은 '소멸'을 인간의 존재성에서 가장 강력한 형식이라고 보는 듯하다. 하긴 존재가 있기에 소멸이 있는 것이고, 그 역 또한 가능한 것이 아니겠는가. 인용시에서 자아를 부르는 것은 "아무도 본 적 없는 남자"이다. 그 남자의 째즈 소리에 나는 마약에 취한 듯 빨려 들어간다. 서정적 자아는 왜 이 남자의 흔적 속으로 무작정 달려가려 하는 것일까. 물론 이 남자가 누군인지는 그에게 중요하지 않다. 그는 단지 나라는 존재 자체를 설명해주고 규정해주는 타자면 충분하기 때문이다.

그러나 존재를 정의하려고 했던 나의 시도는 나를 이끌었던 이 남자의 휘발적 속성으로 말미암아 산산이 무너지게 된다. 뿐만 아니라 어느 정도까지 이 남자에 의해 인도된 서정적 자아의 존재조차도 이 남자의 소멸과 더불어 사라지게 된다. "돌 틈과 물풀을 헤쳐보아도 길 잃은 내 발걸음 보이지 않는" 공허한 현실을 발견하기 때문이다. 이타성 속에 자아의 존재를 확인하려한 시인의 의도는 이렇듯 처절하게 좌절하고 마는 것이다.

근대 이후 자아가 무엇인지를 탐색하려는 노력은 끊임없이 제기되어 왔다. 이른바 신이 사라진 시대를 메워줄, 자아의 결손 부분을 찾아내기 위해 근대적 인간들은 지난한 노력을 기울여왔다. 영원을 대신할 자아의 존재 확인을 위해 다양한 길에 대한 모색을 시도해왔지만, 그러나 그것은 신의 위치에 올라서려 한 인간의 오만을 빼면 불가능한 것이었다. 내가 누구인지 과연 말할 수 있는 것인가. 시인은 아마도 이 부분에

흔적 지우기와 세우기를 통한 새로운 자아의 탄생

서 고민을 거듭거듭 해온 것처럼 보인다. 그것이 헛된 욕망이고 부질없는 것임을 알기에 그의 작품 속에서 명확히 규정된 자아의 모습을 발견하는 것은 매우 난망했던 일이 아닐까. 그의 시는 이렇듯 자아를 찾으려는 도정에서 계속 머물러 있다.

바위에 던져버렸다

산산이 부서진 추억이 돌틈 사이로 흘러내린다 새끼손가락이 아리다 어둠 속으로 떠난 자리가 텅 비어만 간다 돌아선 발걸음 흔들린다

의사 처방은 언제나 알약이 전부였다 주사를 맞는 날엔 꿈속에서 동공이 마구 흔들렸고 나뭇잎 구르는 소리만 들렸다 몸을 지탱하는 하얀 벽과 천장은 소독 냄새로 가득했다 문을 두드리는 소리 아득하다 너는 언제나 빈손만 내밀뿐 아무 말이 없다

종일 그림자 주변을 맴돌다 주사 바늘에 찔린 너를 본다 차가운 눈빛 속으로 약물이 흘러넘친다 처리되지 않은 찌꺼기가 독사처럼 꿈틀거린다

엄마, 약을 먹어도 낫지 않아요

저기 자라지 않은 어린 아이가 울고 있어요

—「트라우마」 전문

그러나 그러한 시인의 도정이 한계에 부딪힐 수밖에 없음을 잘 보여

주는 것이 인용된 작품이다. 이 작품을 이끌어가는 핵심 소재는 기억이다. 기억이란 현재의 나와 미래의 나를 인도하고 규정해주는 절대적인 기제이다. 그런데 시인은 그러한 기억의 작용에 대해 과감하게 포기한다. 시인은 그것을 '바위에 던지고', 그 결과 "산산이 부서진 추억이 돌틈 사이로 흘러내"리는 그것의 파편 현상을 용인하게 되는 것이다. 그 결과 시인은 새로운 자유를 얻지만 그러나 주변의 상황은 녹록하지 않다. '의사'로 상징된 이성의 잣대, 존재를 규정하려는 시도들은 계속 결론 없이 시도되어야 하는 도정에 놓여 있기 때문이다. 이 과정은 매우 처절하게 진행된다. 시인은 인간에게 가장 근원적인 속성인 모성적인 것에 기대어보지만, 그것은 성공하지 못한다. 그 도정은 "엄마, 약을 먹어도 낫지 않아요"라는 처절한 절규로 반향되어 오기 때문이다. 그리하여 남겨진 것은 "저기 자라지 않은 어린 아이가" 된 자아를 발견하는 것일 뿐이다.

'어린 아이'가 미정형의 상태라고 한다면, 시인의 그러한 노력은 일단 성공을 거둔 것으로 이해된다. 소멸을 통해서 자아를 이해하려 들지만, 시인은 자아에 대해 어떤 명확한 규정 자체를 내리기를 거부한다. 어쩌면 시인의 이러한 상상력은 그의 첫 시집인 『라싸로 가는 풍경소리』와 다른 국면이라 할 수 있을 것이다. '라싸'로 상징되는 것이 존재를 향한 강렬한 몸부림이었다고 한다면, 이번 신작시에는 존재라는 그 정점에 오르지는 못한다. 시인을 규정하는 "주민등록증도 없을"(「낙타는 떠났다」)뿐더러, "가끔 외나무다리에서 외발로 서 있는"(「넌 가끔」) 불구화된 자신만을 발견하기 때문이다. 소멸과 기억 지우기를 통해서 나를 알려고 하고, 이를 통해 나의 존재성을 이해하려 하는 것, 그것이 박정선 시학의 근본 주제라 할 수 있을 것이다.

이타성을 통한 자아 이해 과정이라는 점에서 문화영의 시들도 박정선의 시와 일정 부분 공유된다. 이 시인 또한 자아라고 하는 인간의 영원한 숙제를 차분히 풀어보려고 하는 의미 있는 시도들을 하고 있기 때문이다. 그러나 문화영의 작품들은 박정선의 경우와 내용과 형식 면에서 매우 다른 편차를 보여준다. 우선, 시인은 자아의 흔적을 지우는 것이 아니라 그것을 곧추세우고자 한다. 그런데 자아를 인지하는 방식이 박정선 시인과 겹치기도 하는데, 물론 그러한 일치가 곧바로 동일성으로 나아가지는 않는다. 문화영은 타자로서 자아를 확인한 다음, 이를 확실히 자리매김하고자 하는 뚜렷한 주제의식을 보여주고 있기 때문이다. 이런 국면이 박정선의 경우와 매우 다른데, 가령 다음과 같은 시의 경우를 보자.

딱 네 번하고 아이 넷을 낳았다고 우기는 젊은 새댁이 있었지
그녀의 남편은 바람을 피워들고 집을 나가기 일쑤였대
수더분하고 눈꼬리가 고운 그녀도 깨나 남자들을 설레게 했다는
데
한눈을 파는 것은 자기 몫이 아니라고 여겼대
날이 갈수록 축축해지던 눈가는 해가 갈수록 서늘해지더래
남편은 아예 돌아오지 않고 아이들은 빈들에서도 잘 자라주었대
큰딸이 시집가고 막내까지 결혼하자 젊은 년을 끼고 사는 남편
이 부럽더래
딸들이 제 서방들과 사는 것을 보면서 자기도 여자라는 걸 알게
되었대
하루종일 혼자 드라마 보면서 엄마를 내려놓고 여자가 되고 싶

은 날도 있었지

　난 왜 저런 세상을 못 살았는지 몰라 그때 그 남자랑 말이라도
섞어볼 걸

　구십 살의 할머니 후회를 하네
　남편인지 그 남자인지
　누구를 생각하며 설레는 건지 알 수가 없네
　볼그족족한 볼이 베란다 밖을 내려다보며

　아야, 봄볕이 참말로 좋구나
　벗꽃이 날리니 그도 좋구나

—「이런 봄날」전문

　이 작품에서 보듯 시인의 자의식은 타자를 통해서 형성된다. 그런데
그 타자는 흐릿하거나 경계가 모호하지 않고 아주 명쾌하게 현상된다.
그런 명확성이 자아의 모습이라는 듯 박정선의 경우와는 달리 이 시인
은 이렇듯 그것을 뚜렷하게 구현시키고 있다. 작품 속에서 젊은 새댁
은 남편이라는 존재에 의해서, 큰딸과 작은딸의 남편을 통해서 스스로
가 규정된다. 이런 존재 규정 자체가 매우 역설적이긴 하지만, 어떻든
그러한 대립된 삶의 모습을 통해서 자신의 존재 확인에 이르는 것이다.
그것이 비극적이든 혹은 그 반대의 경우든 그것이 중요한 것은 아니다.
시인이 이런 대립항을 통해서 나의 존재를 이해하고 세워나간다는 점
이 중요하다.
　타자를 통해서 나를 알아가는 것, 혹은 상대방의 입장에서 바라보기

라는 이런 방식이 어떤 정합적 결론에 이르는 중요한 도정이라는 측면
에서 시인의 글쓰기는 매우 윤리적이라고 할 수 있을 것이다. 여기서
윤리란 도덕과는 상관없는 것이고, 어쩌면 가치 중립적인 것에 가깝다
고 할 수 있다. 시인의 작품이 양도논법이라든가 흑백논리가 지배하는
사회에 대한 안티 담론으로 읽히기 때문이다. 실상 시인이 이번 신작시
에서 전략적 의장으로 내세운 것이 마주 보기의 상상력이다. 이는 대립
을 토대로 한 상대방 입장 드러내기와 무관하지 않다.

> 트럭 짐칸에 개 두 마리 실려간다
> 누렁이의 멍한 눈빛
> 까만 털뭉치
> 얼굴을 묻고 바짝 엎드려 있다
>
> 녹슨 철장, 찌그러진 번호판
> 헐렁한 엔진소리 따라가며 마른 이파리들 뒹굴고
> 급커브 푯말 앞에서
> 바닥을 붙들고 발버둥 친다
>
> 개 삽니다 개 사요 똥개 애완견 다아아 삽니다
> 스피커에선 늙은 사내의 가래 걸린 목소리,
> 운전석에선 정작 젊은 남자 손전화기에 대고
> 어어엄마아 두두두우 마리이이
>
> 덜컹거릴 때마다 움찔대는 무게를 싣고
> 하루치 햇빛이 더듬거리며 등성이를 넘는다
>
> ─「편도 1차선」 전문

여기서 개 두 마리는 단지 수동적으로 살아갈 뿐, 스스로의 자립성을 갖지 못하는 존재들이다. 그들의 운명은 전적으로 운전자의 손에 놓여 있기 때문이다. 쌍방향으로 통행할 수 없는 편도 1차선 위에 놓인 삶일 뿐이다. 그러한 일방성 속에서 인간이 간취해내야 할 삶의 조건이란 무엇인가. 인간이 스스로 개의 위치로 돌아가든가 혹은 개가 인간의 위치로 되돌아올 때, 상대방이라는 존재에 대해서 비로소 이해하게 되는 것은 아닐까.

이처럼 시인은 자아란 무엇이고 삶이란 무엇인가에 대해 집요하게 묻고 있다. 그러나 그러한 질문에 대한 답이 쉽게 내려지는 것은 어려운 일이다. 시인은 그러한 앎에 이타적 존재의 명확성을 통해서 다가가고자 할 뿐이다. 그런 과정을 이타성을 통한 자아 확인이라 할 수 있는데, 시인은 박정선의 경우처럼 자아의 흔적을 지우는 것이 아니라 오히려 자아를 전면에 내세우면서 그 목표를 완수해낸다. 사라지는 것이 아니라 분명하게 만들어지는 흔적을 통해서 자아의 의미를 되짚어내는 것이다. 그것이 타자를 통한 자아의 확인 과정이다. '말풍선 놀이'를 통해서 새롭게 대상을 인식하는 행위(「늘어진 오후의 놀이」)나 '운전자를 통한 자신의 삶의 환기'(「속도의 미래」) 역시 그 연장선에 놓인 시적 방법이라 할 수 있을 것이다.

현대사회에서 자아는 철저하게 은폐되어 있다. 근대성의 사유로부터 자유로운 중세적 환경 속에서 자아란 종교로부터 자유롭지 못했다. 여기서의 자아라든가 존재의 문제는 매우 단순한 것이어서 어떤 축소와 팽창과 같은 형질의 변화가 쉽게 일어나지 못했다. 그러나 인간이 근대성의 사유 속에 편입된 이후로부터 자아란 무엇인가에 대해 질문을 던지는 것이 일상화되었다. 그러나 그 많은 의혹과 질문에도 불구하고 어떤 결론에 쉽게 이르지 못한 것도 사실이다. 현대를 경험하는 시인들의 과제가 이 자아 모색과 존재 규정에 몰두하는 것도 이와 무관하지 않을 것이다. 자아 탐색이라는 그 영원한 도정을 박정선의 경우는 흔적 지우기를 통해서, 문화영은 흔적 만들기를 통해서 만들어냈다. 그 가운데 어떤 것이 보다 합리적인 정합성을 갖는 것인가 하는 것은 전적으로 시인의 몫이자 독자의 몫에 해당할 것이다. 다만 그 도정에 이르는 길이 모두 우리의 과제이기에 소중하게 다가올 뿐이다.

견고한 것의 와해와 자유로운 영혼의 추구

— 강해림의 최근 시

강해림 시인은 1991년『민족과 문학』에, 1997년 다시『현대시』에 작품을 발표하면서 시인이 되었다. 두 번에 걸친 등단 절차를 통해서 시인이라는 직함을 얻은 것인데, 이런 특이함은 시집 발표에서도 그대로 이어진다. 1991년 기준으로 하면, 지금까지 그의 시력(詩歷)은 25년이 되는 것인데, 이 기간 동안 시인은 세 권의 시집을 상재한다. 2001년의『구름사원』과 2006년의『환한 폐가』, 2014년의『그냥 한번 불러보는』이 그것이다. 적지 않은 시기에 세 권의 시집을 상재한 것은 기왕의 문단 현실에 비춰보면 매우 예외적인 것이라 하겠다. 등단 이후 자신의 이름을 드러내고자 시집의 양산을 통해 과대 포장하려 드는 세태와는 다른 방향이었다고 할 수 있을 것이다. 이런 경우를 자아 드러내기라고 한다면, 강해림 시인은 반대 방향의 자세를 취했는데, 이를 자아 감추기라고 부르면 어떨까.

그런데 시인의 이러한 모습은 자신의 작품 세계와 어느 정도 관련을 맺는 것이어서 매우 흥미롭게 느껴진다. 곧 경쟁적인 시집 상재와 작품 발표하기가 자아 드러내기와 분리하기 어려운 것이라면, 시인의 내면은 이런 현실과는 어느 정도 거리를 두고 있기 때문이다. 강해림의 시에서 자신을 곧추 드러내는 것이라든가 개념을 세우는 일은 일반화되어 있지 않다. 이런 내밀한 자세가 시집의 드문 상재라는 현상적인 사실과 밀접한 연관을 갖고 있었던 것은 아닐까.

강해림 시의 특징은 여러 평자들이 지적한 것처럼, 자유로운 영혼의 추구와 그 과정에서 얻어지는 참된 자아의 발견에 있다. 그런 자아가 한편으로는 불온한 현실에 대한 희망의 메시지로 승화되기도 하고, 사랑과 같은 통합의 정신으로 발현되기도 했다. 그런 방향들이 이전 시집에서 펼쳐 보였던 시인의 참모습이었고 또 주제이기도 했다. 이번 현장시에 발표된 작품들도 기왕의 작품 세계로부터 크게 벗어나 있는 것은 아니다. 주어진 5편의 시편들 역시 그 범위상 이전의 작품 세계와 어느 정도 맥이 닿아 있기 때문이다.

그러나 다른 점은 시인이 목표하는, 곧 시인이 의도하고자 하는 방법적 의장이 보다 분명해졌다는 점이다. 그렇다고 그의 시들이 개념화되거나 특정 이념에 대해 도구화의 길을 걸었다는 것은 아니다. 다만 이번 소시집에는 시인이 도달하고자 하는 사유의 줄기가 분명히 존재한다는 뜻이다. 우선, 시인은 그 줄기를 '분명한 개념'이나 '견고한 경계'를 축으로 자신의 시적 사유를 전개시킨다. 그런 다음 그는 그 둘의 간극을 집요하게 좁히거나 사상하려는 방법적 시도를 한다.

시인이 주목하는 '개념'이나 '경계'는 이른바 구분과 관계되고 그 결과 또한 일반화된 것들이다. 나와 너, 혹은 이곳과 저곳을 분리시키는 것이 명확한 사유나 경계이다. 그러한 간극이 가져오는 불화가 자아에게는 억압이며, 사회에는 갈등의 기저가 된다. 그러한 경계가 존재하는 한, 통합은 불가능하다. 뿐만 아니라 무엇에 대한 상상력의 발산이나 자유로운 연상 또한 작동되지 않는다. 이런 상태를 고립이라고 할 수도 있고, 억압이라고 할 수도 있을 것이다.

시인의 시쓰기는 경계라는 이 예민한 지점에서 시작된다. 시인은 자아를 드러내지 않고 오히려 감추려 든다. 그것도 아주 철저하게 숨어버리는 것이다. 이런 감추기에서 그의 상상력이 발동한다.

　　스스로를 장사지내고 관뚜껑 같은 방에 나는 담겨 있다 단 한 번도 발설되지 않은 죽음의 자궁 속은 늪이다 유폐된다는 건 날 방사(放射)하는 일, 깡통처럼 대답은 없고 질문만 던져지는 허공을 닮아가는 일, 이제 살아서 내 것이었던 것들은 없다 손가락뼈가 으스러지도록 두드리던 헛된 노크도 날 벌세울 벽도 없다 나는 사망함으로써 사망(思望)하기 시작한다* 적막이 수의처럼 날 덮어 죽은 심장이 뛰고, 눈과 귀가 열린다 환하다 진공의 방, 없는 공기처럼 나는 아무 데나 있고 아무 데도 없다 가공한 몸이 피워대는 고독은 가공할 만한 것이어서 썩어도 썩지 않는다 유통기한이 없다 이대로 한 백년쯤 참고 견디다 보면 말이 말을 버리듯, 불화와 불화가 서로 등 돌리듯 제대로 고독할 수 있을까 잡귀가 되어 내 제삿날 슬그머니 다녀갈 수 있을까 그때의 내 독백은 흰빛일까 검은빛일까 아무 데서나 살 수 있고 대량생산된 고독이 고독이라고 우기지 않고 겸허해질까 상상만으로도 무한리필 되는 고독 속에서 뼈마저 흐물흐물, 맛있게 익어간다

　　* 박상륭의 『죽음의 한 연구』

　　　　　　　　　　　　　　　　　　　　　　　—「밀봉」 전문

이 작품은 자아를 철저하게 무화시킨 상태에서 출발한다. "스스로를 장사지내고 관뚜껑 같은 방"으로 들어가면서 기존의 자아를 소멸시킨 다. 그러나 주목해야 할 것은 이런 소멸이 끝이 아니라 새로운 탄생의 시작이라는 사실이다. 이곳에서 자아는 스스로를 내려놓고 진공의 상 태를 유지하지만 이는 곧 새로운 자의식의 출발점이 되기도 하는 것이 다. 그것은 새로운 자아가 형성되는 근원이 되기 때문이다. "나는 사망 함으로써 사망(思望)하기 시작한다"는 이 기묘한 역설은 이렇게 탄생한 다. 모든 것을 무의 상태로 놓음으로써 유의 상태가 되는 것, 그것이 강 해림 시의 근본 함의 가운데 하나이다.

시인은 이렇듯 자신의 자아를 밀봉 속에 가두어놓았다. 그리고 그 자 아를 과감하게 소멸시켰다. 그러나 그것은 물리적인 사망이 아니라 새 로운 탄생을 예비하는 거짓 죽음, 가짜 죽음이었다. 거짓이나 가짜가 생산의 힘으로 바뀔 수 있는 것은, 어쩌면 진짜가 아니기에 가능한 것 일지도 모른다. 진짜 죽음이었다면, 새로운 사유의 힘은 발생하지 않 기 때문이다. 가짜란 표면만 그러할 뿐이지 새로운 단면을 은폐시키고 있는 장막에 불과하다. 그 장막을 걷어내는 일은 참된 자아를 발견하는 일이다. 시인은 그 도정을 이렇듯 '밀봉' 속에 갇히는 일에서 시도하고 있는 것이다.

강해림의 시에서 표면적인 자아, 위장된 자아를 죽이고 참된 자아를 발견하는 일은 모든 장막이 사라진 '밀봉' 속에서, 곧 진공 속에서 가능 하다. 시인은 그러한 무의 상태에서 자신의 목적을 이루기 위해 의미 있는 방법을 모색하게 되는데, 그 하나가 석화된 개념들에 대한 희석 작업이다. 이는 '녹이기'라는 방법적 장치에 의해 시도된다.

좌익도 우익도 아닌 것이 돌처럼 서서히 굳어간다 침묵이 더 큰
침묵으로 덮어버리고 견딘다 이 숨쉬기조차 끊어버린,

　내 안의 무수한 내가 반죽되고 결합작용을 하느라 벌이는 사투
를, 불화의 힘으로 고립된다 외롭지 않다

　가슴에 철로 된 뼈를 박고 나는 꿈꾼다 불임의 땅을, 내 자궁 속
무덤에 태(胎)를 묻은, 위대한 건설을

　나라는 극단을 위해 극단을 버린 내 비겁함을, 국경 없는 국경을
넘어가는

　조작된 유전자처럼 내 안에 들어오면 감쪽같이 은폐 된다 암매
장 된다 폐륜의 저 뻔뻔한 얼굴도 살인의 추억도

　불나방 같은 네온 불빛을 불러들이기 위해 밤 화장을 하고 더욱
요염해진다 도시는, 회색분자들이 장악한

　사막에 홀로 피는 꽃처럼 오래 견딘 만큼 강렬해진 갈증과 독기
로 제 육체에 새기는 균열의 문장을

　내 데스마스크의 창백한 입술에서 새어나오는, 잿빛 글씨들
—「시멘트」 전문

견고한 것의 위해와 자유로운 영혼의 추구

　이 작품에서 '시멘트'는 자아의 대치, 곧 은유이다. 그것은 무정형의
상태이다. 뿐만 아니라 '밀봉'의 구실도 한다. 그렇기에 그것은 어떤 것

173

이든 만들어낼 수 있는 가능성의 지대가 되기도 한다. 시인은 이를 위해 경계를 무화시키고자 하는데, 이른바 '녹이기'의 작업이다. 이를 통해 '좌'나 '우'라는 개념도 없어지고, '나'라는 극단도 사상되며, '국경' 또한 초월된다. 그런데 이런 포회나 녹이기는 긍정성이라든가 부정성과 같은 가치 개념조차 맹렬히 거부한다. "조작된 유전자처럼 내 안에 들어오면 감쪽같이 은폐"되고 "암매장"되기 때문이다. "폐륜의 저 뻔뻔한 얼굴도 살인의 추억도" 내 안에 들어오면 감쪽같이 사라지는 것이다. 그리고 그렇게 녹아내린 것들은 새로운 그 무엇을 위해 굳어간다. "가슴에 철로 된 뼈를 박고", 나는 또 다른 도약을 꿈꾸는 것이다. 곧 새로운 탄생을 위해 또 다른 가면을 쓰는 것이다. 그러한 가면은 "요염해진" 도시의 모습으로 구현되기도 하고, "갈증과 독기로 제 육체에 새기는 균열의 문장"이 되기도 하며, "내 데스마스크의 창백한 입술에서 새어나오는, 잿빛 글씨들"이 되기도 한다. 이런 맥락에서 시멘트로 표상된 진공의 상태는 새로운 자아가 되기 위한 생명의 저장소, 곧 자궁으로 거듭 태어나게 된다. 거기서 시인은 "위대한 건설"의 꿈을 키워나가게 된다.

> 뜨겁고 시뻘건 것이, 목구멍까지 차올라 북받쳐오는 이 뭉크덩한 핏덩이 같은 것이
>
> 울음과 울음이 만나 격렬하게 싸운다 부글부글 끓는다 불기둥이 솟고, 어떤 것은 소용돌이치면서 흘러가 붕괴했다가는 자멸하는
> … (중략) …
> 검은 오름 오르는 길은 흙도 돌도 숲도 검은 빛, 음산하다 달의

한국 현대시의 체험과 상상력

음기가 해의 양기를 잡아먹는 형국인 문장들은 왠지 뒷목덜미가
서늘해지지

숲 음지에 천남성이 지천이다 유혹하듯, 뱀 대가리처럼 고갤 빳
빳이 쳐들고 서 있는 저 꽃의 울음도 검은 빛, 개화(開花)하는 순간
탕약을 엎지른 듯 허공에 낭자하다

　　　　　　　　　　　　　　　　　　　　—「울음의 내부」 부분

　꿈이란 미래의 시간 관념 속에서 형성되는 긍정적인 가치 관념이다.
이런 가치관이 인간의 욕망과 불가분의 관계에 놓여 있음은 지극히 당
연한데, 인간이란 존재 자체가 욕망의 덩어리이기 때문이다. 그것은 에
덴동산의 신화 이후 인간을 규정하는 절대적인 요소 가운데 하나로 자
리 잡았다. 인용시가 말하는 것도 이 부분과 밀접하게 관련된다.
　강해림은 어떤 굳어진 개념이나 석화된 자아를 철저하게 거부한다고
했다. 실상 근대 이후 인간에게 지속적으로 제기되었던 일원론의 붕괴
와 이원론의 확산은 통합적 사유의 분리와 불가분하게 얽혀 있다. 일원
론으로 가는 길을 방해하고 있었던 것이 이른바 경계 만들기였음은 익
히 알려져 있는 일이거니와 그 근본 동인이 되었던 것이 바로 욕망의
문제였다. 그러나 이 문제를 꼭 부정적인 가치 체계의 틀에만 한정시켜
놓을 필요는 없다고 생각된다. 그것은 인류의 원죄와 분리하기 어려운
것이기도 했지만, 생산의 근본 동인이기도 했기 때문이다.
　우선, 「울음의 내부」에 표현된 욕망의 문제는 후자와 가까운 것으로
이해된다. 앞서 언급처럼, 시인은 경계를 무너뜨리고 고정화된 개념의
무화 속에서 새로운 꿈꾸기를 시도했다고 했다. 그러한 꿈들이 욕망의

문제와 분리하기 어려운 것은 당연할 것이다. 실제로 이 작품에 구현된 것들은 신화 속에 나타난 욕망의 상징으로부터 자유로운 것이 아니다. '붉은 피'가 그러하고, '뱀 대가리'가 그러하고 마약의 일종인 '천남성'이 그러하다. 이는 모두 욕망을 기저로 깔고 있는 관능 의식과 연결된다. 우리는 인간의 본질적 모습을 관능으로 이해한 서정주의 「화사」를 보아온 터이다. 이 시의 기본 구도가 '붉은 피'와 '꽃뱀'이었고, 그것이 순네라는 젊은 여성 속에서 꽃피운 사실을 익히 알고 있다. 그런 면에서 「울음의 내부」도 「화사」의 상상력과 어느 정도 연관성을 갖고 있는 경우이다. 그러나 인용시는 「화사」처럼 인간의 존재 자체를 욕망하는 존재, 곧 관능적 존재로 규정하지는 않았다. 다만 시인이 다가가고자 하는 꿈을 욕망으로 표현한 것뿐이다. 시인은 그러한 상태에 도달하는 과정을 '울음'으로 표현했다. 따라서 그것은 그 행위를 이를 이루기 위한 격렬한 자기 몸짓이며, 투쟁의 과정이라고 할 수 있다. 그것이 비극적인 정서가 아니라 또 다른 생의 충동을 야기하는 긍정적인 정서가 되는 것은 이 때문이다.

붉은 비가 내렸다

상한 우유에 빵을 찍어먹는 아침 식탁에 백년 후의 조간이 펼쳐져 있다

동맹이라도 한 듯 모든 견고한 것들의 흉곽이 녹아 흘러내리기 시작했다

만남과 이별이 유리창 하나 사이에서 모호해졌다

어항 속에 근친상간한 물고기들이 늘어나 더 이상 헤엄쳐 다닐
데가 없다

낡은 피를 쏟아내듯 붉은 것만 보면 훔치고 싶어 안달이 났다 달
의 습격이 미치게 그리운 날은,

인간의 감정에 내장된 만능 칩 하나로 감정조절이 가능해졌다

쓰레기매립장이 넘쳐나고 썩어도 썩지 않는 대용량의 분노가 필
요했다

장례식장이 장례예식장으로 바뀐 이후로 죽음에 대해 우아하게
말하는 법을 알아야 했다

싱크 홀 속으로 엄마가 사라졌다 눈 깜짝할 사이에,

희망이라는 벌떼가 자기전복을 위해 날아들었다

머지않아 아름다운 날들이 도래할 것이다

—「징후」 전문

이 작품은 매우 상징적이다. 이렇게 표현한 것은 인용시의 제목이 의
미하는 바가 예사롭지 않다는 뜻이다. 어쩌면 시인이 말하고자 했던 이
번 현장시의 근본 의도가 이 작품에 모두 구현되었다고 해도 과언이 아

닐 정도로 이 작품의 주제의식은 매우 뚜렷하다고 하겠다. 이를 몇 가지 층위로 구분해보면, 우선 시인이 즐겨 시적 의장으로 구사하고 있는 이른바 경계 의식의 해체를 들 수 있다. 이 작품에서 그러한 작업은 여러 각도에서 시도되는데, 먼저 등장하는 것이 시간의 해체이다. 이 부분은 2연에서 드러나는데, 여기에는 세 가지 시간성이 존재한다. 과거와 현재, 그리고 미래 의식이 그러하다. '상한 우유'가 과거라면 '빵을 찍어먹는 아침'은 현재이며, '백년 후의 조간신문'은 미래이다. 이런 동시성의 수법이 모더니즘의 주요한 의장이고, 또 자의식의 해체와도 관련되는 것이지만, 시인의 의도는 이와 무관한 경우이다. 시인에게 동시성은 경계 없애기의 전략과 관련되어 있기 때문이다. 이런 의도는 이 작품 전체를 지배할 정도로 오버랩되는데, 가령, "만남과 이별이 유리창 하나 사이에 모호해졌다"라든가 "어항 속에 근친상간한 물고기들이 늘어나 더 이상 헤엄쳐 다닐 데가 없다"는 것 등에서 확인할 수 있다. 뿐만 아니라 "동맹이라도 한 듯 모든 견고한 것들의 흉곽이 녹아 흘러내리기 시작했다"거나 "장례식장이 장례예식장으로 바뀐 이후로 죽음에 대해 우아하게 말하는 법을 알아야 했다"도 그 연장선에 놓이는 경우이다.

둘째는 '붉은'이 주는 시각적 이미지이다. 붉은색이 욕망의 문제와 불가분에 놓여 있음은 「울음의 내부」에서 언급한 바 있는데, 「징후」 또한 시인의 그러한 자의식과 밀접하게 연관되어 나타난다. 그것이 욕망이라는 형이상학적 사유를 대변하는 시인의 주제의식이며, '밀봉' 속에 갇힌 자아가 탈출하는 에네르기라는 점이다. 이 에너지가 분출하고 있기에 '밀봉'은 생산의 '자궁'이 될 수 있는 것이며, 새로운 존재로의 변신을 위한 중간지대가 될 수 있는 것이다.

셋째는 이른바 시인의 구체적인 꿈, 곧 주제의식과의 관련 양상이다. 시인은 이미 「시멘트」에서 '위대한 건설'을 꿈꾼 바 있다. 도정 속에 있었던 그 건설의 최종 목적지가 이 작품에서 말한 '아름다운 날들'이 아닐까 하는 것이다.

실상, 이번 소시집에서 강해림 시인이 추구했던 주제가 무엇인지를 선뜻 개념화해서 말하는 것은 쉽지 않은 일이다. '아름다운 날들'이 시인이 도달하고자 했던 이상이라는 점은 부인하기 어렵긴 하지만, 그것이 분명한 모습을 띠고 우리 앞에 나타난 것도 아니고, 시인 또한 그것에 대해 선언적으로 이야기한 것을 찾아보는 일도 쉽지 않은 까닭이다. 나는 앞에서 기존의 시집들을 두고 평자들이 지적한 것처럼, 강해림 시의 의도를 자유로운 영혼의 추구라든가 사랑과 같은 것이었고, 이번 현장시들 또한 그 연장선에 놓여 있는 것이라고 말했다. 그러나 사랑과 같은 구체적인 주제의식을 이번 작품들에서 간취해내기는 쉽지 않은 것이 사실이다. 어떤 작품을 들여다봐도 사랑과 같은 통합의 감수성이 명시적으로 구현되어 있지 않기 때문이다. 다만 경계의 해체나 구분의 와해를 통해서 '밀봉'과 같은 자신의 영토를 만들고, 여기서 자유로운 영혼을 추구한 것은 기왕의 시세계와 어느 정도 일치한다고 하겠다. 그렇다고 동일한 반복이라고 단정하는 것은 어불성설이다.

시인은 이번 시집에서 자신만의 고유한 체계랄까 사유의 방법을 만들어냈다. 그것이 바로 '밀봉'의 감수성, '진공'의 감수성이다. 그는 여기서 기존의 가치관도 해체하고, 자신 속에 뿌리내려 굳어진 자아도 초월하고자 했다. 모든 것을 원점으로 되돌린 상태에서 시인은 새로운 꿈을 갖고자 했고, 욕망을 갖고자 했다. 그 마지막 여정이 '아름다운 날들'에 이르는 도정이었다. 그것은 물론 자아에게도 걸리는 문제이기도 하고, 사회라는 보다 포괄적인 영역에 걸리는 문제이기도 할 것이다. 그것이 어떤 모습을 띠고 우리 앞에 나타날지는 좀더 두고 볼 일이다. 앞으로 상재될 강해림의 시들이 기대되는 이유도 여기에 있다.

상상력과 체험의 상관성

전통과 현대를 아우르는 삶의 저장소

— 신달자의 『북촌』

몇 해 전에 신달자 시인은 종로구 계동의 북촌에 새 둥지를 틀었다. 그의 집은 열 평 남짓한 한옥이고, 북쪽 골목으로 난 대문 위로 '공일당(空日堂)'이라는 당호를 붙였다고 한다. 이 말이 의미하는 대로 시인은 모든 것을 다 비우고 살겠다는 다짐을 한 것으로 보인다. 그러면서도 한편으로는 그 빈자리에 새로운 무엇을 채우거나 또 다른 도약을 해보겠다는 의지가 있는 것은 아닐까. 이런 판단의 근거는 나이가 들면 자연과 같은 순리의 공간을 찾고, 거기에 투신해 그것과 합일하여 일체화된 삶, 조화로운 삶을 추구하는 것이 일반화된 일인데, 신달자는 이와 상반된 지대인 도심의 한복판으로 들어갔다는 사실 때문이다. 도시란 기실 모든 욕망이 넘실거리고 근대의 예민한 촉수들이 시시각각 인간에게 유혹의 손길을 거침없이 뻗어내는 공간이기에 더욱 그러하다.

그런데 신달자는 그러한 도심의 유혹과는 먼 거리에 위치해 있는 것으로 보인다. 시인은 도시의 그런 유혹을 과감하게 잘라버리기 때문이

다. 시인의 마음 속에 존재하는 도시는 기왕에 알려진 도시의 이미지와
는 매우 무관하게 존재한다. 시인은 욕망이라든가 물화된 삶으로부터
저만치 비켜서 있다.

> 주소 하나 다는 데 큰 벽이 필요 없다
> 지팡이 하나 세우는 데 큰 뜰이 필요 없다
> 마음 하나 세우는 데 큰 방이 왜 필요 한가
> 언 밥 한 그릇 녹이는 사이
> 쌀 한 톨만 한 하루가 지나간다
>
> ─「서늘함」 전문

이 작품은 북촌에 사는 시인의 일상적 단면이 잘 드러난 시이다. 시
인은 이곳에서 자신만의 고유한 삶의 공간을 하나씩 만들어간다. 주소
를 달고, 지팡이를 세우며, 마음 하나 세우는 방을 구비하고자 하는 것
이다. 그러나 그러한 삶의 공간은 물질이나 욕망 속에서 허황되게 추구
되거나 만들어지지 않는다. 이른바 큰 것이 그러한 사유를 대표하는 것
이라면 작은 것에 대한 추구가 시인의 본질적 삶과 맞닿아 있기 때문이
다. 작은 것, 비우는 것 속에서 삶의 새로운 좌표를 만들어가는 것, 그
것이 이곳에서의 시인의 새로운 삶이다.

미세한 것에 대한 애정과 관심으로도 시인은 이미 반도시적이고 반
물화적 삶의 태도를 갖춘 것으로 이해된다. 이런 자세를 통해서 '공일
당'이라는 당호에 걸맞은 자신의 삶을 일구고 있는 것이다.

구절초

한 잎 같은

방에 누워

그 꽃잎만 한 이불로

11도의 서늘함을 가리고

그 꽃잎 하나 같은

내일을 생각하다

홀로 파르르 떤다

─「계동 가을」 전문

　"구절초/한 잎 같은/방"과 "그 꽃잎만 한 이불", 그리고 "11도의 서늘함"은 축소 지향적인 시인의 삶을 대변하는 담론들이다. 그런데 이런 삶의 자세가 미래를 포기하고 곧바로 좌절로 연결되지는 않는다. 만약 그러하다면 시인은 단순한 허무주의자 내지 도피주의자에 그쳤을 것이다. 그는 청빈한 삶 속에서 미래의 꿈을 꾸고 희망을 본다. "그 꽃잎 하나 같은/내일을 생각"하는 것이고, 그러한 기대 속에서 "홀로 파르르" 떨 수 있는 생의 약동을 기대하고 있는 것이다. 비움 속에서 새로운 충만을 노리는 자세야말로 얼마나 아름다운 생존의 몸짓인가. 자연이 주는 일반적 로망을 버리고 도심의 한복판인 북촌에 기거하겠다는 것, 그리고 거기서 여과되어 들어오는 자양분으로 인생의 방향을 찾겠다는 것이 시집『북촌』의 주제인데, 그렇다면 이곳에는 어떤 매력에 녹아들어 있기에 시인의 소매자락을 붙들고 있는 것일까.

　'북촌'은 행정구역상 종로구에 속해 있고, 전통적인 한옥 등이 많이 있다는 것, 그리고 조선 왕실의 뿌리인 경복궁 가까이에 위치해 있다는 특성을 갖는다. 그것이 어쩌면 우리가 흔히 알고 있는 북촌에 대한 일반적인 지식이고 또 표면적인 모습일 것이다. 시인이 머릿속에 그린 북촌의 모습이나 삶의 공간 또한 이와 크게 다르지 않다. 그럼에도 시인은 북촌을 애써 찾았고, 또 여기서 생존의 터를 만들었다.

시인에게 북촌이란 어떤 매력이 있는 것일까. 실상 이 물음에 대한 답에야말로 신달자 시인이 이번 시집에서 말하고자 했던 북촌의 참모습이 들어 있을 것이다. 시집 『북촌』을 읽게 되면, 이 시집이 북촌에 대한 착실한 안내서, 혹은 지리부도와 같은 구실을 하고 있다는 점을 알 수 있을 것이다. 이 시집에는 말로만 듣고 왔던 북촌의 모습들이 아주 자세하게 그리고 친절하게 구현되고 있는데, 그러한 앎을 통해서 우리는 북촌에 대한 지식을 얻게 된다. 이곳에는 우리가 잘 몰랐던 몽양 여운형의 집터가 있고, 만해의 유심터가 있으며, 주문모 신부와 김대건 신부의 역사가 담긴 '석정 보름 우물터'도 있다. 뿐만 아니라 '백인제 가옥'이 있고, '정독도서관'이 있으며, '헌법재판소'도 있고, '가회동 성당'도 있다. 인근에는 조선의 정궁 경복궁도 있으며, '삼청공원'도 있다. 시인은 북촌에 산재해 있는 이런 면면들을 빠짐없이 시화하면서 이를 독자에게 충실히 안내하고 있는 것이다. 시집 『북촌』을 들고서 '북촌'의 구석구석을 찾아가도 손색이 없을 만큼 아주 훌륭한 안내서 역할을 하고 있다. 시인은 이런 자세한 소개에도 성이 차지 않았는지 북촌의 절경만을 따로 모아서 「북촌8경」을 쓰기도 했다.

북촌에 대한 이런 자세한 읽기는 이곳에 대한 애정이 없이는 불가능한데, 도대체 이런 열정이란 어디에서 온 것일까. 우선 북촌의 면면에서 알 수 있는 것처럼, 이곳은 우리 현대사와 분리할 수 없을 정도로 중

한국 현대시의 체험과 상상력

요했던 공간이라는 점에서 그 해답의 실마리를 찾을 수 있을 것이다. 뿐만 아니라 그곳은 조선의 정궁이었던 경복궁 인근이었다는 사실에서도 그 연관성을 밝힐 수 있을 것으로 판단된다. 이를테면 북촌은 지나온 과거와 현대의 중요한 역사가 만났던 자리, 곧 한국의 중심이었다는 사실이다. 다시 말해 경복궁의 슬픈 역사를 딛고 일어서고자 했던 근대인의 가열찬 노력이 있었던 곳, 그곳이 바로 북촌이었던 것이다. 북촌은 항일 항쟁의 중심이었고(「유심사터」), 일본화되어가던 조선을 한옥 주택의 건설로 맞서고자 했던(「그 사람, 정세권」) 조선의 혼이 숨 쉬는 장소이기도 했다. 뿐만 아니라 조선의 대표 화가인 장승업과 이상범을 만날 수 있는 곳도 북촌이었다. 이를테면 북촌은 조선의 과거와 우리의 현재가 모두 모여 있는, 생생히 살아 있는 역사의 현장이었던 셈이다.

그런데 북촌의 그러한 모습들이 시인의 시선으로부터 거리화되어 있지 않다는 데 이 시집의 특징이 있다. 시인은 북촌의 고풍스러움이나 자랑스러운 역사의 흔적에 대해 막연히 감탄하지 않는다. 관조의 시선에서 오는 거리감이나 이질감을 전혀 느낄 수 없는데, 그만큼 시인은 '북촌의 나'라든가 혹은 '나의 북촌'으로 상호텍스트화되고 있는 것이다. 이는 어느 장면을 있는 그대로의 풍경으로 제시하고 거기서 얻어지는 영탄의 정서 등으로 마무리되는 작품들과는 차원이 다른 경우이다.

> 잠 안 오는 밤
> 더러는 인기척 없는 새벽 어스름 때
> 대문 밀고 나가면 바로 있는
> 유심사 터

전통과 현대를 아우르는 삶의 처장소

우국 인사들의 사랑방이었던 역사적인 집

지금은 게스트하우스가 된 대문 앞에서

만해 한용운을 부른다

대문 앞에 3.1운동의 주역이란 팻말을 한번 쓰다듬고

유심 잡지를 만들던 터라는 그 '유심'이란 글자를 다시 쓰다듬고

선생님!하고 몇 번 불러 본다

승려도 남자 아닌가

아니 그분은 님의 침묵을 쓰신 시인 아닌가

흰 두루마기 옷고름을 매면서 대문을 여신다

손에는 먹물이 묻어 있고 한 손에는 붓을 들고

눈은 너무 깊어 한 열흘 잠을 쫓은 모습이다

그거 다 두고 바람이나 쐬자고 하니

그거 다 두고 나가자고 하시네

뭐하는 여자인지 묻지도 아니하시고

아니 내 얼굴조차 안 보셨지만

우리는 계동 중앙고보 숙직실에 들러 운동장을 걷다가

여기서 백담사는 멀지요?하니

그윽하게 그쪽을 바라보시기만 하다가

계동 골목을 나란히 내려오고 있었다

이게 무슨 홍복인가

나는 제법 간이 커져

손이나 한번 잡자고 큰맘 먹고 옆을 보니

봄 재촉하는 바람만 겨드랑을 파고 흐르고 있었다

—「유심사터」 전문

이 작품은 그러한 텍스트화를 잘 보여주는 시이다. 시인의 눈과 귀는

현재에서 과거로 들어간다. 마치 입몽(入夢)의 형식을 통해서 꿈의 대화를 하듯 시인과 만해는 '유심사터'를 매개로 대화를 시작하는 것이다. 몽유의 형식을 빌리고 있긴 하지만 이런 가상의 대화를 통해서 만해는 우리 앞에 다시 생생히 살아나온다. 시인이 응시하는 북촌의 모습은 이렇듯 거리화되거나 객관화되지 않고 철저하게 시인의 주관 속에 여과되어 나타난다. 물론 그런 주관화가 비현실적 꿈의 세계라는, 곧 환상처럼 느껴지는 것이 사실이긴 하지만, 이런 효과가 주는 체감의 정서를 쉽게 무시할 수는 없을 것이다. 과거와의 이런 생생한 대화가 말해주는 것처럼, 시인은 북촌 속에 철저하게 녹아들어가 있다. 시인은 그곳에 유람하거나 삶의 도피처를 마련하기 위해 들어간 것이 아니다. 그는 막연한 관조자나 산책자가 아니다. 그렇기에 시인은 북촌을 자신과 분리된 대상으로만 남겨둘 수는 없었다.

북촌은 조선의 역사가 시작되었고, 현대사의 굴곡진 일들이 벌어졌던 역사의 현장들을 담아내고 있다. 그렇기에 이곳은 많은 사람들의 아픔과 회한이 있고, 또 기쁨과 슬픔의 정서가 공존하고 있다. 누구에게는 긍정적인 정서가 깃들어 있는가 하면, 다른 어떤 사람에게는 부정적인 정서가 깃들어 있는 것이다. 그리고 어떤 일에 대한 시도가 있었고, 또 그 시도에 대한 좌절의 결과 또한 있었을 것이다. 말하자면 역사가 소용돌이치면서 계속 회감했던 곳이 북촌의 본모습이었던 것이다.

열 평만 내 것인 줄 알았는데
북촌이 다 내 것이다

계동 원서동 가회동 삼청동
정독도서관 헌법재판소가 감사원이
국립미술관이 삼청공원이 창덕궁이 민속박물관이
여기저기 걷다 보면 물어보나마나 다 내 것이다

전통과 문화는 서로 스며 흐른다
찔린 아픔을 시간으로 동여매고 회복되는 거리
전통이 업어 주고 문화가 등을 다독거릴 때
골목길들이 눈을 감았다 떴다 하면 넓어지는 길

오늘
골목골목이 소곤거리고 계단마다 반짝거리는 햇살
골목을 오가는 외국인들이
내 앵두만 한 집 앞에서 자신을 찍는다

북촌이 다 너희 것이다

—「내 동네 북촌」 전문

북촌은 여러 시대를 풍미했던 곳이다. 따라서 그것은 공간이기에 앞서 역사였고, 문화였다. 그렇기에 시인이 자신만의 최소 공간인 "열 평만 내 것인 줄 알았"지만, 실상은 전연 그렇지 못했다. 경우에 따라서 그것은 모두 나의 역사, 우리의 역사이기에 "다 내 것"일 수도 있다. 시인의 이런 선언이 소유하겠다는 세속적인 욕망의 발산에서 오는 정서가 아님은 당연할 것이다. 오히려 소유가 아니라 공유하겠다는 상상력에 가깝다고 하겠다. 시인이 이런 정서에 이른 것은 전통과 문화에 대한 새로운 시각 때문이다. 한때 누구에게는 부정적인 것들 혹은 긍정적인 것들이 세월의 포대 속에 담겨 이제는 치유의 전통으로 새롭게 태어났다고 보았던 것이다. 그러한 전통은 서로 스미고 흐르면서 통합된다. 그리하여 북촌은 과거 격렬했던 투쟁의 역사가 아니라 "찔린 아픔을 시간으로 동여매고 회복되는 거리"로 새롭게 태어나게 되었다는 것이다. 그 결과 그것은 나만을 위한 길, 어느 특정 집단만을 위한 좁은 길이 아니라 타자를 위한 길, 모두를 위한 길, 곧 '넓은 길'이 된 것이다. 이런 열린 상상력에 기댈 때, 북촌은 나의 집이 아니라 우리들의 집이며, 나의 것이 아니라 너의 것도 된다. 이렇게 북촌이 모두의 집이 될 때, 그것이 또 다른 고향이 되는 것은 당연하다 하겠다(「거창을 다녀왔다」).

기와에 내리는 빗소리는
북소리마냥 두들기고
그 소리 처마 밑에서 꽃처럼 흘러내리네
한 뼘 마당에 내리는 비가 내 안으로 흘러들어
흘러간 시간들을 불러 모으네
저런 악기가 내 어릴적에도 있었다
빗소리 콩닥콩닥 뛰었네
열세 살 잠 안 오고
저녁 잘 먹었는데 배고프고
자꾸 담 너머 누가 부르는 것 같을 때

설 설 설 스르르 우릇
비 내릴 때

장독대 옆 맨드라미가 내 맘 다 안다고

휘드득 웃었다

오늘 저 처마 밑에 피어나는 꽃들의 소곤거림

보던 책을 밀치고

음계를 맞추며 종일 비와 함께 피어나네

　　　　　　　　—「한옥 처마 밑에 꽃피는 빗소리」 전문

　북촌은 이제 역사에서 시인의 고향이자 치유의 공간, 회복의 매개로 새롭게 태어난다. 그 통합의 공간은 기와의 빗소리가 되어 북소리마냥 나의 가슴을 두드리기 시작한다. 그리고 그 두드리는 소리가 처마 밑에서 꽃처럼 흘러내린다. 그 소리에는 만해의 「님의 침묵」도 담겨 있고, 주문모 신부와 김대건 신부의 '성수 소리'도 담겨 있으며, 3·1만세 운동의 함성 또한 담겨 있다. 어디 그뿐인가, 분단을 막고자 했던 몽양 여운형의 음성도 녹아 있으며 조선의 한옥을 지키고자 했던 정세권의 톱질 소리도 스며들어가 있다. 그러한 소리가 내 안으로 흘러들어와 지나간 시간을 환기시킨다. 그것은 거대한 합창이고 교향악이 되어 나의 가슴에 울려 퍼진다. 이 음악 소리와 더불어 북촌의 모습들이 처마 밑의 빗소리로 대치되어 나의 가슴을 적시고 있는 것이다. 한편으로 이 교향악이 꿈 많던 내 유년의 기억과 합쳐지면서 또 다른 희망의 메시지를 전달하고 있다. 그것이 바로 저 처마 밑에 피어나는 꽃들의 소곤거림이다.

　시인은 '북촌' 속에서 우리의 과거와 역사를 읽어내고 이를 현재 속에서 의미화하고 있다. 시인은 모든 것을 비우고 삶을 성찰하고자 자신의 집을 공일당, 곧 빈집이라고 명명했다. 그러나 그는 자신의 거처를 빈집으로 그냥 방치하지 않았다. 무언가 공허할 수밖에 없었던 그곳에 무언가를 가득 채우고자 했다. 그것은 세속적 욕망도 아니고 도회의 물질적 재화도 아니었다. '북촌'을 구성하고 있는 숭고한 전통과 문화였다.

미니스커트 입은 아가씨를 태운 인력거
가회동을 삼청동을 달리네
노오란 모자를 쓴 젊은이가
인력거를 몰고 가네
중국인 부부를
영국인 부부를
태운 인력거가 계동 골목을 달리네

2015년 8월 1일
햇살은 오로지 북촌에만 내리듯 절절 끓는 거리를
한복 나란히 입은 프랑스인 부부를 태우고
삼청동 골목길을 달리네

저 인력거를 탄 사람들
모두 황진이다

고개 갸웃 속이고 인력거에서 내리는 황진이
시를! 사랑을! 남자를! 권력을! 약속을!
표정 하나로 천하를 호령한 여자
저것 봐 인력거다!

순간 몇 백 년 전으로 인력거를 몰고 가네
북촌에서는 과거와 현재가 없네

옹기종기 한옥마을에서
한국 속살의 향기를 맡네

인력거를 탄 사람이나
인력거를 바라보는 사람 모두
한 시대를 넘어가고 있네

―「인력거」 전문

북촌의 그러한 문화를 운반하는 것이 이곳의 교통수단이었던 인력거이다. 인력거에는 온갖 군상들이 모두 타고 있다. 미니스커트를 입은 아가씨가 있는가 하면, 중국인 부부가 있고, 영국인 부부도 있다. 뿐만 아니라 한복을 입은 프랑스 부부도 있다. 어디 그뿐인가. 조선의 명기 황진이까지 인력거의 승객이다. 그리하여 "북촌에서는 과거와 현재가 없"을뿐더러 내외국인의 구분도 없다. 그 모든 것들이 구분 없이, 혹은 차이 없이 옹기종기 한옥마을인 북촌에 모여 한국의 속살이 된다. 그다음 그것들은 한옥의 소나무 속에 스며들어 소나무 향기로 피어오른다. 소나무 향기야말로 북촌의 역사이고 한국의 심연이다.

시인은 북촌을 통해서 심연처럼 도도히 흐르고 있는, 끊이지 않은 우리의 향기, 민족의 향기를 담고자 했다. 그것이 한옥의 향기이고 기와를 타고 내리는 빗소리이다. 이 향기와 소리가 시인의 가슴을 촉촉이 적실 뿐만 아니라 우리 모두를, 세계인 모두를 적신다. 북촌은 과거와 현재가 공존할 뿐만 아니라 이곳과 저곳 또한 함께 공존한다. 따라서 북촌은 시인 자신이면서 우리이고, 또 세계 그 자체가 된다. 그것을 하나로 묶는 것이 바로 한옥의 향기이고, 기왓장에 흐르는 빗소리인 것이다. 이렇듯 북촌은 시인의 심연 속에 도도히 흐르면서 우리 앞에 새로운 모습으로 탄생하고 있는 것이다.

자아 성찰과 대상 끌어안기

— 이상백의 『밥풀』

이상백의 『밥풀』은 아름다운 시집이다. 여기서 그의 시집이 아름답다는 것은 대상에 대한 미적 판단을 준거하는 말은 아니다. 그의 아름다움은 따뜻함의 정서에서 비롯된다. 시인이나 예술가에 있어 이 정서로 무장되지 않은 시인은 없을 것이다. 예술이란 자아와 세계의 화해할 수 없는 간극에서 비롯되고 그것을 메우는 것이 시인의 근본 의무이기 때문이다. 따라서 포용의 정서라든가 따뜻함의 정서 없이 상호 괴리된 간극을 온전히 메우기는 불가능한 일이다. 그런 온유한 정서는 이 시집의 표제시인 「밥풀」에서도 확인된다.

아니
물도 아니고 밥도 아닌
그 뿌연 날들에
풀기 없이 오르락내리락

뒤섞여 뭉개져버린 때도 있었지만

나는
한솥밥 사무실 귀퉁이
밥그릇 뚜껑에
오롯이 붙어 있었다

이제야
밥그릇에 밥풀이 고봉으로 가득한데
밥이 뭐냐고 물어보던 사람들
가고 없다

—「밥풀」 부분

　지나온 과거의 정서를 이토록 정성스럽게 추억하는 것은 따듯함의 사유 없이는 불가능하다. 어쩌면 그러한 정서가 그의 서정 정신을 이끌어가는 근본 축이라 할 수 있을 것이다. 이상백의 서정 정신들은 일상적으로 흔히 수용되는 예술의 기본 원리와 분리하기 어렵게 결합되어 있다. 그렇기에 그의 서정성은 치열하고 또 치밀하게 짜여 있다. 작은 영역에서부터 보다 큰 영역에 이르기까지 그의 시정신은 하나의 계선으로 올곧게 유지되고 있는데, 여기서 하나의 계선이란 단순성을 의미하는 것이 아니다. 그의 시들은 하나의 정신에서 다른 정신으로 계속 확장되어나가면서 방사형의 구조로 짜여 있다. 그런 면에서 그의 시들은 다양한 세계를 포섭하지만 이를 꿰뚫는 정신은 하나의 지점에서 시작된다고 할 수 있을 것이다.

　일찍이 동양 윤리의 핵심은 수신제가치국평천하(修身齊家治國平天下)

였다. 이런 도리는 자신으로부터 '시작해서 보다 큰 영역으로 확대되는 수양의 정신, 인격의 정신을 인간 삶의 근본 원리로 본 데 따른 것이다. 이런 미덕이 갖추어질 때, 자신뿐 아니라 가정, 사회, 역사가 바로 선다고 보았기 때문이다.

이상백 시인의 작품 세계를 따라가다 보면 이런 흐름과 밀접하게 결합되어 있다는 것을 알 수 있다. 그러나 그의 시 전부를 이런 잣대로 곧바로 재단하는 것은 무리가 있긴 하지만, 그 기본 정신을 관류하는 것은 이 흐름 위에 기초해 있다. 앞에서 그의 시를 두고 하나의 계선이라 한 것은 그의 시정신이 나아가는 구조가 이런 맥락과 밀접하게 연결되어 있다는 점 때문이었다. 서정적 자아를 기준으로 확장되어나가는 방사형으로 구조로 그의 시들은 짜여 있는 것이다. 따라서 시인의 작품은 일차적으로 서정적 자아의 문제에서 비롯되고 또 의미화된다.

> 오징어를 씹는다
> 나이도 이렇게 곱씹어 넘겼다
> 이제 단맛이 목구멍으로 넘어가려는데
>
> 곁에서 지켜보는 사람들이
> 내게서 냄새가 난다고 할 것 같다
>
> 지독한 고집 냄새.
>
> —「임상 보고서·2」 전문

시인이 성찰하는 자아의 문제는 존재론적인 것에서 시작하지 않는다.

본원적 고향이라든가 어떤 근원에 대한 집요한 질문이라는 존재 탐색으로부터 그의 시들은 멀리 벗어나 있기 때문이다. 그가 관심을 두고 있는 영역은 윤리적 혹은 실존적 성격과 보다 밀접하게 결부되어 있는 것들이다. 시인은 자신의 한계를 고집이라는 폐쇄적 자의식으로 한계지어놓고, 이 정서가 공통의 지대를 이끌어낼 수 있는 독립변수가 될 수 없다는 사실을 인식하고 있다. 그렇기에 자아는 밖으로 탈출구를 찾지 못하고 자신을 옭매는 감옥에 갇혀 있을 수밖에 없다. 그런 고립주의가 의미 있는 생산의 장을 만들 수 없는 것은 당연한 일이 아니겠는가.

고집과 같은 부정적 정서들은 소위 앎의 문제와 분리하기 어렵게 연결된 정서이다. 나에 대한 올바른 응시야말로 자신 속에 내재된 부정적 정서 등을 파악해내는 좋은 수단이 될 뿐만 아니라 소극적 차원에서도 이를 우회하는 좋은 수단이 될 것이다. 그러나 그런 정서를 갖는 것은 쉬운 일이 아니다. 그것은 어쩌면 종교의 영역을 뛰어넘는 초월적인 어떤 것과 밀접한 관련을 맺고 있는 것일지도 모르기 때문이다. 따라서 나에 대한 정확한 인식만으로도 그에 준하는 가치, 형이상학적 물음에 응답하는 좋은 해답이 되는 것은 아닐까 한다.

> 파 씨를 뿌린다
> 돋아나는 모양과 냄새가 파다
> 들깨도 떡잎부터 들깨 냄새가 난다
>
> 내 안에 나도 있을 텐데
> 나만 나를 모른다
>
> ―「관계 · 10」 전문

세상에 피투된 존재가 자신에 대해 완벽히 아는 것은 불가능한 일이다. 아니 조금이라도 그 영역에 접근하는 것이 지극히 어려운 일임은 익히 알려진 일이다. 따라서 시인이 이 작품에서 존재에 대하여 회의하고 반추하는 끊임없는 질문들은 그 정당성이 확보된다. 시인은 이 작품에서 자신에 대한 인식을 소위 인과론적 관계를 통해 획득해 나아간다. 원인과 결과에 의해 규정되는 것이 자연과학적 질서, 곧 기계론적 사유인데 자신은 그러한 영역으로부터 한 발자국 물러서 있는 것이다. 그것은 신의 영역이기도 하거니와 다른 한편으로는 수양의 부족이라는 개인적 윤리로부터 미달되어 있는 까닭이다.

수양이나 윤리는 어떤 철학적 사유의 틀에만 갇힐 수 있는 문제는 아니다. 어쩌면 가장 사소한 일상의 현실에서도 그러한 윤리를 발견할 수도 있을 것이다. 그런 측면에서 다음의 시에 표명된 성찰이랄까 자성에 대한 적극적 질문들은 그러한 의미가 있는 것이라 하겠다.

신지도 못하고 끼고 살던 신발 한 짝
이제야 버린다

장맛비에 신발 한 짝을 잃어버렸었다
그때부터 지금까지
그 한 짝을 찾아보겠다고
아찔한 사이에 놓쳐버린
너를 찾아보겠다고
저물도록
세상을 돌아다녔었다
절름발인 채로.

그때 그 자리에
이 신발 한 짝마저 벗어놓았어야 했다

—「맨발」전문

　이는 시인 자신이 스스로에 대해서 규정했던 부정적 평가, 곧 또 다른 고집일지도 모른다. "신지도 못하고 끼고 살던 신발 한 짝", 그것은 또 다른 집착, 다시 말해 욕망의 구경적 표현과도 같은 것이었다. 이를 두고 물적 욕망이라고 해도 좋고, 성숙하지 못한 윤리의 극한적 표현이라고 해도 좋을 것이다. 어떻든 자신의 삶을 절름발이로 만든 것은 비우지 못한 자신의 욕망, 곧 고집이 만든 불구화된 삶의 모습일 것이다.

　실상 이런 성찰이나 자책의 정서에 이른 것만으로도 시인은 인간의 가장 중요한 실존적 조건 가운데 하나인 윤리적 실천에 도달한 것이라고도 할 수 있다. 이른바 동양철학에서 가장 중요하게 여기는 자신의 수양이라는 목적에 어느 정도 도달한 것이기 때문이다.

　이런 개인적 수양 혹은 실천과 더불어 또 하나 눈여겨볼 것이 이 시집의 다양한 주제 가운데 하나인 효 사상이다. 이는 이른바 수신(修身) 다음에 오는 제가(齊家)의 영역이라 할 수 있는데, 시인이 표명하는 효는 그리움의 정서 속에서 극명하게 드러난다. 물론 이 정서 또한 자성이나 성찰이라는 측면, 곧 수양이라는 윤리성에 놓이는 것이긴 하지만, 반추하는 대상이 확대되고 있다는 점에서 차별되는 경우이다. 서정적 자아에서 비롯된 수양의 정신이 가족이라는 테두리로 그 음역이 확대되는 양상인 것인 것이다.

어머니 가시고
남모르는 우물 하나 생겼다

두레박 내려
어머니와 함께했던 그때를
한 모금씩 건져 올려
햇빛에 널고 싶은데

주
루
룩
흘러내리는 후회들.

어머니
괜찮다 괜찮다 하시는데

내 우물 마르지 않는다

—「우물」 전문

　이 작품은 시인의 추억 속에 놓인 어머니의 모습을 매우 애틋하게 그
려놓은 시이다. 그는 우물 속에서 어머니와의 아련한 추억을 떠올린다.
그러나 그것은 아름답기도 한 것이지만 다른 한편으로는 회한의 정서
가 깃들어 있는 복합성을 갖고 있는 것이기도 하다. 그 구체적인 상징
이 우물이다. 그것은 추억의 장이면서 성찰하는 자신이 만들어낸 눈물
샘이기도 하다. 효의 근본적 가치가 훼손되고 있는 지금 여기의 현실에
비추어보면, 이런 감수성만으로도 그 현대적 가치와 교훈이 무엇인지

에 대해 일깨워주고 있는 것이라 하겠다.

　시인은 이 작품집에서 개인사의 영역에 묶어둘 수 있는 부모에 대한 기억이나 추억을 집요하게 구상화시키고 있다. 「제삿날」에서 보이는 망자에 대한 그리움이 그러하고, 「청국장」이나 「아버지 신발」 속에 구현된 부모님의 모습들이 그러하다. 그는 이를 통해서 시인의 정서를 짓누르고 있는 모성적 그리움과 가족이라는 테두리 속에서 그 나름의 충실한 존재자가 되고자 했던 아버지의 애틋한 모습을 복원시키고 있다.

　이상백이 추구한 효의 현대적 의미들은 개인의 영역에서 그치는 것이 아니라 사회의 영역으로 확대되는 것들이다. 그것은 가정과 사회를 유지하는 근본 질서 내지는 축이 된다는 측면에서 그러하다. 따라서 시인이 비록 개인의 정서 차원에서 발언한 것이라고 해도 그것은 이미 사회적 영역으로 포회되는 것들이라 할 수 있다. 이처럼 그의 시들은 개인의 성찰에서 사회적 성찰로 나아가는 원근법적 모양새를 취하는 형태로 되어 있다. 이런 시세계는 발전의 논리라는 측면에서 말하는 것이 아니다. 그만큼 그의 시에 담겨 있는 주제들이 사회적 무게감을 획득해나가는, 결코 녹록치 않는 것들이라는 것을 말해주는 것이기도 하다. 따라서 나로부터 시작에서 뻗어나가는 주제의 영역이 사회의 예민한 문제에까지 이르는 일은 자연스러운 것이라 할 수 있다.

　시집 『밥풀』에서 간취되는 시의 주제들은 다양한 분야에서 얻어진 것들이다. 일견 욕심스럽고 산만해 보일 정도로 많은 소재들과 주제들이 시집의 틀과 판을 구성하고 있지만 그 각각의 내면을 들여다보면 그것들이 하나의 일관된 흐름으로 연결되어 있음을 알 수 있다. 이제 그의 시선들은 자신과 가족의 문제에서 벗어나 서서히 사회라는 보다 넓은 영역으로 확대되어 나아간다. 자아 성찰과 효라는 개인적 실천이 사회의 어두운 구석을 밝히는 사회적 실천으로 그 범위가 넓어지고 있는 것이다. 가정을 초월해서 그의 시선이 가장 먼저 닿아 있는 사회적 영역은 이른바 소외된 계층이다.

마지막 어금니가 뽑힌다

전봇대가 뽑힌다
골목마다
연결된 핏줄들이 한 뭉치로 불쑥 올랐다가
절망으로 나뒹군다

프리미엄 높은 아파트를 지어주겠다고
마취시키고
재개발은 터전을 밀어버렸다

틀니도 못 하는 판에
무이자로 임플란트 할 수 있다는
하루 밥거리보다 멋진 카탈로그 속의 세상.

맛있다며 입안에 밀어 넣는데
이 없는 잇몸 사이로
밀려다닌다

18번지 말뚝이 뽑힌 할머니

한국 현대시의 체험과 상상력

변두리로 변두리로 자꾸 밀려간다

— 「재개발」 전문

  재개발의 문제가 사회적 이슈로 대두된 것은 어제오늘의 일이 아니다. 그것이 사회적으로 가장 유효한 물음으로 던져진 것은 물론 1980년대이다. 억압 통치와 더불어 시작된 자유와 평등의 사상은 가장 먼저 부의 분산이라는 경제적 문제에 관심을 갖게끔 했다. 그런데 그러한 부의 평등화 문제가 요원한 길임은 재개발이나 재건축과 같은 불평등한 현실에서 인식되었다. 80년대의 한국 사회에서 아파트로 표방되는 주거 문화의 개선 사업은 삶의 질을 개선시킨 부분도 있긴 하지만, 그 이면에서는 부의 불평등과 사회적 억압이라는 부작용도 남겨두었다. 이 시기 한 채의 주택 소유는 새로운 중산층으로 레벨업하는 지름길이 되었던 것인데, 그 도정에서 소외된 것은 이곳의 터줏대감들, 곧 원주민들이었다. 또 다른 부를 얻어내기 위해서는 이에 대응되는 자금 또한 만만치 않게 요구되었지만 그들에게는 이에 필요한 자금을 감당하기가 버거웠다. 그리하여 그들이 할 수 있는 일은 헐값에 주택 소유권을 팔아넘기거나 그도 어려우면 강제로 추방되는 것뿐이었다.

  이런 역사적 사실에 비추어보면 지금 여기에서 직조되고 있는 이상백의 「재개발」은 시대의 편차를 갖고 있는 것이 사실이다. 그러나 시인의 정서나 세계관에 기대어 보면, 이런 시적 성찰이 결코 우연이라든가 시적 소재에 대한 막연한 호기심의 결과가 아님을 알 수 있게 된다. 앞서 언급대로 그의 시정신의 뿌리는 이른바 수신(修身)에 있었다. 그는 이 정서를 개인적 윤리의 차원에서만 가두어놓지 않고, 이를 대사회적

나눔의 실천으로 승화시키고자 했다. 그 정신이 소외된 자들에 대한 따뜻한 시선으로 나타난 것이다.

한국 현대시의 체험과 상상력

아직도
한 우물을 파지 못해
목마른 사람들에게
물 한 모금이 되지 못한다

—「임상 보고서 · 4」 전문

물론 그 이면에 놓인 정서는 자신에 대한 처절한 반성이다. "아직도/한 우물을 파지 못해/목마른 사람들에게/물 한 모금이 되지 못한다"라는 이 자책이야말로 그러한 정서의 정점에 있는 것이라 할 수 있다. 자신의 수양이 대사회적 영역으로까지 확산되지 못했다는 정서야말로 새로운 윤리적 실천을 위한 계기가 될 것이다. 이런 의식이 "변두리로 변두리로 자꾸 밀려"갈 수밖에 없는 할머니의 처지와 자연스럽게 동화될 수 있었던 것은 아닐까.

이 시집에서 사회의 불온성에 대한 발언은 여러 방면에 걸쳐 나타나고 있다. 「수요 아리랑」에서는 정신대 할머니들에 대한 연대의 정서를, 「민들레 아리랑」에서는 불편부당하게 유이민의 처지가 된 고려인들의 애환을 담고 있다. 특히 「난중일기 · 2014」를 비롯해서 제4부 연작시들은 치국(治國)과 같은 보다 큰 범주에서 의미화되고 있는데, 이런 사유만으로도 그의 시들이 추구하는 방향의 정점이 어디로 향해 있는가를 알 수 있는 대목이라 하겠다.

이상백의 시들은 다양한 주제들을 담아내고 있다. 실상 한 사람의 시인에게서 이렇듯 여러 무거운 주제들을 한꺼번에 다루고 있는 시집을 만나기는 쉬운 일이 아니다. 한 권의 시집에 담아낼 수 있는 주제들이 많다는 것은 그만큼 발언할 것들이 많다는 것도 되고, 또 이를 획득하고자 하는 시인의 욕망과도 분리하기 어려운 것이라 할 수 있다. 뿐만 아니라 그런 다양성이 경우에 따라서는 시집의 주제들을 분산시키고 시집의 주제를 뚜렷히 부각시키지 못하는 약점으로 작용할 수도 있을 것이다.

그러나 이런 부정성에도 불구하고 이상백의 『밥풀』은 매우 예외적인 국면을 보이고 있다. 그는 많은 주제를 다루고 있음에도 불구하고 그것이 산만히 흩어져 있는 것이 아니라 하나의 점으로 뚜렷이 수렴되고 있다. 그것은 전적으로 시인의 역량과 관련되는 문제인데, 그의 시의 뿌리는 전적으로 윤리적 실천에서 오는 정서들이다. 그 중심이 다양한 시의 주제를 하나의 음역으로 수렴되게 하는 장치가 되고, 또 그의 시세계를 이끌어가는 역동적인 장치가 되고 있는 것이다.

더 이상 집을 짓지 않기로 한다

내 집에
그 누구도 들여놓지 못하면서
쭈그리고 앉아 벽돌만 만들고 있었다

벽돌 한 장 올릴 때마다
사람들 떠나갔고
나 단단해지자고

떠나가는 사람들 가슴에
못과 망치까지 들었다

늘 서툴러 갈라 터진 손바닥
골이 패어버린 길
내 집을 자랑삼을 부모도 떠나가 돌아오지 않는 길
이 길 끝에 서서
한 발짝도 세상으로 걸어 나가지 못했지만

어제의 집을 나서며
한 움큼 쥐었던 씨앗을 뿌린다
이 길 따라 봄이 빨리 오라고.

　　　　　　　　　　　　──「어제의 집을 나서며」 전문

　이 작품은 어쩌면 시인이 이번 시집에서 추구하는 궁극의 주제를 담아내고 있는지도 모른다. 이 정신만이 다양하게 산재되어 있는 시인의 관심을 하나로 엮어내는 근본 틀이 되기 때문이다.

　시인은 이 작품에서 더 이상 '집'을 짓지 않기로 했다고 한다. 이유는 간단하다. "내 집에/그 누구도 들여놓지 못하면서/쭈그리고 앉아 벽돌만 만들고 있었"기 때문이고 "벽돌 한 장 올릴 때마다/사람들 떠나갔고/나 단단해지자고/떠나가는 사람들 가슴에/못과 망치까지 들었"기 때문이다.

　이러한 집은 시인의 표현대로 모두 '어제의 집'이 만들어낸 불안정한 모습이다. 그 집은 견고한 성채이고, 타인을 배척하고, 나만의 공간에 안주하는 폐쇄적인 집에 불과했다. 그러한 집이 나아가야 할 방향이 무엇이고, 또 그 결과가 무엇인지는 이 시집의 주제들이 잘 반증해오지 않았는가. 효의 현대적 의미가 무엇이고 재개발의 폐해는 또 무엇이었던가 하는 것이 바로 그것이다. 뿐만 아니라 정신대 할머니들의 가없는 외침이나 세월호의 참사가 보여준 아비규환의 혼란, 식민지 유이민의 슬픈 역사가 만들어낸 고려인의 모습 등등이 궁극에는 나 자신으로부터 비롯되지 않았나 하는 처절한 반성 등등인데, 그것이야말로 바로 어제의 집이 만든 부정성들이 아니겠는가.

이제 시인은 어제의 집을 버리고 새집을 만들려 한다. 그러나 그러한 새집은 나만을 가두고 이웃과 사회, 국가를 차단시키는 못으로 만들어지는 견고한 집이 아니다. 그것은 "사람들이 찾아주는/마르지 않는 하천"(「불광천을 걸으며」)과 같은 집이다. 또한 모든 사람들이 자신에게서 '아침을 보는 듯한 기분이 들게 하는'(「정상에서」) 집과도 같은 것이다. 그와 같은 집을 위해서 시인은 지금 "한 움큼 쥐었던 씨앗을 뿌린다". "이 길 따라 봄이 빨리 오라고" 말이다.

시인은 이번 시집에서 낡은 집을 버리고 새로운 집을 예비하고자 했다. 전자의 경우가 서로 넘을 수 없는 집, 그리하여 모두가 질곡에 빠지는 장벽의 집이라면, 후자는 모두가 공존하는, 서로 어울려 아름다운 삶의 장을 마련하는 집이다. 그러한 생산적인 집을 위하여 시인은 새로운 씨앗이 되고자 했다. 그리고 그 씨앗이 만들어내는 생산의 장, 곧 활기찬 봄의 계절을 기다린다. 그 봄이 시인이 추구하는 새로운 집임은 물론이거니와 여기서 모든 사람들이 아름다운 공존을 이루는 것, 그것이 이번 시집이 추구하는 근본 함의일 것이다. 또 시인은 그러한 길을 위해 계속 정진할 것이다.

조화와 근원을 향한 모성적,
축제적 세계에 대한 갈망

── 윤덕점의『그녀의 배꼽 아래 물푸레나무가 산다』

『그녀의 배꼽 아래 물푸레나무가 산다』는 차분하면서도 매우 편하게 읽히는 시집이다. 여기에 수록된 시들은 언어를 왜곡해서 기의에 대한 접근을 어렵게 하는 수사적 장치도 없고, 의미를 만들어가는 중심을 해체하는 일도 없기 때문이다. 그렇기에 이 시집을 읽는 것은 어렵지 않다. 난해한 시어가 구사되고 해독이 쉽지 않은 시를 두고 좋은 시라고 할 수는 없다. 시를 어렵게 하는 수사적 장치들은 러시아 형식주의자들이 말하는 '낯설게 하기' 효과에 의한 것이다. 그런데 그것은 인식의 확장을 가져오는 장점은 있을망정 시의 맛을 주기에 필요 충분한 조건이 될 수는 없을 것이다.

『그녀의 배꼽 아래 물푸레나무가 산다』는 절묘한 수사에 의해 인식의 깊이를 심도 있게 만들어내지는 않는다. 그럼에도 불구하고 그러한 수사를 뛰어넘을 만큼 여기에 수록된 작품들은 시의 영역을 확장시켜주고 독자로 하여금 정서의 깊은 바다로 안내해준다. 그것이 그의 시집을 읽는 즐거움이고 감동이다. 형식적인 수사 장치 없이도 시를 정서의 깊이로 유혹하게끔 하는 매력은 무엇일까. 그것은 아마도 관념의 나락으로 떨어지지 않는 일상성의 진실에서 온 것이라고 말하고 싶다.

복잡한 수사적 장치의 현란함이나 관념화된 세계, 추체험된 영역에서 일상의 진실을 얻어내기란 쉬운 일이 아니다. 게다가 이런 작품 세계에서 어떤 감동이나 정서의 깊이를 체감하는 것도 어려운 일이 아닐 수 없다. 그런데『그녀의 배꼽 아래 물푸레나무가 산다』에서는 시를 정서라는 안온한 울타리 밖으로 밀어내는 수사적 장치들을 발견해낼 수가 없다. 그의 시들은 자신이 체험한 것, 혹은 자신의 주변에서 찾아지는 사물이나 대상을 매개로 창조된다. 그것이 독자의 경험 세계와 맞물리면서 그의 시들은 보편적인 경험의 지대를 체감케 한다. 상호텍스트적으로 존재하는 이 보편의 경험 지대가 독자들의 정서를 자극하게 되는데, 그의 시들이 쉽고 편하게 읽히는 근본 원인이 여기에 있지 않은가 한다.

> 비 오는 아침 현관문 열다 유기견
> 한 마리를 만난다
> 비 맞고 절뚝이며
> 아래 마을에서 우리 집까지 온 것
> 사료 한 줌 건네며 등을 만지자
> 민감하게 따라오는 적의
> 그가 걸어온 낮고 험한 시간 탓이리라
> 어쩌면 전생 내 살붙이였을지도 모를 그 놈
> 흔들리는 눈동자에 묻은

불안 사이로 비는 계속 내리고
밥 다 먹고도 자릴 뜨지 않고
서성이는 발자국
망연히 서서 바라볼 수밖에 없다
그와 나의 아득한 거리

—「유기견을 만나다」 전문

이 작품은 우리 주변에서 흔히 볼 수 있는 광경을 시화한 것이다. 시적 자아는 비 오는 어느 날 아침, 문득 현관을 열다 몸이 불편한 유기견한 마리를 발견한다. 유기견이 며칠 굶었음을 직감한 자아는 그에게 사료를 주면서 한편으로는 그의 처지에 대해 생각한다. 실상 이런 장면은 우리 주변에서 흔히 볼 수 있는 것이다. 이 작품은 그런 일상을 시로 담아내었다. 시란 어떤 특수한 경험과 사유에 의해 쓰이는 것이 아니라 보편의 경험 지대에서 만들어질 수 있다는 것, 그것이 『그녀의 배꼽 아래 물푸레나무가 산다』의 방법적 특색이 되고 있는 것이다. 이를테면 소재의 보편성과 경험의 영역이 절대적으로 결합하는 데서 작품들이 생산되고 있는 것이다.

그런데 중요한 것은 일상성의 정도가 아니라 이런 창작적 의도가 내포하고 있는 궁극적 함의에 있다고 하겠다. 일상의 보편적 경험을 시인만의 특수성으로 인식해내는 것, 그것이 그 시인만의 고유성일 것이고, 또 주제이기 때문이다. 시인이 응시하는 사물의 본질이나 대상의 움직임은 소재의 평범성과는 분명 거리가 있다. 시인은 시를 예각화하는 과정에서 삶의 본질이랄까 가치에 대해 예리하게 응시하게 되는데, 이 작

한국 현대시의 체험과 상상력

품에서 그 본보기가 되는 것이 "그와 나의 아득한 거리"이다. 유기견은 한때 인간과 동일체를 맺었던 동물이지만, 이제는 인간으로부터 버림받고 외따로 경계 지어진 대상이 되어버렸다. 한번 거리화된 간극이 쉽게 좁혀지지 않는 것은 당연한 이치인데, 그러한 상상력은 다음의 시에도 그대로 구현되어 나타난다.

> 방충망 사이로 서 있는 조팝나무 바람에 흔들린다 잿빛 고양이 한 마리 그 아래 등 웅크리고 앉아 나를 노려본다 틈 주지 않겠다는 듯, 날카롭다 날마다 밥 주어도 좁쌀만큼도 좁힐 수 없는 거리, 그 사이를 오가는 말들, 나는 배반에 대해 상처받은 시간에 대해 생각한다

> 조팝나무 꽃 알갱이가 고양이 눈알 같다 수없이 반짝인다

> 가까우면서도 멀다
>
> ─「조팝나무 밑 고양이」 전문

이 작품 역시 「유기견을 만나다」와 동일한 판과 틀로 만들어진 시이다. 작품 속의 고양이가 야생 고양이임은 당연한 일이지만 그와의 거리감은 어쩌면 「유기견을 만나다」와는 비교되지 않을 정도로 멀게 느껴진다. 「유기견을 만나다」에는 사료를 매개로 그 거리감을 좁힐 수 있는 개연성이 놓여 있지만, 이 작품에는 그런 가능성이 전연 없기 때문이다.

앞에서 윤덕점 시인의 시적 특색을 일상성의 침윤에서 찾을 수 있다고 했다. 그의 시들은 관념을 배제하고 일상의 사물과 대상으로부터 시

적 상상력을 얻어내고, 여기에 시인의 주관이나 가치를 주입시켜왔다. 이 과정을 통해서 시의 주제랄까 시인의 가치관을 만들어왔는데, 그것을 한마디로 언표화하자면 인용시와 같은 '거리감'의 형성이라 할 수 있을 것이다. '거리감'은 조화의 반대편에 위치한다. 뿐만 아니라 자아의 인식적 통일이나 삶의 교집합을 만들어내기 어려운 요인 가운데 하나가 이른바 '거리감'이다.

강둑 물앵두 열매
발갛게 익었다
입 안 가득 우겨넣으려는데
나무속에서 새 한 마리 날아오른다
아, 먼저 온 아이를 내가 쫓아냈구나
미안 하다 미안해 앵두처럼 붉어

돌아서는 봄날

— 「물앵두」 전문

이 시를 지배하는 것은 일탈의 감각이다. 「유기견을 만나다」나 「조팝나무 밑 고양이」의 경우처럼 그 감각을 만들어내는 것 또한 거리감이다. 시인은 어느 따듯한 봄날 잘 익은 물앵두를 먹고자 한다. 그것은 먹고자 하는 소비 충동에 불과한 것이지만, 그러나 그의 그러한 본능적 행동이 유발한 결과는 의도치 않았던 거리감의 형성, 곧 조화감의 상실이다.

시인은 일상의 경험 속에서 삶의 편린을 읽어내고 그 나름의 진단을 이렇듯 자연스럽게 내린다. 그는 인간을 둘러싼 주변 환경과의 자연스러운 결합이야말로 삶의 진정한 가치를 실현하는 기준으로 이해한 듯 보인다. 인간을 둘러싼 환경들이 일탈이나 부조화 같은 요인들에 의해 쉽게 와해될 수 있다는 사실은 지극히 상식적인 일에 속할 것이다. 실제로 시인이 이번 시집에서 집요하게 문제 제기를 했던 것도 이 부분이다. 그럼에도 불구하고 시인의 시집에서 그러한 조화감의 일탈이랄까 거리감을 형성케 하는 원인이 무엇인지를 알아내는 것은 쉽지 않다. 이 시집을 꼼꼼히 읽어봐도 대상 사이에 내재한 부조화의 원인에 대해 시인이 명쾌하게 발언한 부분을 찾아보는 것이 쉽지 않기 때문이다.

그러나 원인 없는 결과는 없을 것이다. 시인이 이 시집에서 가장 관심을 갖고 있는 주제 가운데 하나가 조화감의 상실인데, 이 감각이 거리감으로 구현된 것임은 앞서 살펴본 바 있거니와 시인은 마지막 시적 탐색의 여정을 그것의 회복에 두고 있었다. 여기에 동의한다면, 인용한 작품들 속에 그가 진단한 일탈의 원인에 대해 어떤 실마리를 붙잡아낼 수 있는 것도 가능하지 않을까 한다. 가령, 「유기견을 만나다」에서 펼쳐지는 거리감은 일종의 버림의 행위에서 온 것이다. 한때는 자기 만족을 위해 길들이던 애완견이었지만, 그것이 사라졌을 때, 애완견은 순식간에 유기견으로 전락하게 된다. 그 매개 고리 역할을 한 것이 인간의 변심, 곧 인간의 숙명 가운데 하나인 욕망의 문제가 이에 걸려 있는 것은 아닐까.

흐린 날은 손바닥이 예민해지지
눈썹 두꺼운 남자의 두툼한 손잡고

손금을 보고 싶지

M자 손금은 횡재 운이 든 대박 손금
삼지창 손금은 부유할 손금
생명선이 길면 장수를 누릴 손금

손금 따라 손바닥 만지작거리면
손금을 빌미로 팔자 고치고 싶은 욕망
붉은 혀 날름거리지
그런 날은 내게도 대박 손금
M자 손금이 우뚝 솟아올라있지

손금을 보다보면 나도
한 마리 꽃뱀 키우고 있는 걸 알게 되지
그 꽃뱀의 예민한 촉수를 보게 되

―「손금」전문

'손금'은 쉽게 말하자면 인간의 운명이다. 운명이란 무엇인가. 그것은 선천적인 것이고, 따라서 이미 정해져 있는 것이다. 인간의 노력에 의해서 운명이 좌우될 수 있다곤 하지만, 운명 그 자체를 선험적 상태에서 바꿀 수 있다면, 그렇지 않은 경우보다 긍정적으로 삶에 영향을 미칠 수 있는 것이 아닐까. 시적 주체가 자신의 손금을 들여다보는 것도 그러한 운명의 개척과 무관하지 않은 행위이다. 아니 개척이라기보다는 선험적으로 규정지어진 자신의 운명을 뒤바꾸고 싶은 유혹의 비유적 행위일 것이다. 그러한 유혹을 '꽃뱀'으로 은유한 것은 지극히 당연한 것이다. 에덴동산의 신화 이후 뱀은 관능과 유혹의 상징으로 굳어져 왔는데, 서정주의 「화사」는 그러한 뱀의 상상력을 가장 잘 대변해준 작품 가운데 하나였다. 그러한 뱀의 존재성은 이 작품에서도 그대로 재현된다. 그런데 시인은 이를 손금이라는 운명의 사슬과 연결시키고 있다는 점에서 「화사」 이후 인간의 존재성에 대해 아주 날카롭게 파헤친 또 다른 예가 될 것이다.

운명을 개척하기 위한 자기 노력에 이르기까지는 못했더라도 이 작품이 우리에게 시사하는 바는 적지 않다. 그것은 무엇보다 인간의 본질이 욕망하는 존재라는 사실과, 그것을 뱀의 그림자가 투영된 손금 속에서 새롭게 의미화했다는 점에서 그러하다. 시인은 인간과 대상 사이에 내재되어 있는 거리감이라든가 부조화의 감각을 이렇게 욕망의 발산에서 찾고 있었던 것은 아닐까. 인간이 욕망하기 때문에 억압이 발생한다는 것, 그리하여 이타성으로 나아가는 심리적 방어기제가 이 문제에서 비롯되었다는 점을 감안하면, 시인이 진단하고 있는 사회적 공존의 와해가 이와 불가분의 관계에 놓여 있는 것이라는 추정이 가능할 것이다.

그리고 다른 하나는 이른바 순리에 관한 문제이다. 이를 두고 이법이나 우주라고 할 수도 있고, 또 자연의 섭리라고도 할 수 있을 것이다. 이번 시집을 찬찬히 들여다보면 시인이 소위 자연의 이치라는 것을 애써 강조하고 있는 작품들을 많이 발견할 수 있는데, 이는 반대로 보면, 그렇지 못한 현실에 대한 또 다른 현실의 반증이 될 수도 있을 것이다.

눈물의 위력은 대단하다
호박꽃 입술에도

뜨거운 눈물이 묻었다

배롱나무 눈썹, 수숫대 콧잔등

죽기 직전 풀들 정신을 차리며 일어선다

가을의 입, 여름을 잡아먹는다

최음제 마신 듯 혼미했던 시간은 가라

자지러져 숨 헐떡이는 매미도

마지막 숨을 몰아쉬고 있다

가까스로 지킨 것들도 때 되면 다 간다

그리고 또

가을은 이미 이렇게 와 있다

—「가을의 입」 전문

조화와 일탈은 어찌 보면 종이 한 장의 차이에 지나지 않을 정도로 미세한 경계로 나누어져 있다. 그럼에도 사람들은 그 뻔한 이치에 대해 아는 듯하면서도 알지 못하는 경우를 쉽게 발견하게 된다. 아니 모르는 것이 아니라 알면서도 이를 어기는 줄도 모를 정도로 그 경계가 매우 불확실한 것이 사실이다. 그러나 욕망에 대한, 그 지독한 고집이 어떤 결과에 이르는지에 대해서 굳이 반문할 필요는 없을 것이다. 시인은 「가을의 입」에서 소위 자연의 이치랄까 우주의 이법이 어떤 것인지에 대해서 계절의 감각을 통해서 읊어내고 있다.

이 작품은 두 가지 대립되는 테제를 통해서 자연의 이치가 어떤 것인가를 독자들에게 명쾌하게 제시해주고 있는 시이다. 신화적 상상력에 의하면, 여름은 성장의 계절이고 가을은 조락의 계절이다. 이 작품은 그러한 상상력을 "최음제 마신 듯 혼미했던 시간"이나 "자지러져 숨

헐떡이는 매미"로 표현한다. '최음제'라든가 '혼미했던 시간' 혹은 '숨 헐떡이는'이라는 감각적 담론이 일러주는 것처럼, 여름은 성장과 열정의 시절이다. 그러나 그러한 열정에도 불구하고 그것은 한순간의 유효한 시간 속에서만 가능할 뿐이다. 계절의 흐름은, 곧 자연의 이치는 그것을 영원히 허용하지 않기 때문이다. 무당처럼 맹렬하게 울어대던 여름의 매미도 가을이 되면 "마지막 숨을 몰아"쉴 수밖에 없게 되는 것이 현실이다. 그렇게 만든 것이 자연의 정언명령이고 우주의 섭리이며 이법이기 때문이다. 그럼에도 인간은 이를 전적으로 수용하지 못하는 존재이다. 만약 전적으로 수용한다면 인간은 신과 같은 선험적 존재일 것이고, 그렇게 되면, 종교나 철학은 인간으로부터 영원한 타자로 남아 있게 될 것이다. 그러나 인간은 그런 완벽한 존재에 이르지 못한다. 그것이 인간의 한계이기 때문인데, 어떻든 이런 섭리에 대해 인간은 애써 무감각하려 들고, 또 지극히 당연한 이치에 대해 순응하려 들지도 않는다. 그것이 인간으로 하여금 더불어 사는 사회, 곧 공존을 막아서게 하는 근본 요인이 되는 것이다.

이렇듯 시인은 나와 대상 사이에 놓인 거리나 부조화의 정서를 욕망이라든가 섭리의 문제에서 포착해낸다. 그것이 인간의 근원적 문제일 수도 있고, 또 숙명이라는 점에서 그의 문제 제기는 정당하다고 하겠다. 그렇기에 그것은 보편적인 것이기도 하고, 또 시인 자신의 문제라는 개별적 성격을 갖기도 한다. 다시 말해 그것이 보편성의 차원으로 나아가게 되면 계몽의 문제가 되고 개별성의 차원으로 한정되면, 자기 수양의 문제가 되기도 하는 것이다.

날마다 빠지는 머리털도 환영입니다
새는 말 주워 담으며 놀기 좋거든요
드문드문 서있는 외등도 회원이라서
잠이 없는 사람은
더 환영합니다
단,
소드레와 흡연은 절대사절입니다
　　　　　　　　　　　—「소곡 경로당 입회 조건」 부분

상처는 풍경 속에 있어요
나는 날마다 남의 상처를 꿰매고 있어요
날개 밑에 감춘 냄새
모른 척
까르르 벚꽃과 함께 웃어요
지울 수 없으면 눈 감는 게 최선,
봄날이 내게 속삭이고 있어요
　　　　　　　　　　　　　　—「보리냄새」 부분

「소곡 경로당 입회 조건」이 계몽의 성격에 가까운 것이라면, 「보리냄새」는 자기 성찰과 관련이 깊다. 경로당의 입회 조건 가운데 하나로 내건 것이 '소드레'인데, 그 뜻이 남의 말을 옮겨 말썽을 일으키는 행동을 일컫는 경상도 방언이라는 사실에 주목한다면, 시인의 의도가 어디에 있는지 자명한 것이 된다. 그리고 다른 하나는 성찰의 문제이다. 시인의 내성은 내밀한 반성의 토대 위에 놓여 있다. 그것은 "나는 날마다 남의 상처를 꿰매고 있어요"에서 이타적인 특성을 갖고 있으면서도 다른 한편으로는 "지울 수 없으면 눈감는게 최선"에서 보듯 실존적 차원의 것이기도 하다.

「소곡 경로당 입회 조건」이나 「보리냄새」가 시사하는 것은 실천의 문제와 불가분의 관계에 놓여 있다. 시인은 우리가 처한 삶의 조건이 거리라든가 부조화에 있음을 진단하고 그 개선 방안에 대해 모색해왔다. 그런데 시인은 막연히 무엇인가에 대해 동화하고자 하는 형이상학적 선언에 의해 자신이 의도했던 목적에 이르고자 하는 성급함을 보여주지 않고 있다. 시가 어떤 선언에 이르고자 하는 조급함을 보일 경우 흔히 범하는 오류 가운데 하나가 이른바 관념화 경향이다. 물론 관념이 주는 메시지가 매우 명쾌한 것은 사실이지만, 그러나 그것이 시의 진정성을 모두 말해주는 것은 아니다. 시인은 그러한 의미망을 모두 사물의 관계성 속에서 도출해내는데, 이런 의미화 과정은 다른 시인들의 경우에서 쉽게 찾아볼 수 없다는 점에서 이 시인만의 고유성이 있다고 할 것이다.

시인은 이번 시집에서 그러한 사물들의 구체적인 관계망 속에서 부조화에 대한 안티 담론이 무엇인가에 대해 지속적으로 천착해왔다. 다시 말하면 조화란 무엇이고 통합이란 무엇인가에 대한 간단없는 물음이 바로 그것인데, 그 핵심 주제 가운데 하나가 이 시집에서 편재되어 나타나는 모성적 상상력이 아닌가 한다. 모성이란 근원이면서 조화이며, 통합의·상상력이다. 그러므로 그것은 신화적인 것이면서 우주적인 것이기도 하다. 그러나 시인은 그러한 음역을 도출해내는 데 있어서도 관념 지향성을 철저하게 배제시킨다. 그것이 바로 일상성의 진실이며, 삶의 진솔한 성찰에서 얻어진 진실이다.

소곡보건진료소는 길고양이들의 식당

창밖 베란다에 모여

밥을 기다리지

창문 열릴 때까지 숨도 안 쉬고 참지

내가 걸음 옮길 때도 꼼짝 않고 앉아 있지

밥 먹는 것에는 순서가 있어

한 마리가 배 다 채울 때까지

집요하게 차례 기다리지

배 불룩한 임산부도 그 순서는 깰 수 없지

찬 바닥에 배붙이고 누워

도약할 때를 기다리지

멋모르고 설치는 놈에겐 가차 없는 징벌 가해지지

밥 먹던 놈이 한 손으로 귀싸대기를 날리지

두 눈에 심을 박고 으르렁거리지

못된 놈이라 쫓아내도 돌아서면

그 놈이 또 밥그릇에 코 박고 있지

언제 삼강오륜 다 뗀 것인지

長幼有序 원칙에 철저한

길고양이들

우리는 저것들을 미물이라 부른다

—「위계질서」 전문

이 작품의 소재는 길고양이들의 일상사이다. 이처럼 그의 시들은 철
저하게 구체적인 사물을 통해서 깃들여진 상태 속에서 만들어진다. 그

것이 관념화라는 한계를 초월하는 방법적 의장이었거니와 이 작품의 기본 주제는 이른바 이법이나 순리와 관련을 맺고 있는 것이다. 이 작품에서 말하는 위계질서는, 사회의 층위를 만들어내는 그런 논리와는 거리가 멀다. 위계에 의해 형성되는 것이 중심과 주변이고, 상층과 하층이며, 지배와 피지배의 관계이다. 그것이 작동하는 사회가 조화의 상실이나 거리감의 부재와 밀접한 관련을 맺는 것은 당연한 것인데, 시인이 응시한 이 작품의 위계질서는 그렇게 층위화한 담론의 세계와는 거리가 먼 경우이다.

시인이 지향한 이런 근원의 세계가 모성적인 것과 관련이 있음은 당연할 것이다. 어떤 인위적인 위력이나 가치의 세계가 개입되지 않은 순수 자연의 세계가 바로 모성적 상상력의 근간이기 때문이다. 이 외에도 시인의 작품에서는 이런 모성적인 사유에 뿌리를 두고 있는 시들이 많은 부분을 차지하고 있는데 이는 모두 조화의 세계를 염두에 둔 통합적 사유와 분리하기 어려운 것이라는 점에서 주목을 요하는 경우이다.

며느리가 부엌으로 나가 쌀을 씻네
나는 잠든 손주 곁에 누워 며느리를 보네
손에 물도 안 묻히고 자랐다는 저 아이,
여자의 우물에는 얼마나 많은 물이 차 있을까
어미가 된 후
깊은 잠에 빠졌다가도 눈 감고 젖을 물리네
까무룩 잠에 빠져들며
작은 몸을 타고 흐르는 모성의 수맥,
어미가 짓는 밥 냄새를 맡네

어미가 지은 밥은 다 맛있다네

—「엄마라는 우물」 전문

모성적인 것은 모든 것을 포용한다. 이 작품에서 보듯 설사 그것이 입에 거친 밥이라고 해도 모성이라는 그 무엇에 의해 매개될 때, 부드러운 밥으로 전화하는 것이다. 모성적인 것은 무엇이든 포회할 수 있고, 멀어진 거리를 좁힐 수 있으며, 깨진 조화에 질서를 부여할 수 있다. 그것은 인간의 가장 큰 본능이기에 무엇으로도 대치할 수 없는 회감의 기능을 갖고 있다. 뿐만 아니라 이 감성은 본능으로 착색된 어린 아이에게도 뚜렷이 감별될 수 있는, 곧 회귀될 수밖에 없는 매혹의 샘이며(「사물감별법」), 사물의 절대 근원(「불가사리 여자」)과도 같은 것이다.

하나의 근원 속에 삶의 실존을 아름다운 공존으로 승화시켜 나아가고자 하는 시인의 의도는 혼돈이 편재된 사회에서 일종의 모범 답안과 같은 것이다. 갈등과 부조화를 모성적 상상력 속에서 화해시키려는 시인의 자세는 어쩌면 구도자의 모습이라고 해도 지나친 말이 아닐 듯싶다. 그만큼 일상성 속에서 길어 올려지는, 삶의 조건들에 대한 시인의 진지한 모색들은 매우 값진 시적 실천이기 때문이다. 그는 자신과 사물들 사이에 내재된 거리 속에서 갈등의 근원을 찾아내고, 조화를 깬 일탈에 대해 진지한 모색을 시도해왔다. 그 결과 시인이 도달한 것이 통합에 대한 갈증이었고, 그 매개항이 된 것이 바로 모성적 상상력이었다. 그 연장선에서 이 시집에서 자주 보이는, 아마도 시인의 고향쯤으로 추정되는 소곡마을의 풍경이 주는 함의에 대해 주목할 때가 되었다.

소곡은 시인의 고향이라는 점에서 모성적 상상력의 아우라로부터 자유로운 공간이 아니다. 그렇기에 그것은 또 다른 모성적 지대로 이해하는 것도 가능하지 않을까. 실제로 시인은 질서와 통합의 공간으로 아름다운 소곡마을의 풍경을 여러 번 제시해주었다.

> 꽃이 핍니다 갖가지 꽃 수두룩합니다
> 문밖에는 유모차, 경운기, 자전거, 보초를 섭니다
> 마당에선 큰 솥에 쇠고기 국이 끓고
> 방안에는 도마소리와 이야기소리
> 꿀벌처럼 윙윙거립니다
> 컴퓨터도 못하는 일흔일곱 차 씨
> 이장에 출마한다고 벽을 짚고 일어나자
> 이장은 아무나 하냐고
> 곁에 앉은 학촌댁이 바지춤을 잡아 앉힙니다
> 맘만 갖고 되는 일이 아니라고
> 여기저기서 부르렁댑니다
> 경리장부 열여덟 장 꿀꺽한 김 씨도
> 도로공사 때 시멘트 부대 숱하게 빼돌린 남 씨도
> 알 사람은 다 알지만
> 까마귀 고기 잡숫고 의젓하게 앉아 있습니다
> 둥글둥글 한 상에 둘러앉아
> 쇠고기국 마시고 수육도 먹고
> 입가심으로 귤도 까먹으며 웃습니다
> 새로 뽑힌 젊은 이장 박 씨 노래방 기계를 틀자
> 할미꽃, 호박꽃, 분꽃, 장다리꽃들

환하게 우쭐거리며 박수를 칩니다
틀니가 덜거덕거려도 노래는 끝까지 다 부릅니다
마을 스피커에서 노랫소리 쩡쩡 울리는
참 환한 봄날입니다

—「소곡 트로트」 전문

이 작품 속의 소곡은 모성적 상상력이 빚어낸 구경적 형식이면서, 일종의 유토피아 공간이다. 마치 서정주가 빚어낸 「질마재 신화」처럼, 이곳에는 조화와 질서의 세계가 아름답게 펼쳐지고 있다. 이곳 마을 사람들은 꽃이 흐드러지게 피는 계절에 마당에서 쇠고깃국을 맛있게 끓이며, 모두 한 상에 앉아 먹고 마시고 한가롭게 재미있게 웃고 떠드는 것이다. 여기에는 어떤 거리감이나 부조화의 정서도 개입할 틈이 없고 모두 하나가 되어 즐기는 통합의 공간이 구현되고 있다. 그런 세계를 카니발적 축제의 세계라 불러도 좋고, 아름다운 마을 공동체의 축제적 실현이라고 해도 좋을 것이다.

시인은 자신과 세계와의 거리를 부조화로 진단해놓고, 그 초극적 삶의 모습이 무엇인지에 대해 지속적인 물음을 던져온 터이다. 아마도 그 간단없는 질문 속에 찾아낸 것이 이 소곡마을의 축제 같은 삶이 아니었을까. 이런 맥락에서 소곡마을은 조화와 질서가 아름답게 구현되는, 시인에게 또 다른 모성성이었다고 할 수 있을 것이다.

자연과 하나 되기 위한 아름다운 서정의 세계

— 배소희의 『편백나무 숲으로』

배소희의 『편백나무 숲으로』는 아름다운 서정시들의 묶음이다. 그러한 서정성은 제목에서도 풍겨져 나오거니와 작품의 면면을 통해서도 금방 알 수 있는 일이다. 서정이 일상의 경계를 넘어서게 되면, 하나의 풍경화 내지 수채화가 되는 법인데, 『편백나무 숲으로』는 이미 이런 경지를 초월해서 서정 세계의 진면목을 그 나름대로 일구어 나아가고 있다. 가령, 다음과 같은 시를 보면, 이를 대번에 알 수 있는데,

쓰레기 봉지속
야금야금
어둠 뜯어먹던
검은 고양이
웅덩이에 빠진
백목련 안 잎 베어먹는다

파르르 흩어지는 보름달

발밑 흔들린다

　　　　　　　　　　　　　　　—「달에 울다」 전문

　고 함으로써 그의 서정시들은 비일상성의 세계, 곧 자연의 구경에 대해
읊고 있는 것이다. 이를 두고 신비주의적 세계라 치부할 수도 있지만,
일상의 피로나 허무가 주는 도피의 정서에서 오는 세계라 말할 수도 있
을 것이다.

　이렇듯 배소희의 「달에 울다」는 일상보다는 자연 세계에 그 초점을
맞추어 시를 만들어내고 있는데, 현실의 복잡성보다는 자연의 단일성
에 보다 친연한 정서를 보이고 있었던 것이다. 그러나 자연에 대한 막
연한 그리움이나 낭만적 동경의 세계가 새로운 서정시의 조건이 될 수
없는 것은 당연한 일이거니와 시인의 음역 또한 여기에만 머무는 협소
한 시세계를 노정하지는 않는다. 만약 그러하다면 그의 시편들은 자연
만을 예찬하는, 협소한 시세계에 갇힌 시인이라는 오명을 얻게 될 것이
다. 한국 근대시사에서 이런 서정의 감옥으로부터 헤어나지 못한 시인
의 모습을 자주 목도한 바 있다. 하지만 이들 시인들의 작품들처럼 『편
백나무 숲으로』를 여기에 한정시켜버리는 것은 그의 시를 잘못 이해하
는 오류를 범하게 될 것이다. 배소희의 시들은 그런 서정의 감옥으로부
터 저 멀리 벗어나 있기 때문이다.

　배소희의 시들은 분명 자연의 가치를 소중히 여기고 여기서 얻어지
는 교훈을 시의 주제로 삼고 있다. 자연이 현대 시인들이 즐겨 찾던 주

제였고, 이 시인의 경우도 이들과 동일한 길을 걷고 있기 때문이다. 그렇다면, 현대인들은 어째서 자연의 가치를 새롭게 발견하고 여기에 안주하려는 것일까. 이들이 이곳을 편안한 안식처로 사유하는 데에는 분명 이유가 있을 것이다.

우리 근대 시인들 가운데 자연의 그러한 기능적 가치에 주목해서 시화한 경우로 정지용을 들 수 있다. 뿐만 아니라 정지용의 추천을 받고 시인의 길에 들어선 청록파 시인들도 이 부류에 속한다. 이런 흐름을 목도하게 되면 한국 현대시의 커다란 주류가 자연을 토대로 이루어져 왔음을 부인하기 어려울 것이다.

그리고 이들이 자연을 그들만의 안식처로 인식하고 시의 애틋한 주제로 삼은 것은 그것 속에 내포된 현대적 가치 때문이었다. 익히 알려진 대로 자연이란 문명 저편에 있는 것이다. 욕망에 기반한 문명이 수면 위로 올라올 때마다, 곧 그것이 위기의 관점으로 받아들여질 때마다 자연의 가치는 동일한 함량으로 절상되어왔다. 문명의 위기란 곧 자연의 새로운 발견과 동일한 차원에 놓이는 것이었다.

자연에 대한 이러한 인식이 배소희 시인의 경우에 있어서도 예외적으로 비춰지지 않는다. 이 시인의 배음에 깔린 자연 역시 통합적 사유라든가 인식의 통일성과 외따로 존재하는 것이 아니기 때문이다.

길 건너 자판기가 비를 맞고 섰다 또 어디론가 가나 보다 노랑풍
선 이삿짐 트럭 하나 젖은 짐을 싣고 떠날 채비를 하고 있는데 약
수찜질방 24시 사람들 어디로 간 것일까

오랫동안 비워두었던 빠리바게뜨 낡은 간판 휑한 점포에 자리
잡은 왕거미들은 오래전부터 그늘을 치고 사람들 건강을 약속했던
평화의원 평화도 불 꺼진 지 오래

아슬아슬했던 한마음약국 약사의 한마음마저 얼마 전 깨어졌다
길을 오고가는 발걸음들 잠시 머뭇거리다가 까치발로 들여다보는
빈 가게들

당신도 나도 세상의 발걸음도 발밑에 부는 바람에 낡아간다 불
꺼진 도시 후미진 골목길에 한 켜씩 내리는 비는 빗방울 화석이 되
어 가고 찜질방 24시에 오늘도 비는 내리는데

—「24시에 비는 내리고」 전문

이 작품은 어느 재개발 지역의 풍경을 담고 있는 시이다. 시인의 눈
에 이곳은 을씨년스러운 정서로 가득 찬 곳으로 비춰진다. 한때 모두의
욕망을 쫓아서 만들어진 성채들이 또다시 밀려드는 욕망 때문에 무너
져야만 하는 현실의 아이러니를 담아내고 있는 것이다. 근대사회에서
욕망은 충족되거나 정지되는, 한정적인 성격에서 그치지 않는다. 그것
은 새로운 욕망을 낳고, 그리하여 끊임없이 퍼져가는 바이러스처럼 제
어되지 않고 현상하기 때문이다. 그것이 어쩌면 현대사회의 기본 특성
일지도 모르겠다. 충족되지 못한 욕망은 새로운 만족을 위해 계속 미끄
러져 나갈 뿐이다. 인용시가 경계하는 것은 이처럼 제어되지 못한 욕망
이 남긴 흉물스러운 모습일 것이다.

그러나 그것은 누구의 탓도 아니고, 더구나 개개인의 잘못은 더더욱
아니다. 현대라는 욕망의 편집증이 만들어낸 부수적 결과일 뿐이기 때

문이다. 시인이 절망하는 것도 이와 무관하지 않다. 한 개인의 수양이나 절제만으로 그것이 치유되는 것이 아님을 알기 때문이다.

이 도시에는
눈이 내리지 않아
발진이 솟을 줄 알면서도
꾸역꾸역 속으로 밀어 넣으며
모를거야 아마 넌 모를거야
빗방울들이 난간에 오종종 매달려
내게 말을 하지
이 도시에는 더 이상
눈이 내리지 않아

—「봄눈」 부분

눈이 내리는 현상은 동시적이고 보편적인 것이다. 어느 특정 지역만을 골라서 선택되는 편협성이 아니라 모든 것을 공유하는 동시성으로 향유되는 것이 강설의 일반적인 특성이기 때문이다. 그러나 그러한 눈의 보편성들이 인용시의 공간이 되고 있는 도시에서는 일반적이지 않다는 데 문제의 심각성이 있다. 눈이 내리지 않는 것은 기후적 특성일수도 있겠지만 시인은 그것을 인위적인 요인에서 찾고 있다. 환경의 재앙에서 비롯된 지구 온난화가 자연의 합리적인 질서 체계를 무너뜨린 것은 잘 알려진 일이거니와 이 시가 주목하는 부분도 이것이 아닐까 한다. 부챗살처럼 퍼져나가는 인간의 욕망은 자연의 질서를 이렇듯 철저하게 교란시켜 불구의 질서로 만들어버렸다.

문명이 승할 때마다 역으로 자연은 최대의 피해자가 되어왔다. 자연은 인간을 포회하는 거대한 질서이다. 그리고 그러한 질서를 교란하고 파괴할 수 있는 자는 오직 신뿐이다. 그러나 인간은 그러한 신의 영역을 이미 침범해버린 지 오래이다. 에덴동산의 슬픈 신화가 그러하고, 현시대에 유행하는 유전자 조작 또한 그러하지 않은가. 이것이 자연을 질서라든가 이법의 체계로부터 일탈시켜서 어떤 생산성도 배제해버린, 불임의 자연으로 만들어버렸다. 그렇게 불구화된 자연이 만들어낸 결과가 '이 도시'의 흉측스런 모습이다. 이 도시는 온전한 자연의 일부로 편입되지 못하고 자연의 국외자로 남아 있을 뿐이다.

욕망이 근대의 위기이고 현재의 불온성을 일으키는 원인이라면, 그것은 결국 인간 자신의 문제로 귀결된다. 스스로에 대한 경계와 절제만이 계속 확대되어가는 욕망을 견제할 수 있는 유일한 수단이기 때문이다. 시인이 위기의 관점으로 진단되는 지금 여기의 현실에 대해 모럴의 포즈를 취한 것도, 또 자기 경계를 끊임없이 펼치는 것도 이와 밀접한 관련이 있다. 그러므로 시인에게 그것은 곧 실존의 문제이기도 했고, 또한 자기 수양의 문제이기도 했다.

> 그녀에게
> 가을은 검붉은 멍을 바라보는 일이라고 한다
> 아파서 더 이상 못 걷겠다며
> 호수에 비친 나뭇잎마저 건져내려고 한다
>
> 그녀에게

살아간다는 것은 봄철의 푸른 멍이

점점 붉게 익어가는 것을

보아 내는 일이라며

그러다 바스라져

곁에 기대어 누워

겨울을 안고

함께 얼어가는 일이라고 한다

—「동행」 전문

「동행」은 시인의, 삶을 살아가는 실존의 모습 내지 윤리적 자세를 보여주는 작품이다. 시인에게 삶은 "검붉은 멍을 바라보는 일"이며, 또 그것이 "점점 붉게 익어가는 것을/보아 내는 일"이기도 하다. 그러나 그것은 스스로 소멸해가는 능동성을 상실한 채, 시인의 내부 속에서 계속 살아 움직인다. 그리하여 실존의 주체가 이를 감내하는 것은 여간 어려운 일이 아니다. 흔히 이야기하듯 시간의 흐름이나 소멸 속에서 찾아드는 자연의 법칙이 여기서는 통하지가 않는 것이다. 그렇다고 이에 굴복하고 저항의 손길을 포기하지도 않는다. "아파서 더 이상 못 걷겠다며/호수에 비친 나뭇잎마저 건져내려고" 하는 의지를 계속 표명하는 까닭이다. 이 과정은 계속 시도되는데, 그러한 노력의 결실은 이 시의 마지막 3연에 표명된다. 바로 '겨울'의 이미지가 그러하다. 겨울이란 불활성이며, 모든 것을 묶어버리는 결빙의 이미지로 구현된다. 따라서 그것은 더 이상 아픔을 확산시키지도 않고, 내적인 응결의 상태로 시인의 품속에 남게 된다. 이 얼마나 아름다운 수양인가.

자연과 하나 되기 위한 아름다운 서정의 세계

「동행」은 삶을 살아가는 시인의 자세를 잘 일러주고 있다. 타인에게 받았던 상처들을 감내하고 이를 내부에 응결시켜버림으로써 자신의 윤리성을 완성하려고 하는 것이다. 세상의 잘못된 현실과 실타래처럼 얽혀 있는 욕망의 끈들을 자신의 것으로 환원시킴으로써 더 이상 상처를 덧나게 하지 않으려는 것이 이 시에 내포된 주제라 할 수 있다.

그러나 이 작품은 욕망의 절제와 포용의 미덕에도 불구하고 그러한 윤리적 자세가 지극히 수동적으로 흘러감으로써 자아의 능동적 자세가 현저하게 약화되어 있는 것 또한 사실이다. 이런 수동성이 시인의 의지와 불가분의 함수관계에 놓여 있음도 부인하기 어려울 것이다. 그러나 이런 한계는 「누수」에 이르면 전연 새로운 모습으로 탈바꿈하게 된다. 적극적 실천의 의지랄까 관심의 표명인데, 이는 그의 시세계에서 새로운 인식성으로 나아가는 계기가 된다.

아무런 몸짓도
아무런 소리도
들리지 않았던 너는
처음부터 내 안에 있었던 타인
네 숨소리를 감지하는
귀를 곤두세우며
올올이 흩어진 네 물길을 잡아
미세한 손으로
훑어 내려오다
하나 아쉬움도 없이
덥석 낚아챈다

뒤돌아 눕는 너를 향한

재빠른 손길

내게 붙어 있는 너를 위해

너에게 붙어 있는 나를 위해

한 움큼 잘라진 아집들이

뭉텅 쓰레기통에 던져진다

— 「누수」 전문

전일적 인간의 삶에 대한 욕망을 방해하는 요인은 여러 가지가 있다. 하나의 유기체 속에 이타적 요소가 존재한다는 자각인데, 그 대표적인 경우가 프로이트의 무의식 이론이다. 의식과 무의식 사이에 놓인 갈등이야말로 전일적 인간의 모습을 방해하는 최대의 위험 요소였던 것이다. 실상 이런 이원적 갈등은 서구 사상을 지배해왔던 기독교의 신화에서도 발견할 수 있는 것이다. 에덴동산이라는 인류의 유토피아이자 선험적 고향에 대한 그리움이야말로 그렇지 못한 현재의 삶과 대비되는, 불구화된 인간의 영원한 이타성이기 때문이다. 인간은 어쩌면 이러한 이타성을 무화시켜가면서 하나의 완전한 동일체로 거듭 태어나기 위한 영원한 꿈과 이상을 만들며 살아가는 존재인지도 모른다.

「누수」가 말하고자 하는 것도 인간에게 선험적으로 내재한 이타성의 문제이다. 시인은 자신 속에 내재해 있는 그것을 누수라는 매우 참신한 의장을 통해서 표현해내고 있는데, 일상의 현실에서 누수란 보이지 않게 들리지 않게 일어나는 고요한 현상이거니와 이에 대한 발견이야말로 유기체의 비동일성을 확인하는 중요한 계기일 것이다.

이타성은 유기체의 동일성과 인식의 통일성을 방해하는 최대의 위험 요소일 것이다. 수많은 시인들이 이 문제에 끊임없이 매달린 것도 여기에 그 원인이 있다고 하겠다. 그런데 문제는 이 이타성이 어느 영역에서 만들어지고 의미화되느냐에 있을 것이다. 아마도 그것이 가장 문제시되는 영역은 심리적인 국면이 아닐까 한다. 그것은 신을 상실한 근대성의 제반 문제와 이에 따른 정신분석학의 놀라운 발전 결과에서 오는 것이었다. 1930년대 한국 시사를 풍미한 이상이 여기서 자유롭지 않음은 물론이거니와 이후 심리주의 미학을 표방한 시인들 또한 이 음역과 밀접한 관련을 맺고 있었다.

이처럼 이타성이 심리적인 문제와 불가분의 관계를 맺고 있지만, 배소희 시인이 만들어내는 이타성은 그러한 심리적인 국면과 무관하다는 점에서 변별점을 보이는 경우이다. 그것이 어쩌면 이 시인이 살아가는 실존일 것이고 또 윤리일 것이다. 그러는 한편으로 시인에게 이타성은 개인적인 차원, 곧 심리적 국면에 한정되지만은 않는다. 그에게 이타성이란 "내게 붙어 있는 너를 위해/너에게 붙어 있는 나를 위해"에서 보듯 상호텍스트적인 관계로 현상되기 때문이다. 따라서 그것은 나만의 문제가 아니라 너의 문제일 수도 있기에 심리적 차원의 문제를 초월하고 있는 것이다.

시인에게 수렴된 이런 이타성이 아집으로 표현된 것은 윤리라는 측면에서 볼 때, 매우 적절한 것이라 할 수 있다. 뿐만 아니라 동일성을 훼손하는 그것을 "뭉텅 쓰레기통에 던지는" 투기 행위야말로 적극적 실천의 또 다른 표현일 것이다. 이는 내밀하게 자아를 성찰하고 이를 수양하고자 하는 수동적 자세와는 현저히 다른 것이다. 열정이야말로 새로운 장으로 나아가기 위한 적극적 에너지라 할 수 있는데, 특히 그것이 외적인 어떤 계기와 접맥할 경우 더욱 강렬한 자기 수양과 실천 행위로 이어지는 것은 자연스러운 일이 될 것이다. 이 도정에서 시인이 다시 만난 것이 자연의 궁극적 가치이다. 물론 시인이 이번 시집에서 자연의 긍정적 가치에 대해 부인한 경우는 한 번도 없다. 오히려 자연은 문명의 피해자이고 욕망의 희생자일 뿐이다. 시인은 자연의 그러한 가치에 대해 계속 긍정적인 의미를 부여해왔기 때문이다.

치자와 솔잎 덮인 황토방 바닥 위
눈 감고 귀 닫아도 들리는 소리
내 안에 오래 머물러
자리 잡은 작은 새

우리가 잡고 있었던
기억의 물길 속
지저귀던 새도
하나씩 날개를 접고
차로 뜸 들이는 시간

한 말의 차로 온 몸
훑어 내리면서
너절헤진 시간의 가장지리
품에 안고 가야만 하는

몇 겹의 소리속 소리가 벗겨지는
텅 빈 차방(茶房)에서

맑은 종소리 듣는

발효의 시간

　　　　　　　—「차를 뜸 들이는 동안」 전문

　이 작품은 배소희 시인의 시세계에서 매우 의미 있는 위치를 차지하고 있는 시라 할 수 있다. 이 작품의 주제는 우선 자연과의 합일에서 찾아진다. 근대 모더니스트들이 추구한 주제 가운데 하나가 자연과의 완전한 합일이었다면, 이 작품 또한 그 연장선에 놓여 있는 경우이다. 일찍이 근대 모더니스트 가운데 이 같은 상상력을 보여준 대표적 시인이 정지용이다. 근대의 세례를 한껏 받은 정지용이 최후로 나아간 것이 자연의 세계였다. 그는 근대로 분열된 자신의 인식을 완결시키기 위해 금강산을 찾아갔고, 한라산을 배회한 바 있다. 그 결과 그가 기투해 들어간 것이 자연의 완벽한 세계였다. 그의 대표작 가운데 하나인 「인동다」에서 그는 한겨울에 흘러내려가는 차의 온기와 향기를 오장육부로 온전히 받아내었다. 이른바 자연과 하나 되는 자신의 건강한 육체를 발견해낸 것이다. 이런 전일적 상상력을 「차를 뜸 들이는 동안」에서 똑같이 발견할 수 있다는 것이야말로 시인의 선지적 능력을 가늠하는 증좌가 아닐 수 없을 것이다.

　배소희 시인은 모더니즘 일반이 요구하는 시의 의장이나 주제를 특별나게 표방하지는 않았다. 시인은 단지 그러한 세계를 배음에 깔고 인간 속에 내재한 욕망의 문제나 자연의 궁극적 가치에 대해 그 나름의 철학과 의미를 부여해왔다. 물론 그 도정에서 발견한 것이 인용시에서 보여준 것처럼 자연의 구경적 가치 세계이다. 실상 이 작품은 정지용의

「인동다」와 견줄 수 있을 정도로 탄탄한 시의 구조와 의미를 내포하고 있다는 점에서 주목을 요하는 경우이다.

시인은 이 작품 속에 구현된 산속의 차방에서 자연과 하나 되는 길을 모색하고 있다. 자신의 귀는 자연의 작은 새소리로 향해져 있고, 자연이 주는 음식을 받아들이기 위해 자신의 입을 열어놓고 있다. 말하자면 자연과 하나 되는 소통을 위해 자신의 감각기관을 모두 개방하고 있는 것이다. 욕망을 배제한 채 이렇게 열어놓은 통로와 상상력이야말로 자연과 합일되는 지름길일 것이다. 그런데 이런 도정에서 특히 주목을 끄는 시어가 '발효'이다. 익히 알려진 대로 발효란 숙성이며, 새로운 화학적 변화를 의미하는 것이다. 인간이 인간적 요소를 상실하고 자연이라는 거대 질서로 틈입해 들어가기란 질적, 화학적 변화 없이는 불가능할 것이다. 이타적인 두 가지가 아니라 하나의 완전한 동일성이 되기 위한 과정이 필요하기 때문이다. 이를 위해 시인이 마련해놓은 것이 발효의 상상력이다. 발효란 새로운 존재로 태어나기 위한 화학적 변이의 과정이다. 이런 물질적 상상력이야말로 시인이 이룬 최대의 성과가 아닐까 한다.

> 풋성귀
> 뜯으러 갔다가
> 노루
> 발자국만 따고 와
> 쌈 싸먹는
> 아침
>
> —「노루쌈」 전문

근대사회에서 유토피아란 실현하기 매우 어려운 것이 되어버렸다. 넘쳐나는 욕망의 발산이 그러한 세계로 들어가기 위한 길을 원천적으로 막아버린 것이다. 그렇기에 요원하지만 다시 그 세계를 회복하기 위한 노력과 과정은 끊임없이 시도되어왔다. 자연이 그 대안으로 제시된 것도 이와 관련이 있는데, 아마도 그 이유는 여러 가지 요인에서 찾을 수 있을 것이다. 자연이란 우주의 이법, 곧 영원의 표상이라는 점에서 우선 찾을 수 있고, 또 우리 주변에서 가장 쉽게 찾을 수 있는 대안이 자연이라는 점에서도 그러하다. 그러나 무엇보다 중요한 것은 인간 자체가 자연의 일부라는 사실일 것이다. 단지 인간이라는 경계를 너무 강화하다 보니 자연으로부터, 그리고 영원으로부터 멀어진 것뿐이다. 이런 개체적 질서를 초월해서 자연이라는 하나의 계통적 질서를 만들어내는 일이야말로 근대가 만들어놓은 유토피아의 꿈을 실현하는 일이 될 것이다.

시인이 「노루쌈」에서 말하고자 했던 것도 그러한 세계로의 갈망이었다. 노루의 세계와 나의 세계, 곧 인간의 세계는 따로인 듯하면서도 함께인 공존의 관계이다. 이렇게 자연과 하나가 될 때, 인간적 경계라든가 욕망의 문제는 근본적으로 해결할 수 있는 것이라 사유한 까닭이다. 인간 스스로를 발효시켜서 화학적으로 새롭게 태어나는 일, 그리하여 자연이라는 하나의 계통적 질서로 자연스럽게 편입해 들어가는 일이야말로 유토피아에 대한 근대적 실현일 것이다. 「노루쌈」은 그러한 세계를 단편적으로 보여주는, 아마도 배소희 시인이 이번 시집에서 탐색해 들어가고자 한 근본 주제일 것이다.

고향과 자연, 나, 그리고 공존의 교향악

— 김광순의 『새는 마흔쯤에 자유롭다』

시조의 현대적 가능성에 대한 의문들은 어제오늘의 문제가 아니다. 그것이 성리학의 배경 속에서 길러진 것이기에, 다양성과 개성이 주된 시대적 배음이 되어버린 현대에는 걸맞지 않다는 것이다. 그러나 이러한 논란에도 불구하고 육당과 노산, 가람에 의해 부활된 시조 형식이 오늘날에까지 계속 그 맥을 이어오고 있다. 이런 생명력에 주목해서 보면, 시조가 과거의 어떤 특정 시대에만 그칠 수 없는, 어떤 항구적 생명력이 있다는 뜻도 될 것이다. 도대체 끊임없이 지속되고 있는 시조의 이 질긴 생명의 끈이란 무엇일까.

나는 그것을 이 양식이 갖고 있는 정제미랄까 완성미에서 찾고 싶다. 이것들이 추구하는 미학적 가치는 조화와 질서에 있을 것이다. 어쩌면 스스로 조율해나갈 수밖에 없는 현대의 불완전한 인간형들이 이런 조화 감각을 더 갈망하는 것이 아닐까 한다. 왜냐하면 인간이란 근본적으로 카오스적인 성향을 보이면서도 코스모스적인 것에의 갈망을 포기하지 못하기 때문이다.

　김광순의 시조집『새는 마흔쯤에 자유롭다』의 전략적 주제 또한 시조의 근본 특성 가운데 하나인 이 조화와 질서의 감각과 밀접하게 결부된다. 시조 양식이 간결한 형식미, 압축미를 그 특징으로 하거니와 현대의 복잡한 정서를 담아내기 위해서도 이 시적 장치들은 더욱 유효하다고 보기 때문이다. 어쩌면 시조는 과거의 형식적 유산과 현대적 특성을 함께 보존해야 하는 것이기에 그 형식적 특성인 압축미와 간결미를 더욱 함유할 수밖에 없는 양식이라고 할 수 있겠다.

　김광순의 시조들은 이 양식이 지녀야 할 현대적 미덕을 올곧이 다 표현할 수 있다는 듯이 그 방법적 특성들을 유감 없이 구사하고 있다. 그래서 그의 언어들은 맑고 투명한 색채로 단련되어 있다. 뿐만 아니라 압축미와 간결미를 담아내는 은유적 장치들 또한 아주 현란하게 구사되어 있다. 그의 작품집을 읽을 때 환기되는 정서의 폭이 매우 깊이 각인되는 것도 이 때문이다.

　시조는 간결한 것이 특징인데, 물론 이런 국면들은 형식적인 측면뿐만 아니라 내용적인 측면에서도 그러하다. 특히 후자의 경우는 작품의 주제의식과 관련이 되어 있을 터인데, 그렇다면 시인은 이런 시조의 양식적 특성에다 무엇을 담아내고자 했을까. 정제와 압축이란 이른바 조화와 질서의 감각과 분리하기 어려운 것이다. 여기서 질서란 두 가지 사항이 전제된다. 하나는 서정시의 본질과 관련된 것이고 다른 하나는 현대적 맥락, 곧 현대성과 관련된다.

　흔히 알려진 것처럼, 서정시란 자아와 세계의 화해할 수 없는 간극에서 시작된다. 이런 평행선 속에 서정의 문이 열리는 것이며, 여기에 통

한국 현대시의 체험과 상상력

합을 위한 수많은 장치들이 들락거리는 것이 서정의 본질이다. 따라서 거기를 드나드는 과일은 달콤하며, 전혀 이질감이 느껴지지 않는 동일성을 그 특징으로 한다. 그리고 다른 하나는 현대성과의 관련 양상인데, 현대란 전일성을 상실한 분열의 시대이고, 자아란 더 이상 중세적 구심성을 태생적으로 간직할 수 없는 불구의 모양을 취하게 된다. 그 불구성이 통일을 만들게 하는 에너지가 되고, 그것이 충만할 때 인식의 완결이라는 현대인의 이상이 실현된다.

김광순의 작품들을 꼼꼼히 읽어보면, 서정의 본질인 화해 불가능한 의식의 각축과, 인식의 완결을 위한 현대인의 지난한 꿈이 동시에 느껴진다. 이런 국면들이 이 시인의 방법적 특징이라 할 수 있는데, 이를 표상하는 것이 「불혹의 잎새」에 보이는 '몽고반점'이다.

<blockquote>
스무 살 섬 하나를 갉아 먹던 자벌레가
깨알 같은 글씨로 둥지를 틀고 앉아
머나먼 몽고반점을 지울 수는 없을까

—「불혹의 잎새」 전문
</blockquote>

여기서 '몽고반점'은 태생적 한계를 갖고 있는 시인의 오점일 것이다. 아니 그것은 동양적 인간형이라면 피할 수 없는 원죄와 같은 것이라고 보는 것이 타당할 것이다. 이는 자아와 세계의 거리가 만들어낸 선험적인 어떤 것이다. 시인은 이 흔적을 제거하는 것이 존재 완성의 지름길이라고 파악하는 듯하다. 그 길로 끊임없이 매진해 나가는 것이 '자벌레'의 고독한 여로이고 그 과정에서 만들어지는 것이 "깨알 같은 글씨"

이다. 시인의 글쓰기란 이렇듯 "머나먼 몽고반점"을 지우는 도정에 놓여 있는 것이다.

그러나 그 길로 나아가는 것이 결코 쉬운 일은 아니다. "머나먼 몽고반점을 지울 수는 없을까" 하는 반문에서 알 수 있는 것처럼, 그 길은 잡힐 듯하면서도 결코 내 손 안에 쉽게 만져지지 않는다. 실상 그러한 길이 꽃길이었다고 한다면, 존재 완성이라는 인간의 영원한 꿈은 그리 어려운 목적이 아닐 수도 있다. 그러나 그렇지 못한 것이 현실이고, 그것이 곧 인간의 한계이자 굴레가 아니겠는가.

한국 현대시의 체험과 상상력

> 날마다 다가오는 문필봉 붓 한자루
> 간혹 눈썹 위에 낮달로 엎드리면
> 하르르 찔레 꽃잎이 피고 지는 화선지
>
> 어미 소 거룩한 힘이 마중도 나와 주고
> 활짝 핀 원봉 들녘이 또 마중 나와 주고
> 천천히 보법을 맞춰 먼 길 함께 가잔다
>
> ─「문필봉이 나를 향해」 전문

이 작품이 말하고자 하는 것도 앞의 질문과 무관하지 않다. 존재의 완성을 위한 그의 도정인데, 시인은 이를 위해 한 손에는 '붓 한자루'를 들고, 다른 손에는 '화선지 한 장'을 쥐고 있다. 이 백지 위에 어떤 글을 쓰고 그림을 그릴 것인가 하는 것은 전적으로 서정적 자아의 몫일 것이다. 시인은 이 일을 자신의 숙명으로 받아들이고 있거니와 그것이 곧 시인이 글쓰기를 하는 근본 동인이다.

시인이 추구하는 변증법적 합의 세계란 물론 존재의 완성일 것이다. 그것은 자아와 세계와의 불화에서 오는 것이면서 현대가 주는 정언명령이기도 하다. 현대란 신이 사라진 시기, 영원이 소멸된 시기이다. 현대를 경위하는 인간의 불구화된 삶이란 이 영원성과 분리하기 어렵게 얽혀 있다. 현대적 삶 속에서 자아란 끊임없이 유동하기 마련이고, 그런 일회성과 순간성의 위험을 잠시라도 우회하고 싶은 것이 어쩌면 인간의 소박한 그러나 영원한 꿈인지도 모르겠다.

따라서 분열과 단절을 꿰매고 이어주는 데 있어서 항구적인 것만큼 좋은 기제도 없을 것이다. 변화의 불안은 견고한 기둥에 의해서만 초월될 수 있다. 자꾸만 분산되어가는 심적 상태를 붙들어줄 수 있는 것은 불변의 힘뿐이기 때문이다. 모더니즘의 인식적 경로가 궁극적으로 어떤 항구성에 의지하는 것도 이런 감각에서 비롯된다. 이런 보편적 여정이 김광순 시인에게도 예외적인 것이 아니다.

이 보편으로 향하는 길은 여러 각도에서 시도될 수 있고, 그 나름의 정합성 또한 가지고 있다. 어느 것이 선택될 수 있는가 하는 것은 전적으로 시인 자신만의 고유의 체험과 정서에 좌우될 문제이다. 김광순 시인은 그러한 길로 나아가는 기제로 고향을 매개한다. 시인은 화선지에 어떤 그림을 그릴지에 대해서 고민하는데, 그 붓을 이끌어가는 것이 '문필봉', 곧 자신의 고향이기 때문이다. 이곳은 시인에게 단순히 자신의 뿌리라는 물리적 공간을 뛰어넘는다. 그것은 서정의 틈과 현대의 불구성을 초월시키는 정신적 공간으로 구현된다. 그 최후의 여정이 작품에 표현된 대로 '먼 길'인데, 이는 '몽고반점'의 연장선에 놓인다. 이곳에 이르기 위해 시인은 "어미 소 거룩함 힘"도 빌리고, "활짝 핀 원봉 들녘"의 마중도 받는다.

고향은 이렇듯 시인에게 끊어진 서정의 강을 잇게 해주는 다리 역할을 한다. 그렇기에 고향은 시인에게 수구초심의 정서를 표방하는 인지상정의 한계 속에 구속되지 않는다. 그것은 그러한 물리적인 공간을 초월하여 어떤 형이상학적인 정서와 연결된다. 그 확장된 사유 가운데 하나가 자연이다. 따라서 시인에게 고향은 곧 자연이고, 자연은 곧 고향이 된다. 물론 그의 고향이 역사적인 감각과 닿아 있기도 하고(「예스민 논산」), 추억과 관계되어 있기도 하지만(「보랏빛 언니」), 보다 중요한 것은 그것이 자연의 섭리 속에 환기된다는 사실이다. 자연이 순리나 이법과 같은 우주의 질서와 밀접하게 연결된다고 할 때, 다음의 시가 나오는 것은 지극히 자연스럽다 하겠다.

뜨거운 발자국, 하나 둘 헤아리다
바람이 지나가는 꽃과 꽃 사이에서

늘 혼자 숨은 곡조로

산모롱이
오르다가

저 하늘 언저리에 가만히 손 내밀어
그리운 베고니아 절반쯤 쓰던 편지

온 세상 어디로든지

날아가라
새들아

　　　　　　—「새는 마흔쯤에 자유롭다」전문

『논어』에 의하면, 마흔은 불혹(不惑)이라고 한다. 유혹되지 않는다는 뜻인데, 시집의 맥락과 연결시킨다면, 마흔은 욕망에서 솟구치는 집착으로부터 자유로워지는 상태가 아닌가 한다. 시인의 마음은 자연의 순리를 즉자적으로 받아들이고 있는 듯한데, 물론 이런 경지에 이르기 위해서는 한순간의 실존적 결단에 의해 갑자기 이루어지는 것이 아니다. 시인은 '몽고반점'을 지우기 위해서, 혹은 그 최후의 여정인 '먼 길'을 향해서 뚜벅뚜벅 걸어온 터이다. 물론 자연과 더불어 말이다. 그 자기 고난의 길을 강고히 걸어왔기에 집착이나 욕망, 서정의 틈과 같은 것들은 쉽게 뛰어넘을 수 있었을 것이다. 자신을 둘러싼 불온한 것들이("뜨거운 발자국") 자연 속에 순화될("바람이 지나가는 꽃과 꽃 사이에서") 수 있었기 때문이다.

　시인은 이처럼 영혼이 자유로운 새가 되고자 한다. 나이라는 물리적 한계를 뛰어넘고, 욕망이 피워 올린 서정의 거리를 메우고자 하는 것이다. 뿐만 아니라 현대가 준 영원의 상실이라는 저 천형의 원죄조차 무화시키고자 하는 것이다. 자연이 포회된 고향을 매개로 해서 말이다. 따라서 이 시집 속에 구현된 고향이란 수구적 공간이 아니라 통합의 역사이면서 자연의 섭리라 할 수 있을 것이다. 시인에게 고향은 이렇듯 매우 다층적인 공간으로 구현된다. 시인은 그러한 고향 속에서 다음과 같은 세계를 꿈꾼다.

올해도 놀뫼평야 모내기 바쁘다고
구름도 논물에 내려 가랑이를 걷는다
뻐뻐꾹 이 산 저 산 몰려와
울 아버지 돕는 일손

—「여름 삽화」 전문

시인은 인간과 자연이 하나의 동일체를 이루면서 조화롭게 살아가는 유토피아를 그린다. 아니 꿈꾸는 것이다. 물화된 삶, 욕망으로 점철된 삶, 갈등과 투쟁으로 점철된 공간을 거부하고 시인은 이렇게 완벽히 일체화된 생존의 공간을 그리는 것이다. 고향은 시인에게 자연의 이법이고 생존의 심연이며, 조화로운 공존의 세계인 것이다. 이것이 고향을 노래한 다른 시인들과의 구분되는 지점이라고 할 수 있겠다.

현실을 가로질러 얻어진 '수묵의 풍경'

─ 김홍기의 『해평습지』

김홍기 시인이 신작 시집 『해평습지』를 상재했다. 그의 시는 서정과 서경, 서사의 경계를 넘나들며 다양한 스펙트럼을 보여주고 있는데 이러한 변주가 궁극적으로는 온전한 서정적 동일성의 세계에 대한 그리움과 지향에서 연원한다는 데 그 특징이 있다. 그렇다고 김홍기의 시가 현실과 유리된, 음풍농월식의 자연 예찬에 바탕하고 있다는 것은 아니다. 4부로 구성되어 있는 시집에서 현실에 대한 인식과 성찰을 드러내고 있는 시편들을 2부에 따로 구성할 만큼 현실에 대한 시인의 시선은 깊고도 집요해 보이기 때문이다. 파편화된 유기성, 부조리한 삶, 훼손된 자연, 그리고 사회의 구조적 모순으로 인한 상처 등등 이 시집에서 다루고 있는 주제들 역시 다대하고 광범위한 영역에 이르기까지 펼쳐져 있는 것이다.

그런데 이러한 현실을 직핍하게 드러냄에 있어서 서정의 감각에 대한 긴장을 놓치지 않는다는 데 김홍기 시의 특징이 있다. 단순히 정서를 농후하게 다룬다거나 자연을 소재로 한다는 것으로 서정성을 규정할 수 없음은 두말할 필요가 없다. 현실 초월 의지로서의 시적 상상력, 즉 현실에 의해 소외되고 분열된 주체의 회복, 이를 통한 세계와의 동일성 획득이라는 보다 적극적인 정신적 의지의 발현이 서정성의 요체이기 때문이다.

김홍기 시의 본령 또한 이와 같은 서정성에 있다고 할 수 있겠다. 다양한 층위의 현실에 대한 인식과 존재에 대한 연민, 그것에서 발원하는 서정성이 김홍기 시의 본령이기 때문이다.

1.

꽃이 시든 뒤 누군가 내다 버린 1회용 화분의 알뿌리 화초나 오며 가며 받아다 뿌려 놓은 여러 종류의 꽃씨와, 붙박이로 심어져 있던 장미가 서로 엉켜, 처음엔 저희끼리 다투기도 하더니 어느 결 질서를 찾아 작은 숲을 이루었던, 내가 살고 있는 다세대 빌라 화단의 꽃들이, 일제히 옥상으로 올라가 높은 망루를 짓고 핏빛 붉은 구호를 외치며, 요지부동 자신들의 몸 스스로 가시넝쿨 친친 동여맨 채 시위를 벌이고 있다. 레미콘 불러 순식간 화단의 흔적 지우고 감쪽같이 주차장 만들었던 2009년 1월 가장 추웠던 날 밤, 잠을 자던 내 꿈속에서.

— 「화단 참사」 전문

'FTA', '세월호 참사', '재개발' 등등 김홍기의 시에서 현실은 매우 구체적인 모습으로 등장한다. 인용한 시 또한 그 연장선에 놓여 있는 작품으로 용산 참사를 배경으로 하고 있다. '옥상', '높은 망루', '핏빛 붉은 구호' 등은 이를 지시하는 기표들이라 할 수 있는데, 결정적이고도 적확하게 '용산 참사'를 지시하고 있는 것은 "2009년 1월 가장 추웠던 날 밤"이라는 시간적 배경이다.

제각각 다른 사연과 환경을 가진 다양한 계층의 인간들이 '서로 엉켜 다투기도 하다가 질서를 찾아 작은 숲을 이루었'던 것이 시인이 인식하고 있는 '용산'의 모습 혹은 기억이었다. 그러나 용산의 그러한 평화적 모습은 소위 인간의 물화된 욕망에 의해 철저하게 파괴된 모습으로 구현된다. 작품 속의 서정적 자아들이 "일제히 옥상으로 올라가 높은 망루를 짓고 핏빛 붉은 구호를 외치"게 된 것이 그 단적인 증거이다. 그런데 이들이 왜 그 높은 곳에 올라가게 되었는가 하는 구체적 이유는 제시되고 있지 않으나 자신들의 몸을 스스로 '가시넝쿨'에 동여매었다는 대목에 이르러 이들의 절박함이 무엇에 기인한 것인지에 대한 이유가 어렴풋이 드러나 있다. 그럼에도 이러한 절박함은 '레미콘'으로 표상되는 거대한 힘에 의해 '순식간'에 너무도 간단히 지워지는 허약함으로 전화될 뿐이다.

시인은 그의 시에서 이렇게 소외되고 주변화된 타자들의 표정을 핍진하게 그려내고 있다. "얼굴 골짜기 깊은 쭉정이들"(「FTA」), "똥물을 토하며 울부짖던, 하얗게 혓바닥 말라 죽은 촌로"(「우리 마을 김 씨 아저씨」), "대낮같이 훤히 눈 못 감고 가셨다는 에네깬"(「그녀의 할아버지는 쿠바에네깬이었다-TV를 통해본 쿠바의 어느 한인동포 이야기」), "쟁이 넝쿨 억세게 기어오르던 골목길 담벼락 향해 몸 던진 장애인"(「담쟁이덩굴-옥상에서 몸 던진 어느 장애인에게」) 등등이 그것이다. 시인이 이러한 표정들을 고집스럽게 포착해내고 있는 이유는 "대한민국의 민낯"을 드러내고자 함에 있다. "이들은 없는 나라", "권위만 찾는 나라", "한 치 앞 내다볼 수 없는 캄캄한 나라"(「2014. 4. 16)」)가 바로 시인이 인식하고 있는 '대한민국'이다.

이 외에도 시인은 "한 해 동안 다 써 없애야 할 구청 살림"을 위해 "멀쩡한 보도블록 걷어 내는 인부들"(「가을비」)을 집어내어서 관료주의의 병폐가 무엇인지를 고발하기도 한다. 또한 "기계실 무인감시 카메라"처럼, 자기 검열을 포함하여 감시의 시선에서 결코 벗어날 수 없는 현대인을 "유리 상자 속 나"(「유리 상자 속의 세상」)로 묘파하기도 한다. 이처럼 사회를 향한 시인의 시선은 비판적이면서도 집요한 형태로 나타나고 있다.

2.

현실 인식이라는 측면에서 국가권력이나 사회의 제반 모순에 대한 시선이 김홍기의 시의 한 축을 이루고 있다면 또 다른 한 축에는 인간의 욕망에 대한 경계가 자리하고 있다. 그 상대적인 자리에 놓인 것이 문명화에 따른 자연의 파괴이다. 이 감각이 처절한 반성과 성찰의 정서에 기대고 있는데, 그의 작품 흐름으로 유추해 볼 때, 이는 매우 당연한 수순이라고 할 수 있을 것이다.

　　품삯으로 받은 떡 한 덩이 머리에 이고
　　귀가길 재촉하던 고갯마루

호랑이는 말했다지?

떡 하나 주면 안 잡아먹겠다고

아이들 기다리는 집은 멀기만 한데

고개는 마지막 고개

굴러서라도 남은 몸뚱이

집 찾아가려는데

호랑이는 천천히 그마저 삼켰다지?

수풀 우거진 가슴팍 도려내고

골프장 지었다지?

안개 자욱한 산꼭대기

태양광 발전소 또 짓는다지?

―「산에게 미안하다」 전문

인용한 시는 "해와 달이 된 오누이" 설화를 인유하여 자연에 대한 인간의 이기적·극단적 착취의 행태를 전면화하고 있는 작품이다. 이 시에서 '호랑이'는 인간의 극단적인 이기심을 표상하는 상관물이다. '호랑이'에게 자신이 갖고 있는 것을 다 내어주고 결국에는 온전히 삼켜지는 '어머니'가 바로 '산', 확장된 의미에서의 자연이 표상하는 바다. 이러한 맥락에서라면 인간은 어머니를 기다리고 있는 '아이들'에 대응된다. 그들은 어머니의 보호와 양육 없이는 생명을 유지하기 어려운 존재다. 그들에게 꼭 필요한 것은 모성적 환경이다. 끊임없이 생산하고 내어주고 돌아가고자 하는 자연의 속성은 바로 어머니의 그것과 상동의 관계에 있는 것이다.

어머니와 아이는 혈연으로 연결된 존재들이자 합일체였던 관계로 끊으려야 끊을 수 없는 유대를 담보하고 있다. 인간과 자연의 관계도 그 연장선에 놓여 있는바, 인간은 자연을 벗어나서는 자기 보존조차 어려운 존재이다. 그런데 아이러니하게도 자연을 돌이킬 수 없이 훼손하거나 삼켜버리는 존재가 다시 인간이라는 사실이다. 자연이야말로 자신의 삶의 뿌리이자 근거지임에도 인간과 자연은 이렇듯 아이러니한 상황에 놓여 있는 것이다. 인간이 자연과 결코 분리된 존재가 아니라 할 때 자연을 훼손하는 것은 결국 인간 스스로를 파괴하는 것에 다름 아닌 것이다.

「호모사피엔스사피엔스」에서 시인은 지구를 "무한정 파먹거나 욕심껏 다 뽑아 쓴 사각 티슈 빈 껍데기"로 인식하고 있음을 알 수 있다. "억수 같은 눈과 빗물"이라는 이상기후도 무한정 파먹힌 지구가 "허기진 속 달래려는 것"으로 형상화하고 있다. 시인의 상상력은, 결국 지구에서 살 수 없게 된 인간이 "어느 별 척박한 골짜기에서 곰팡이처럼 번식하고 적응하며 살아남아 그곳에서도 녹아내린 북극의 빙하수와 검게 말라 버린 사막의 우물 하나 두고 아귀다툼 벌"이는 데까지 나아가고 있다. 이 시에서 시인은 그러한 파괴와 갈등 양상이 지속될 경우 결국에는 "도굴꾼에게 파헤쳐진 미래 시대"가 우리의 역사가 될 것이라고 경고한다. 그러한 경고가 시인의 예지력에서 길어 올려진 것임은 두말할 필요가 없는 것이다.

3.

그렇다면 김홍기의 시세계에서 훼손되기 이전의 자연, 인간과 분리되기 이전의 자연의 형상이란 어떠한 것일까. 자명한 것은 이러한 의미의 자연이 서정적 동일성의 세계와 상동적 관계에 있다는 사실일 터이다. 그의 시에서 서정성, 혹은 서정적 세계를 표상하는 시어를 찾는다면 '수묵의 풍경'(「나도 수묵의 풍경이 되고 싶다」)이라 할 수 있을 것이다. 다소 거칠고 호쾌한 필치 속에서도 감수성의 농담(濃淡)을 통해 섬세한 서정성을 환기하고 있다는 점에서 그러하다.

'수묵의 풍경'으로 표상되는 서정적 세계는 우선 계수적 · 합리적 이성의 거부라는 국면에서 확인된다. 다음의 시는 그 일단을 아주 극명하게 보여주는 작품이다.

당진 어느 시골엘 간 적 있었다
시간에 쫓기다 놓친 점심을 위해
아내와 그 식당 문을 들어섰을 땐,
구석으로 밀려난 오후의 시곗바늘같이 한가한 주인 남자와
그의 동네 형이라는 사람이 연탄난로를 사이에 두고
막걸리 병뚜껑을 막 따던 참이었다
도시에서 직장생활을 했었다는 주인 남자가
신용카드를 처음 써 보는 맞은편 형의 잔에
막걸리를 따르며
언제 어디서나 현금을 대신할 수 있으며
급할 땐 빌려 쓸 수도,
거래 실적에 따라 할인을 받거나
누적된 포인트는 현금처럼 다시 사용할 수 있다는, 마치
카드사 영업사원 같은 식당 주인의 이야기 내내

턱 밑 가까이에서 황소같이 선한 눈만 껌벅이던 형이
묻는다.
그럼, 카아드사는 머얼 먹고 사는겨?
순간, 빨아올리던 칼국수 면발이 코와 입 사이
인중을 치자,
적당히 간이 된 국물 한 방울이 콧구멍 속으로 튀었다
큭.

—「큭」 전문

인용한 시에서는 '시골'과 '도시'로 대별되는 유대적 통합의 상상력과 합리적 이성의 세계가 충돌하고 있다. "신용카드를 처음 써 보는 형"의 사고 체계는 '시골'이라는 유대적 서정의 세계에, "도시에서 직장생활을 했었다는 주인 남자"의 그것은 '도시'라는 파편적 상업의 세계에 속하는 것으로 볼 수 있다.

'시골', 즉 서정의 세계에 놓여 있는 시적 대상에게 있어 '도시'라는 시뮬라크르의 세계는 도저히 이해할 수 없는 코드에 의해 구동되고 있는 경우이다. '도시'에서는 자기동일성을 확보할 수 없는, 실재하지 않는 가상이 현실을 추동시키는 동력이기 때문이다. 그것은 가상일 뿐이지만 대단한 포용력과 세련성을 내재하고 있어 현대사회에서 인간의 욕망을 끊임없이 재생산하는 기능을 수행한다.

최첨단의 합리성을 근간으로 구축되어온 듯한 '도시'의 체계는 "황소같이 선한 눈만 껌벅이던 형"의 우문으로 균열을 일으키며 그 민낯을 드러내게 된다. 즉 '도시'인들은 스스로 주체가 되어 '도시'에서 제공하는 선의의 '베풂'을 수용하는 것으로 느끼고 있지만 실제로는 그들의 욕망과 농밀하게 밀착되어 있는 가상의 체계에 의해 무의식까지 철저히 지배되고 있는 것이다.

한편 "그럼, 카아드사는 머얼 먹고 사는겨?"라는 우문은 서정적 자아로 하여금 '큭' 하고 실소를 하게끔 만든다. 그러나 이는 단순히 우문에 그치는 것이 아니다. 그것은 찰나일망정 기계적으로 구동되던 욕망의 메커니즘을 정지시키고 자본주의 사회의 민낯을 들여다보게 하는 날카로운 현문으로 기능한다. 세련되게 포장하고 있지만 잉여의 소득이 없으면 작동하지 않는 것이 자본주의 시스템의 절대적인 철칙이기 때문이다.

이처럼 서정적 동일성의 세계에 속하는 자아는 자본주의의 계수적·합리적 체계에 포섭되지 않는 존재이다. 그것이 아무리 유대적 관계를 표방한 선의로 포장되어 있다고 해도 진정성을 근간으로 하는 서정의 세계에서는 그 본질을 드러내게 마련이다.

> 날콩가루 버무려 쪄 낸 다음 간장에 무쳐 내면
> 투박한 칼국수 면발같이, 툭툭
> 잘 끊어지기도 하고
> 정월 대보름이면 어김없이 얼굴 내 밀어
> 콩질금과 함께
> 별다른 양념 없이 온 식구 둘러앉아
> 놋 양푼에 참기름 뿌려 쓱쓱 비벼 먹던
> 그 나물 이름이 뭐냐고
> 여전히 쪼그려 앉아 나물만 뜯고 있던
> 일분이 누나한테 물었을 때,

맛이 어떠냐고 묻는 줄 알고

구시데이라고 말한 것도 같고

구시랭이라고 말한 것도 같은데

때마침 봇도랑 흐르던 물소리 때문인지, 나는 아직도

줄기가 하늘로 오르지 못하고 땅바닥에 엎드려

구시렁거리듯 뻗어 나가는 그 나물 이름을

알지 못한다

　　　　　　—「나는, 아직 그 나물 이름을 알지 못한다」 전문

　극단적으로는 명명을 통한 분별까지도 의미를 획득하지 못하는 세계
가 서정의 세계라 할 수 있다. 서정의 세계는 통합과 유대의 상상력이
발현되는 동일성의 세계이기 때문이다. 위 시에서는 "온 식구 둘러앉
아/놋 양푼에 참기름 뿌려 쓱쓱 비벼 먹던/그 나물"이 대상들 간의 동일
성을 드러내는 상관물이라 할 수 있다. 그런데 주목을 끄는 점은 "나는
아직도 그 나물 이름을 알지 못한다"는 것이다. 인간의 인식에 포섭되
지 않는 미지의 영역은 일반적으로 두려움의 대상이 된다. 인간이 끊임
없이 분류하고 명명하고 인식의 체계 내로 대상을 포섭하려는 의지는
이러한 까닭에서 연원하는 것이다.

　위 시의 서정적 자아는 이러한 본능에 가까운 인식 의지를 거부하고
있다. "구시데이라고 말한 것도 같고/구시랭이라고 말한 것도 같은데"
이러한 명명은 "봇도랑 흐르던 물소리"에 용해되는 양상을 보인다. 온
식구를 동일성의 범주 안에서 감각하게 하는 상관물이 '구시데이' 혹은
'구시랭이'일지 모르는 '나물'이지만 그것은 명명에 의해 분류되거나 한
정되지 않는다. 명명이라는 인간의 인식 기능을 거치지 않더라도 대상

그 자체로서의 의미는 사상되지 않음을 간취할 수 있는 대목인 것이다. 이러한 인식에 이르게 되면 인간은 좀 더 겸허해질 수밖에 없다.

인간이 스스로를 낮추는 결정적 순간은 아마도 유한한 존재라는 인식, 즉 죽음에 대한 인식에 직면했을 때일 것이다. 죽음은 "어느 날 문득" 찾아오는 것이기에 그것에 대한 준비란 있을 수 없는 것이기도 하고 또 한편으로는 매 순간 준비하는 것이 될 수도 있다. 시인은 죽음의 순간을 "먼 우주로부터 공짜로 받아 펑펑 써 온 일상의 시간들이, 연료 떨어진 자동차처럼 길바닥에 덜컥 멈추어 서게 되는 어느 날"로 묘파하고 있다(「어느 날 문득」). 이 시에서 죽음의 세계는 의미와 경계가 무화되는 무위의 세계이자 무시간성의 세계로 구현된다. 세계 내의 경계는 대체로 자의적이거나 인간의 편리를 위해 만들어진 인위의 산물이라 할 수 있을 것이다. 인위적 경계, 즉 과거, 현재, 미래라는 시간의 경계와 선과 악, 미와 추, 순수와 비순수 등의 경계가 무화되고 서로 "만날 수 있"는 세계가 바로 죽음의 세계인 것이다.

이러한 맥락에서 김홍기 시의 '죽음'은 서정적 동일성의 세계에도 맥이 닿아 있는 것으로 볼 수 있다. 서정적으로 감각하는 것과 명명, 이해, 계산, 분별 등에는 상당한 거리가 존재하는데, 이러한 간극이 무화되는 것이 김홍기 시에서는 바로 죽음의 세계라는 점에서 그러하다. 보편적으로 죽음이란 종말의 의미로써 존재의 '무화'를 표상하는 것이 일반적이지만 김홍기 시에서는 그것이 서정적 동일성의 속성 내지는 양상으로 기능한다는 점에서 차질적이라 할 수 있겠다.

　　　네 속살 열던 그 밤

나 말고 누구냐?

숨 못 쉴 만큼 아름답던 너의 나신

몰래 훔쳐보던 그놈,

하얀 밤 꼴딱 새우며 침 질질 흘리던

그놈,

안 그런 척하면서 몸 구석구석

희롱하며 탐하던 그놈,

온갖 야한 상상 다 하다 멀겋게 뜬 눈으로

새벽 산등성 쫓기듯 넘어가던 그놈

날 도적놈 같은

그놈이.

—「목련에게」 전문

'무위'가 자연과 상동의 의미관계에 있는 것임은 자명하다. 위 시는 인간의 원초적 욕망이 인위적으로 고착된 관념에 의해 억압되는 면모를 드러내면서도 궁극적으로는 그것을 초월한 동일성의 세계를 구현하고 있다는 점에서 의미가 있는 작품이다. 이 동일성의 감각은 자연을 매개로 획득되는 것이자 그 자체로 자연이라 할 수 있다.

목련이 피던 밤, "숨 못 쉴 만큼 아름답던" 그 모습을 날이 새도록 "몰래 훔쳐보던 그놈", "안 그런 척하면서 몸 구석구석/희롱하며 탐하던 그놈", "온갖 야한 상상 다 하다 멀겋게 뜬 눈으로/새벽 산등성 쫓기듯 넘어가던 그놈"은 문맥상으로는 날이 밝으면 사라지는 달빛을 의인화한 것으로 보이지만 그것은 서정적 자아의 감수성을 드러낸 것이기도 하다. 다시 말해 서정적 자아는 발화하는 목련의 아름다움에 달빛과 하나

되는 무아의 경지에 이르고 있는 것이다. 인위가 배제된 세계에서 자아와 대상 간의 경계도 구분되지 않는 무아의 경지가 바로 서정적 동일성 세계의 본령인 셈이다.

4.

시인에게 있어 현실의 삶은 "손때 묻은 물건 하나를 잃어버린 것"(「아버지의 고기쌈」) 같은 결핍의 감각으로 이루어져 있다. 이 결핍에 대한 인식과 감각이이야말로 시인으로 하여금 서정적 동일성의 세계에 대한 부단한 의지를 발현하게 하는 기제인 것이다. 현실이라는 국면에서 서정적 동일성의 세계는 가까운 듯 멀고, 먼 듯 가까운 세계이다. 김홍기 시에 드러난 집단적 현실의 민낯은 동일성의 세계와는 정반대의 방향성을 표출하고 있지만 서정적 자아가 현실의 삶 속에서 세계와의 동일성을 구현하는 방법은 그리 특별하거나 어려운 것이 아니기 때문이다.

> 누가 불러 주거나 찾아오지 않으면
> 하루의 대부분을 혼자 놀아야 했을 만큼
> 낯가림 심했던 어린 시절 나는
> 아무도 찾아오지 않는 심심한 날이나
> 산 그림자처럼 적막한 날이면,
> 침 묻힌 손가락으로 낮달만 한 구멍
> 창호지에 뚫어 놓고
> 넓디넓은 우주의 바깥을 탐험하곤 했었는데
> 다시는 함께 살지 않을 것같이

격렬하게 싸운 다음 날 아무 일 없었다는 듯

나란히 외출하던 위층 젊은 부부처럼, 하늘 저쪽

혼자서 집을 보던 우주의 한 아이가

억수같이 퍼붓던 소나기 그친 오늘 아침

아무도 모르게 손가락 끝에 침 묻혀

거울처럼 고요한 지구의 이곳저곳

살피고 있다

— 「낮달」 전문

위 시에서 서정적 자아는 유년의 자아와의 회감을 통해 세계와의 동일성을 구현하는 양상을 보여준다. '혼자', '낯가림', '심심', '적막' 등, 이 시의 정조를 이끌어가는 시어는 주로 고독의 의미에 그 맥락이 닿아 있는 것들이다. 이러한 정조는 "거울처럼 고요한" 현실 속 자아에까지 이어지고 있다. 차이가 있다면 유년의 경우 "누가 불러 주거나 찾아오지 않으면 하루의 대부분을 혼자 놀아야 했"다는 시구에서 확인되듯 '고독' 속에 놓이는 것이 수동적이었다는 점이다. 이에 반해 현실의 자아는 "억수같이 퍼붓던 소나기 그친 오늘 아침", '고요함' 속에서 유년의 자아를 호출하여 회감하고 있다. 서정적 자아의 능동적 의지에 의해 고독이 선취되고 있는 것이다. 현실로 건너오며 유년의 자아는 "우주의 한 아이"로 의미의 확장을 이루고 있다.

한편 "다시는 함께 살지 않을 것같이/격렬하게 싸운" 행위는 과거 "위층 젊은 부부"의 행위이면서 동시에 현실의 "억수같이 퍼붓던 소나기"에 대한 형상화이기도 하다. 그러나 심층적 차원의 의미로는 서정적 자아와 현실, 혹은 현실의 자아와 "우주의 한 아이" 간의 메우기 힘든 간극을 표상하는 것이라 할 수 있다. 이 간극을 초월하여 동일화에 이르고자 하는 데에 '고요함' 내지 '고독' 속에 머물면서 "지구의 이곳저곳"을 살피는 과정이 요구되고 있음에 주목할 필요가 있다. 고독 속에 침잠하면서 내면으로부터 길어 올려진 깊은 시선으로 세계를 응시할 때만이 비로소 사물 본연의 모습을 볼 수 있게 되기 때문이다.

마을 뒷산으로 저녁 산책을 나갔다가
집 나온 아이처럼 머뭇거리는
어둠을 만났습니다
동네에 굴삭기가 들어와
아파트를 세우면서, 한때
못 밑 넓은 들을 부리던 산은
변두리로 내몰리고
자기도 도둑고양이 눈빛 같은
아파트 불빛 때문에
산을 내려가지 못하고 벤치 위에
쪼그려 앉아 밤을 새운다며
풀죽은 모습으로 숲 속을 향하는데
나는 그를 불러 앞세우고
조용히 산을 내려왔습니다

—「산을 내려오다」 전문

이 시의 서정적 자아는 홀로 고독 속에 머물 수 있는 시공간으로 '저녁' 무렵의 '마을 뒷산'을 택하고 있다. 여기에서 그는 "집 나온 아이처럼 머뭇거리는/어둠"의 포즈도 읽어내고 한때의 위용은 과거에 묻어둔 채 "변두리로 내몰리고"만 '산'의 처지에도 감정이입하게 된다. 결국 자아는 "풀죽은 모습으로 숲 속을 향하는" 어둠을 "불러 앞세우고/조용히 산을 내려"오게 된다. '어둠을 앞세우고' 산을 내려간다는 것은 그만큼 오랜 시간 고독 속에 머물러 있었음을 시사하는 것이기도 하고 또 한편으로는 고독의 시공간을 내면화한 채 일상의 공간으로 돌아간다는 것을 의미하는 것이기도 하다.

시인은 적극적으로 고독 속에 머물기를 갈망한다. "하고 싶은 말 어찌 다 하고 살겠느냐"며 "오래된 감나무 까치밥처럼, 나도 가끔 잎 다 떨군 가을 문장 속 수묵의 풍경이 되고 싶을 때 있다"(「나도 수묵의 풍경이 되고 싶다」)는 고백 또한 이러한 맥락에서 이해해볼 수 있다. '수묵의 풍경'이란 곧 고독의 표상이기도 하다. 표층적 · 외면적 요소의 분출이 아닌, 내면적 세계의 확장과 심화에 관계된다는 점에서 그러하다.

그렇다고 김홍기의 시가 현실을 배제한 채 자아의 내면으로만 침잠하는 낭만주의적 경향에 경도되어 있다는 것은 아니다. 우리는 이미 사회의 불온한 현실에 대한 시인의 예민한 감수성과 격앙된 목소리를 확인한 바 있거니와 시적 자아는 "때로 가슴이 답답하거나 속이 메슥거릴"(「세상 살아가기 위한 방법 한 가지」) 만큼 현실 속으로 육박해 들어가 있기 때문이다. 김홍기 시세계에서 '고독'은 오히려 현실 초월에 대한 의지로서의 서정적 동일화의 매개가 되고 있다.

김홍기 시의 '고독'이 의미가 있는 것은 바로 이러한 현실에 대한 깊은 관심과 타자화된 존재에 대한 연민의 정서 때문일 것이다. 이는 자아의 존재론적 고양과 긴밀한 관계에 있는 '고독'이라는 정서의 속성에서 기인하는 것으로 보인다. 그의 시에서 '고독'은 "너무 먼 길 달려온 나를 찾아 길 떠나는"(「내비게이션에 묻다」) 자아 성찰의 시간이자 서정적 동일성의 세계에 대한 의지를 고양하는 시간으로 의미화된다. 시인이 '고독' 속에 머무는 시간은 곧 존재 본연의 모습을 탐구하고 타자화된 존재와의 공존을 모색하는 시간에 다름이 아닌 것이다.

내부의 깊은 심연에서 발현되어 대사회적 발언에 이르기까지 김홍기 시의 언어들은 광범위하게 펼쳐져 있다. 시인은 존재론적 고민과 사회적 모순들을 자신의 언어 속에 차곡차곡 쌓아 올려서 자신만의 고유한 언어 성채를 만들어가고 있다. 그러한 성채가 견고해질 때마다 그의 시들은 한층 더 성숙한 모습으로 우리에게 다가올 것이다. 이 시집은 이제 그러한 성채로 나아가는 입구에 서 있다. 얼마나 아름답고 견고한 성채를 만들어갈지 자못 기대된다.

'불림'과 '열림'의 상상력

— 이옥의 『길인 줄 알고 간 사람 얼마나 있을까』

　　이옥 시인이 첫 시집을 낸다. 아름답고 깔끔한 작품들만을 모아서 만든 시집으로서 완결된 서정의 세계를 펼쳐 보인 경우이다. 서정시 하면 흔히 범하고 마는 오해가 있는데, 그중 하나는 서정의 세계를 안분지족이나 강호가도와 같은 고전적 입장에 서서 자아의 내면이나 사회적 영역으로부터 서정시를 고립시키려는 경향이다. 그러나 이것은 서정시에 대해 갖는 일반화된 선입견일 뿐이다. 자아와 세계와의 갈등이 없는 인식은 존재하지 않을뿐더러 서정시 또한 이 영역으로부터 벗어나지 않는다. 그만큼 자아와 세계와의 화해할 수 없는 모순과 갈등이 서정시의 중요한 틀인 것이다.

　　이옥 시들은 매우 편하게 읽힌다. 그러나 그러한 정서가 갈등과 불화와 같은 치열한 정서의 부재와 연관이 있다는 뜻은 아니다. 그의 시들을 꼼꼼히 들여다보면 시인의 내면 속에 곰삭은 정서의 편편들을 어렵지 않게 읽어낼 수 있기 때문이다. 이런 경우를 두고 외유내강의 시라

고 하면 어떨까. 어떻든 이옥의 시들은 편안함 속에서도 가열찬 불화의
정서와, 자아와 세계의 화해할 수 없는 정서의 샘들을 어렵지 않게 발
견할 수 있다. 그러한 지대들이 그의 서정의 정신을 이끌고 있을 뿐만
아니라 그만의 독특한 시세계를 구축하고 있다.

> 썩은 나무에 이끼가 자라듯
> 내 굳은 살갗에도
> 시가 내렸다
>
> 막힌 숨구멍을 지나
> 몸을 굴리는 시의 눈
>
> 내 안에 어둠 짙어
> 시의 꽃을 피우기로 한 게다
>
> 굳은 목 등에 햇살을 풀어
> 제비꽃을 심기로 했다
>
> ─「썩은 나무에 이끼가 자라듯」 전문

이끼가 썩은 나무에서 자라는 것은 자연의 이치이다. 그러나 이런 긍
정성이 어떤 가치 체계를 용인한다거나 새로운 의미를 만들어내는 생
산적 기능을 하고 있는 것은 아니다. 그저 자연의 한 현상을 그려내고
있을 뿐이다. 그런데 시인의 시심은 이끼가 썩은 나무에서 자라는 것처
럼, "내 안의 어둠이 짙"은 곳이 있기에 "시의 꽃을 피우기로" 했다는 것
이다. 다시 말하면 자신의 시를 만들어내는 동인이 세계와의 불화, 곧

어둠의 정서로부터 솟아난다는 것이다. 실상 시인의 이러한 인식이 그의 시정신을 이끌어가는 힘이거니와 자아와 세계의 불화를 근간으로 하는 서정시의 범주 속에 놓여 있다는 점이다. 시인은 이를 자신 속에 내재되어 있는 '어둠'이라고 했다. 따라서 그 화해 불가능한 갈등의 목록들은 '굳은 살갗'이나 '막힌 숨구멍', '내 안의 어둠', '굳은 목'으로 표상되는데, 이 인식 단위들이 그의 서정시를 생산케 하는 원천들이라는 것이다.

시인들뿐만 아니라 이 세상에 피투된 존재들이라면, 이옥 시인의 경우처럼 다양한 형태로 존재하는 '어둠'들을 만나게 된다. 그것이 존재론적인 국면이나 사회적인 국면, 혹은 종교적인 영역에서 오는 것이든 여러 각도나 방향에서 옥죄어 오는 '어둠'을 불가피하게 만나게 된다. 물론 그런 아우라로부터 자유롭지 않은 것이 인간이기에 이를 운명이라 치부하기도 하고 숙명으로 받아들이기도 한다. 그러나 시인에게 중요한 것은 이런 보편의 영역이나 일반화된 정서에 있는 것이 아니다. 시인마다 내포되어 있는 특수한 경험이나 정서가 중요한 것이고, 또 그것이 어떻게 서정화되는 것인가에 대한 방법적 의장들이 있을 것이다. 그것이 시인의 개성을 보증하는 것이고, 그 시인만의 독특한 시정신을 만들어낸다.

이옥 시인으로 하여금 서정의 샘을 길어 올리게 한 '어둠'의 정서는 그만의 고유한 영역이면서 특수한 경험일 것인데, 실상 이번 시집에서 이 정서는 어느 한 가지로 수렴되지 않는다. 이를 몇 가지로 분류할 수 있는데, 우선 그 가운데 하나가 아버지에 대한 기억이다. 시인의 시세계에서 가족 구성원에 대한 기억은 아버지뿐만 아니라 어머니와 할아버지에 대한 것들도 있긴 하지만, 아버지에 관한 시들이 압도적으로 많이 나타난다. 그에게 다가오는 아버지에 대한 기억은 호불호가 공존하여 나타난다. 실상 이런 기억은 매우 예외적인 것이라 할 수 있을 것이다. 동양적 정서와 한국적 윤리에 기댄다면, 아버지에 대한 부정성은 상상하기 어려운 것이 사실이다. 그러나 시인의 기억 속에 녹아들어가 있는 아버지의 모습은 대부분 부정적인 모습으로 비춰진다. 특히 막걸리로 오버랩되는 아버지의 모습은 윤리를 초월한, 이타적 세계상 속에 구현되는 존재이다.

> 아버지의 유일한 휴일 즐기기는
> 막걸리를 드시는 것
> 진종일 막걸리 두 통에 취한 아버지,
> 그 속을 빠져 나오기가 퍽이나 어려웠지만
> 독백의 잔을 마다하지 않았다
>
> 질퍼덕 내지른 욕설도 모자라
> 고함과 울분으로 넘었던
> 아버지의 울퉁불퉁한 고갯길에
> 피었던 달맞이꽃 촛불처럼 타고 있었다
>
> 온갖 방법을 다 동원해도
> 아버지의 휴일은
> 식구들 우는 날
>
> ― 「아버지 쉬는 날」 전문

가족에게 있어 휴일은 화목과 유대를 강화시켜주는 날이다. 그러나 인용시는 그러한 보편적인 가정의 모습과는 전연 달리 기억된다. 조화와 화목이 기대되는 '아버지의 휴일'이 식구들에게는 '우는 날'이 되어버리는 이 기막힌 역설이야말로 시인이 떨쳐버릴 수 없었던 아버지의 모습이었다. 시인에게 아버지의 기억은 이처럼 매우 색다른 정서로 자리한다. 아버지는 전통적인 의미의 가부장적인 모습과도 거리가 먼 존재이며, 또 한 가족의 중심으로서의 기능을 갖지 못하는 존재이다. 시인에게 아버지는 불구화된, 매우 일그러진 모습으로 현재화되고 있는 것이다.

그런데 특이한 것은 시인의 작품에서 아버지에 대한 기억이 왜곡되고 불편부당한 모습으로만 획일화되어 나타나지 않는다는 사실이다. 오히려 그러한 아버지의 모습에 좌절한 시인의 정서가 아버지를 외면함으로써, 곧 "선입견이 앞선 무관심이 아버지를 죽였다"(「무관심」)고 자책하기도 하고, 경우에 따라서는 아버지야말로 "우리의 지킴이"(「샛별」)였다고 긍정하고 있기 때문이다. 말하자면 시인에게 아버지의 모습은 부정적으로 비춰지다가도 다른 한편으로는 매우 애틋한 존재로 이중화되고 있는 것이다. 아버지는 시인에게 긍정과 부정이 공존하는, 매우 양면적인 모습으로 구현되고 있다. 부친에 대한 이런 일그러진 인상이 있는가 하면, 사모의 정서도 남아 있는 것이다. 이런 양면적인 모습이 시인에게 서정의 샘을 제공한 것은 틀림없는 일이거니와 그러한 정서가 시를 생산케 한 근본 요인 가운데 하나임 또한 분명하다.

서정의 샘을 이끈, 이옥 시인의 두 번째 정서는, 이른바 동일성의 파괴에서 찾아진다. 이 감각은 조화의 세계와는 정반대의 위치에 놓여 있는 것이라 하겠다. 시인은 그러한 정서를 지속적으로 일깨우기 위해 자연에 많이 기대고 있다. 그의 시에서 온갖 자연물을 소재로 한 시들이 많이 등장하고 있는 것은 이 때문인데, 자연이란 익히 알려진 대로 조화와 질서가 가장 완벽하게 구현된 세계이다. 시인은 그러한 자연을 여성적 섬세함으로 어루만지면서 매우 부드럽게 감각화한다.

산행 길에 만난 선홍빛
얼른 손을 내밀었더니
어느새
내 손보다 먼저 온 딱정벌레
왠지
산 식구 밥을 넘본 것 같아
슬며시 내려놓은 산딸기

—「산딸기」 전문

「산딸기」는 자연에 대한 외경과 이에 대한 미세한 정서가 빚어낸 아름다운 시이다. 자연에 대한 정서는 섬세함이 구비되지 않고는 좋은 작품으로 만들어지지 않는다. 따뜻함과 부드러움이 체화되지 않은 경우 이 경지에 이르는 것은 불가능하기 때문이다. 시인에게 자연은 외경스러운 것이고, 또 인간의 경계를 초월한 저 멀리에 자리하고 있다. 이것이 곧 조화와 질서의 세계이고 인식이 완결되는 절대선의 세계일 것이다.

자연이 우리 시의 중심 소재로 들어온 것은 어제오늘의 일이 아니다. 정지용 이후 그것은 우리 시인들이 즐겨 찾는 시의 소재였고, 또 거기에 다양한 형태의 의미를 부여해왔다. 그 음역들이 시인의 세계관에 따라 다양한 형태로 묘사되기는 했지만, 조화와 질서, 우주의 이법과 같은 형이상학적인 주제로 귀결되었음은 익히 알려진 일이다.

이옥의 경우도 이 범주로부터 크게 벗어나 있는 것은 아니다. 시인에게도 자연은 질서나 이법으로 나타나기 때문이다. 인간의 손에 닿지 않는 세계, 다시 말해 문명과 절연된 자연이야말로 근대 이전의 절대화된 자연의 모습이다. 그러나 자연의 기술적 지배라는 말이 시사하는 바와 같이 욕망에서 촉발된 문명의 팽창은 자연의 그러한 전일성을 흔들기 시작했다. 중요한 것은 인간의 실존과 무관해 보이는 듯한 자연에 대한 훼손이 자연 그 자체로 한정되지 않는다는 점이다. 인간도 자연의 일부이거니와 조화와 질서라는 균형감각은 한축의 붕괴만으로도 쉽게 깨어지기 때문이다.

빗물에 의해 자동 개폐되는 땅의 문
찬스를 놓친 지렁이
보도블록 틈새로 고개를 밀어 보지만
물이 지나간 흔적을 찾을 수 없다

태양에 반사된 모래알, 유리파편 같아
앞으로 나갈 수도 숨을 곳조차 없다

예전 동네 골목은 물웅덩이가 참 많았다
그 웅덩이는
지렁이가 잠시 머무는 대피소이자 대지의 숨통이었다

지렁이의 비명횡사는 천형이 아니라

인간의 이기심에 있다

불편제로에 길들여진 습성이

흙길 숨통을 틀어막았다

비상구를 찾지 못한 지렁이를

수거하러 나온 새와 일개미 떼

푸짐한 한나절 밥상에 볕이 따갑다

—「지렁이의 외출」 전문

단순한 미물에 불과한 지렁이의 죽음이 암시하는 것은 곧 파괴의 상상력이다. 당연히 그 저편에 놓인 것이 '인간의 이기심'일 것이다. '불편제로'에 길들여진 인간의 욕망이 "흙길 숨통을 틀어막았"기에 지렁이는 더 이상 자신의 생존 공간을 찾을 수 없는 존재로 전락해버렸다. 이옥의 시에서 자연은 외경의 대상이면서도 인간의 세계와는 이렇듯 대항적 관계 속에서 형성된다. 그러한 구도는 가령, 「운주사 와불」에서는 자동차에 치인 개구리의 비극적 죽음을 통해서도 드러나기도 하고, 「닮아가는 향기」에서는 성미 급한 사람을 치유하는 이항적 관계로 드러나기도 한다.

이옥은 자연을 절대선의 경지에 올려놓는 반면, 자연 이외의 것들은 불온한 것이나 혹은 파괴의 수단으로 이해한다. 자연과 인간을 이렇게 대립적인 관계로 설정하는 것을 보면, 이 시인의 경우도 근대성의 제반 사유로부터 자유롭지 않음을 알 수 있게 된다. 실상 지금 여기를 살아가는 사람치고 이 사유로부터 자유로운 경우는 없을 것이다. 어쩌면 그것이 근대인의 숙명이기에 그러할 것인데, 그렇다면 문제는 이 이후의 방향이란 무엇일까에 놓여 있을 것이다. 현시대가 위기의 감각으로 다가오거나 대단히 불온한 것이라고 한다면, 도대체 이를 딛고 초월할 수 있는 방법적 의장이나 수단, 혹은 사유란 무엇일까. 이 지점이 이옥 시인과 여타의 시인들을 구별시켜주는 사유의 차이이거니와 '내 마음의 어둠'을 서정의 샘으로 인식하고 있는 이 시인의 화해 모드일 것이다.

> 눈물로 핀 꽃은 작다
> 서로 키 재는 법 없는 들꽃
> 목 놓아 울던 자리일수록 붉다
> 봐 주는 이 없어도 군락을 이루며 살아가는 야생화
> 아직 울 곳을 못 찾은 사람들 들로 들 것이다
>
> 알고 보면 우린 모두 들꽃이다
> 사는 게 별거겠는가
> 울지 않고 살아갈 재간 없듯이
> 우리가
> 들꽃처럼 어우러질 때
> 이 세상 너울파도를 건널 수 있다
>
> ─「들꽃」 전문

이옥 시인이 갈망했던 구경적 실체란 이 작품과 같은 조화로운 생의 감각에 있었던 것은 아닐까. 자연의 질서, 혹은 우주의 이법은 '들꽃'과 같은 세계의 구현으로 실현되는 것은 아니었을까. 이런 주제를 담보하

한국 현대시의 체험과 상상력

고 있는 이 작품은 어쩌면 이옥 시인이 이번 시집에서 나아가고자 했던 절대 주제였을 것이다.

이 작품은 두 가지 주요한 테마를 작품의 배면에 깔고 있다. 하나는 평등의 상상력이고, 다른 하나는 조화의 상상력이다. 시인은 첫째 연에서 들꽃의 세계를 "서로 키 재는 법 없는" 것으로 이해했다. 키를 잰다는 것은 무엇일까. 이는 이른바 위계질서라는 인과의 세계가 바로 그것일진대, 이런 층위가 존재하는 세계는 절대선이나 유토피아의 감각으로 접근할 수 없는 것임은 당연할 것이다. 시인은 지금 여기의 불온성이 그러한 위계성에 기인한 것임을 간파하고 이를 무화할 수 있는 것이 "서로 키 재는 법"이 없는 평등의 세계라고 본 것이다.

그리고 다른 하나는 조화의 세계이다. 물론 이 감각이 앞의 위계질서적 사유와 분리하기 어려울 것이다. 시인은 평등의 세계를 바탕으로 "들꽃처럼 어우러질 때/이 세상 너울 파도를 건널 수 있다"라고 했다. 하나의 건강한 공동체만이 온갖 불편부당한 것을 뛰어넘을 수 있는 동력이 될 것인데, 시인은 그러한 역동성을 들꽃처럼 어우러지는 조화의 감각에서 찾고 있는 것이다.

자연이 평등의 감각과 조화의 감각으로 사유되고 있음은 지극히 뻔한 일이고, 또 누구도 부인할 수 없는 엄연한 형이상학이다. 이런 감각을 시의 절대적 주제로 시화하는 것은 참신성이라는 관점에서 볼 때, 매우 미흡한 것이라 하겠다. 따라서 문제는 그 주제의식이 아니라 어떻게 해서 이러한 감각에 이르렀는가 하는 그 도정에 있을 것이다.

그 길에 이 시인의 세 번째 시적 응전인 '어둠의 정서'가 놓여 있다. 바로 닫힘의 정서이다. 닫힘은 경계일 수도 있고, 편 가르기일 수도 있으며, 조화에 이르는 길을 막는 장애일 수도 있을 것이다. 뿐만 아니라 어디에로 다가가도록 이끄는 열림에의 길을 막아서는 차단선이 되기도 할 것이다. 그러나 그것이 어떠한 형태로 기능하든 간에 무언가 조화로운 세계를 막아서는 부정적인 인식임은 틀림없는 사실일 것이다.

이옥의 시에서 닫힘의 상상력이라고 부를 수 있는 기제들이 쉽게 나타나 있는 것은 아니다. 시인이 불온한 현재의 현실에 대해, 그 직접적인 매개항들이 무엇인가에 대해 곧바로 발언한 경우는 거의 없기 때문이다. 그럼에도 그의 시들을 꼼꼼히 읽어보면, 닫힘의 저편의 놓여 있는 열림의 상상력이 무엇이고, 또 그것이 기능적 가치가 무엇이어야 하는 것인지에 대해서 조용하지만 매우 강렬하게 발언하고 있음을 알 수 있다.

> 큰 화분에 막 잎을 틔운
> 허브와 민트를 함께 심었다
> 서로 의지하며 잘 자랐는데
> 떡잎에 병이 왔다
> 진딧물이 진을 쳤다
> 긴급처방, 목초 액 효능을 믿어보기로 했다
> 마음을 열었더니
> 멈춰선 푸른 길이 다시 이어졌다
> 화분을 꽉 채운 줄기마다
> 하얀 허브 꽃과 보라 민트 꽃이 활짝 피었다
> 손으로 흔들어 주면
> 상큼한 향기로 답례하는 허브와 민트처럼

나에게도 향기가 있을까

—「허브와 민트」 전문

이옥 시의 핵심은 열림의 상상력에 있다. 그것이 닫힘과 대항 관계에 있음은 당연한 것이거니와 조화라든가 질서와 같은 긍정적 정서들은 모두 여기서 획득된다. 하나의 공간에서 다른 공간으로 넘어가기 위해서는 우선 개방되어야 한다. 닫힌 것은 상호 교통할 수가 없는 까닭이다. 막혀 있기에 순화되지 않고 병이 생기는 것이며, 병이란 생장을 방해할 뿐만 아니라 생명도 위협한다. 그렇기에 막힘에서 오는 병은 제거되어야 한다. 시인은 그 해법을 열림의 상상력으로 찾아내었다. "마음을 열었더니/멈춰선 푸른 길이 다시 이어졌다"는 것은 이 상상력이 있기에 가능했다.

참 오래 먹여 살리고 있다
매일 건져 올려도
거들나지 않는 밑천

지칠 줄 모르는 아낙네다

썰물로 열어주는 갯벌어장
온갖 시름 노래로 흥얼거리다보면
웃는 얼굴로 뭍으로 내보내는 바다

바다 슈퍼마켓은 오늘도 오픈이다

—「갯벌」 전문

이런 열림의 상상력은 개인성을 초월한 보편성의 영역에서도 작동된다. 갯벌은 모든 사람이 공유하는 지대이다. 시인은 이곳을 일단 모성적 관점에서 이해한다. 갯벌을 "지칠 줄 모르는 아낙네"로 은유화하면서 이를 생명의 근원으로 인식하는 것이다. 그런데 이러한 삶이 가능한 근거도 열림의 상상력 때문이다. "바다 슈퍼마켓은 오늘도 오픈"이기에, 곧 모든 사람에게 열려 있기에 그것은 생의 근원으로 작동할 수 있다는 것이다.

열림과 더불어 이옥의 시의 중요한 시적 의장 가운데 하나는 바로 '불림'의 정서이다. 이는 팽창과 밀접한 관련이 있는 기제인데, 하나의 공간에서 다른 공간으로 이동하거나 빈자리를 채우기 위해서 '불림'의 정서만큼 좋은 방법도 없을 것이다. 「허브와 민트」에서의 '불림'은 "화분을 꽉 채운 줄기"에서 은유화된다. 이 과정을 통해 "하얀 허브 꽃과 보라 민트 꽃이 활짝 피어난"다. 꽃의 개화는 완성이면서 조화의 극치가 빚어낸 정서일 것이다. 그것을 가능케 한 것이 바로 '불림'의 정서이다.

살면서 맞닥뜨리는
진주를 품은 조개의 진통과 같은 이별이 있다

빈자리를 대신할 기다림은
현실의 비극인지 순리인지
옳고 그릇된 잣대를 들어댈 수 없는 이유는
산 사람은 살아야 되기 때문이다

꼭 떠나간 이를 닮지 않아도 된다

밤길을 걸어본 사람만이 별의 노래를 들을 수 있듯 특별히 정해
진 그 무엇이 아니더라도 우리는 함께 있어 줘야할 불림의 존재이
다 제각각 절망과 축복을 나눌 이웃교환 티켓을 지녔다 많이 활용
할수록 인격 포인트가 쌓인다 영구적이므로 복제가 불필요한 고유
한 특권이다 무한대로 수용이 가능한 장점은 있지만 관리 소홀로
인한 접속 불가능 사태도 발생한다 일단 열려있는 이웃 속으로 빠
져보라 꽃을 찾은 나비와 벌처럼 세상만물에 얽힌 조화 속 이치를
발견할 것이다 너와 나의 공존의 법칙은 장소에 제한되지 않고 시
간에 제약받지 않는 시간 넘어 그 너머에서 시작되었다

— 「빈자리의 울림」 전문

‘빈자리’란 무엇이 빠져나간 자리이다. 그것은 ‘결핍’이면서 ‘훼손’이
기도 하다. 어떻든 채워지지 않음으로써 무언가 일탈이 생긴 곳이 ‘빈
자리’이다. 따라서 이 공간은 불모의 공간이고 부조화의 세계이다. 그
것이 하나의 전일성을 획득하기 위해서는 무엇인가 다시 채워져야 한
다. 가장 좋은 것은 훼손되지 않는 본연의 모습이 모두 복구되는 것이
지만 그와 비슷하게 충족되어도 무방할 것이다.

그런데, 시인은 그러한 ‘빈자리’를 이른바 ‘불림’의 상상력으로 메우
려 한다. 그는 인간의 보편적 모습을, "특별히 정해진 그 무엇이 아니더
라도 우리는 함께 있어 줘야할 불림의 존재"라는 매우 예외적인 것으로
인식하고 있다. 아니 예외적이라기보다는 인간을 이렇게 참신하게 읽
는 것이 가능할까 싶을 정도로 이 시인만의 고유성이 느껴지는 매우 중
요한 인식성이 아닐 수 없는 것이다. 남의 ‘빈자리’를 채울 수 있는 사람
은 부풀려진, 팽창된 존재만이 가능할 것이다. 빈 존재, 결손된 존재가
어떻게 타인의 빈자리를 메꾸어줄 수 있는 것인가를 생각한다면, 이옥

의 이러한 시적 상상력이 얼마나 적절한 것인가를 금방 이해하게 된다.

'불림'이 있기에 '열림'도 가능해진다. 시인은 이렇게 '불림'으로 무장한 다음 그것이 채워줄 '열린' 공간으로 나아가려 한다. 다시 말해 불려진 존재가 "열려 있는 이웃 속으로 빠져보라"고 하는 것이다. 그러면 "꽃을 찾은 나비와 벌처럼 세상만물에 얽힌 조화 속 이치를 발견할 것"이라고 감히 선언하기까지 한다. 조화로운 사회를 위해서는, 참으로 멋지고 자신 있는, 그리고 시의적절한 발언이 아닐 수 없는 것이다.

닫힘에 대한 인식 없이는 열림의 사유도 불가능하다. 또 그 열린 공간에 틈입해 들어가기 위해서는 스스로를 준비해야 한다. 바로 '불림'이라는 수양의 필요성이다. '불림'으로 무장한 다음 '열림'의 세계로 들어가는 것이 이옥 시의 궁극적 여정일 것이다. 이런 도정이 조화와 이법을 표명하는 자연의 세계로 가는 길이며, 시인의 '어두운 내면'을 초월하는 길이다. 뿐만 아니라 그 도정이 시인이 이번 시집에서 추구하는 유토피아일 것이다.

'흙'의 시학, 경계를 아우르는 건강한 통합적 상상력

― 박영식의『굽다리접시』

시조의 정체적 특성이 운율의 통제를 전제한다는 점에서 시조는 전근대에 속하는 양식이라 할 수 있을 것이다. 근대 이전의 시가들이 형식적 측면에서는 정형률에, 내용적 국면에서는 구심성에 의존하고 있었기 때문이다. 그러나 사회가 진화함에 따라 인식 지평이 확대되어온 것처럼 시조의 영역 또한 이 양식을 규정하는 최소한의 정형성을 제외하고는 형식적으로나 내용적 국면에서 모두 확장되어온 것이 사실이다. 인식 지평의 확대에 따른 사유의 심화와 확장, 복잡성 내지 애매성, 주제와 소재의 다양성 등등은 근대 이전의 양식을 규정하던 구심적 세계의 협소한 틀로는 결코 수렴될 수 없는 속성들이기 때문이다.

박영식의 시조집『굽다리접시』의 의미 또한 이러한 맥락에서 찾아진다. 그의 시조는 시조가 지니고 있는 본래의 정형성에서 크게 벗어나지 않으면서도 폭넓고 다양한 스펙트럼을 구현하고 있기 때문이다. 박영식의 시조에서는 순연한 동심의 세계와 농염한 관능의 세계가 공존하고, 근원적인 것에 대한 탐구의 정신과 구체적 현실의 반영이 길항하는 구조로 짜여 있다. 그리고 상징적이고 함축성 있는 시어를 구사하면서도 동시적 작풍의 특성 역시 어렵지 않게 발견되는 양식적 특성을 지니고 있기도 하다.

박영식의『굽다리접시』에서 이러한 다양한 스펙트럼은 '흙'의 상상력에 의해 수렴되어 구현되고 있다. 흙의 의미는 일차적으로 근원의 문제에 닿아 있다. "흙에서 나서 흙으로 돌아간다"라는 관습적 명제에서 보듯 흙은 존재의 탄생과 소멸이라는 근원 내지는 본질의 문제와 관계되는 것이다. 그러한 까닭에 흙은 탄생과 소멸의 순환의 장이라는 점에서 영원성을 함의하고 있다고 할 수 있다.

흙이 한국 시사에서 서정화되기 시작한 것은 개화기 이후 최남선과 이광수에 의해서이다. 근대의 중심에서 그것의 폐해를 인식했던 시적 주체들에게 흙이 그러한 부정성을 초월하는 데 유효한 기제로 작용할 수 있었던 까닭도 이 영원성의 감각에서 찾을 수 있을 것이다. 이 시기의 흙은 주로 땅, 대지, 향토에 한정되어 의미화되었다. 반면 박영식의 시조에서 그것은 '토기', '토우', '독' 등과 같은 흙의 변주 형태로까지 확장되고 있다는 점에서 앞의 경우와 차질적이라 할 수 있다.

먼저 박영식의 시조에서 흙의 상상력은 반도시적 정서의 층위에서 발현되고 있음을 확인할 수 있다. 이른바 도시와 농촌이라는 이분법적 대위가 그 일차적인 의미의 중핵으로 자리하고 있는 것이다.

질퍽이는 기억의 끈
놓지 못한 생각 한 줄

18세기 그림 같은

회색빛 도심에서

물어도 아무 말 없어

왔던 길 다시 가고

—「1월의 서울」 부분

생각 없이 어슬렁거리며 빌딩 숲 돌아들면

하루치 삶의 흔적 쓰레기들 모여있다

어제는 참 멋진 밤이었다며 수군수군 거리고

—「뒤안길」 부분

수거차 몰려가는 진물 고인 매립장

묵언을 찢고나온 붉은 고무장갑이

자본의 온갖 병폐를 시위하고 있었다

—「검은 비닐봉지」 부분

"18세기 그림 같은/회색빛"이란 시인이 인식하고 있는 '도심'의 표상
이다. 질서정연하고 합리적인 듯하지만 "물어도 아무 말 없"는 소통 부
재의 공간이자 "생각 없이 어슬렁거리"게 되는 욕망의 장이 바로 '도심',
'빌딩 숲'인 것이다. "하루치 삶의 흔적"이 '쓰레기'일 수밖에 없는 까닭
도 여기서 찾을 수 있을 것이다. 이 '쓰레기'들은 결국 "자본의 온갖 병
폐"에서 기인하는 것임을 시인은 인용한 작품들을 통해 드러내고 있는
것이다. 도시의 변두리를 장식하고 있는 이런 욕망의 찌꺼기들이 근대
의 일반적 아우라임은 두말할 필요도 없거니와 그의 시정신이 이곳에
닿아 있다는 것은 그가 반근대적 정서를 작품의 일차적 생성 요인으로

간주하고 있음을 알게 된다.

　박영식의 시세계에서 도시에 대한 이러한 인식의 반대급부로 발현되는 것이 흙의 상상력이다. 그의 시에서 흙은 탄생, 생명, 건강한 생산성 등의 의미를 포지하고 있다.

　　　　한가위 사과밭에
　　　　천개 만개 달이 뜬다
　　　　태양을 사모하다
　　　　저토록 붉어진 얼굴
　　　　잎새 뒤 숨었던 사과
　　　　달이 되어 둥둥 뜬다

　　　　캥거루 새끼주머니
　　　　그를 닮은 앞치마에
　　　　조심조심 따 담은 달
　　　　동산만큼 불러온 배
　　　　아낙네 넉넉한 마음도
　　　　달이 되어 둥둥 뜬다

　　　　소담스런 광주리 가득
　　　　잉걸불 활활 탄다
　　　　이브의 유혹에 끌려
　　　　한 입 성큼 깨물고 싶은
　　　　단물이 처벅거리는
　　　　물이 많은 그리운 달

　　　　　　　　　　　　　　―「팔월의 사과밭」 전문

284

인용한 시에서 '흙'은 "천개 만개 달이 뜨"는 '사과밭'으로 표상되고 있다. 열매인 사과를 '달'에 은유하고 있는 것인데, 동서양을 막론하고 달은 여성, 출산, 풍요로움을 상징한다. 그러한 '달'이 "천개 만개" 떠 있는 곳이 '사과밭'이라니 '사과밭'은 그야말로 건강한 생산의 장으로 탈바꿈되는 셈이다. "동산만큼 불러온 배"라든가 활활 타는 '잉걸불', "이브의 유혹", "단물이 처벅거리는 물이 많은 그리운 달" 등등, 위 시에는 흙을 포함한 자연의 물상들이 건강한 생명력, 출산 혹은 생산과 관련된 여성성의 표상들로 의미화된다.

흙이 생명의 저장소이자 근원, 혹은 뿌리라는 대지의 상상력으로 의미화되는 것은 그것이 갖는 일반적 의미에 비춰볼 때 매우 자연스러운 현상이라 할 수 있다. 그러나 흙에 대한 이러한 의미화가 어떤 참신성을 담보하지 못하는 것은 그것 속에 내재된 관습화된 의미 때문일 것이다. 곧 지나치게 견고한 의미의 응결이 만들어내는 고정관념이 바로 그러하다. 만약 시인의 작품이 이 영역에 고립되어 있었다면 흙에 대한 또 다른 클리셰를 만드는 낭패를 보여주었을 것이다. 그러나 박영식의 작품은 흙에 대한 그러한 상투화된 의미의 경계를 매우 참신한 대상의 창조를 통해 쉽게 뛰어넘어버린다. 흙에 대한 새로운 이미지의 조형이 바로 그것인데, 시인은 이를 응결화된 대상의 새로운 창조, 곧 다양한 그릇의 이미지를 통해서 흙에 대한 새로운 의미를 직조해낸다.

> 거칠고 거무튀튀한 산골 가시나야
> 흙반죽 하다말고 꾸밈새도 없이
> 건강한 엉덩짝 들춰 내게 불쑥 왔느냐
>
> ―「토기」 부분

니 지금 흙 주물러 뭘 그리 만들어 샷노
이건 니 쏙 빼닮은 내 각시 아이가 와

—「토우」 부분

철썩철썩 내 엉덩이
요것은 내 마누라

찰싹 찰싹 내 엉덩이
요것은 내 아가야

주물러
토닥인 흙살
항아리가 앉는다

—「독을 빚으며」 부분

박영식의 시조에서 '흙'은 '사과밭'과 같은 땅이나 토지라는 일반적인
개념으로도 쓰이고 있지만 위 시들에서처럼 '토기', '토우', '독' 등과 같
은 '흙'의 변형태로도 자주 등장한다. 그런데 그런 모양새라 할지라도
그것이 건강한 생명력, 생산성 등을 의미하고 있다는 점에서는 크게 다
를 것이 없다. 위 시들에서 보듯 "건강한 엉덩짝"이라든가 '각시', '마누
라', '아가' 등의 생산성, 생명력과 관계된 이미지들이 주를 이루고 있다
는 점에서도 그러하고 그 이미지들과 연관하여 '흙'을 '주무르고', '토닥
여' 실제로 무엇을 '만들어'낸다는 설정에서도 이러한 의미를 확인할 수
있기 때문이다.

한편 흙은 탄생과 소멸이 순환 공존하는 시공간의 의미 또한 지니고

있다. 그것은 온갖 생물들의 탄생과 생장에 직간접적으로 관계하지만 이들이 죽음에 이르면 다시 흙의 일부가 되어 또 다른 생물들의 탄생에 참여하기도 한다. 그러므로 흙의 순환성에 있어서 존재의 탄생은 소멸 전의 상태이며 존재의 소멸은 탄생 전의 상태라는 의미도 가능해진다.

박영식의 시에서 이러한 흙의 순환성은 두 가지 양상으로 나타나고 있다. 그 하나는 존재론적 속성에서 탄생과 소멸이 전혀 다른 것이 아니듯 박영식의 시에서는 대상에 대한 이분법적이거나 결정론적인 시선을 배제하는 것으로 드러난다는 점이다.

노선버스 기다리다
지루하고 답답하여
따가운 볕을 피해
땅을 내려다보았다
거기에 볼펜 점만 한
개미 한 마리 가고 있었다

보도블럭 모래부스러기
그에겐 분명 사막이었다
몸짓보다 몇 배나 큰
바위 같은 모래 알갱이
목 타는 아득한 길을
좌충우돌 가고 있었다

어쩌면 나는 너에게
무시무시한 괴물일지 몰라

구두밑창에 밟힐까봐

발끝 조심 옮겨가며

어디로 가는가 싶어

한참을 내려다봤다

만약 네 가는 곳

알기라도 한다면

종이를 양탄자 삼아

데려다주고 싶었다

역시나 산다는 것은

거룩한 노동이었다

— 「작은 성자」 전문

인용한 시에서 서정적 자아는 소시민 계층이다. "노선버스 기다리다/지루하고 답답하여/따가운 볕을 피해/땅을 내려다보았다"는 대목에서 이를 확인할 수 있다. 그런데 이 시에는 이러한 계층을 표상하는 또 다른 대상이 등장한다. "볼펜 점만 한/개미 한 마리"가 바로 그것이다. 이들의 관계에 대한 서정적 자아의 시선은 '땅'을 매개로 현현된다.

화자에게는 "보도블럭 모래부스러기"밖에 안 되는 것이 "볼펜 점만 한/개미"에게는 '사막'이며 "목 타는 아득한 길"이 된다. 나아가 화자는 "어쩌면 나는 너에게/무시무시한 괴물일지" 모른다는 인식에 이르기도 한다. 이는 비단 대상 간 물리적 크기의 차이를 두고 이르는 전언이 아니다. 이는 이 세계에서 이루어지고 있는 모든 사건이나 관계는 결정적인 것이 아니라 상대적인 것이라는 통찰에서 기인한 인식인 것이다.

선인과 악인은 선험적으로 정해져 있는 것이 아니고 상처 주는 자와 상처 받는 자 또한 따로 있는 것이 아니다. 어떤 측면에서는 선한 것이 다른 측면에서는 악으로 작용할 수 있는 것이고 어떠한 의도가 개입되지 않았어도 어떤 존재는 또 다른 존재에게 위협이 될 수도 있는 것이다. 세계에 대한, 그리고 관계에 대한 이러한 통찰과 인식은 존재로 하여금 보다 겸허하고 포용적인 마음을 포지하게 한다. "구두밑창에 밟힐까봐/발끝 조심 옮겨가"는 행위나 "만약 네 가는 곳/알기라도 한다면/종이를 양탄자 삼아/데려다주고 싶었다"는 마음은 바로 이러한 통찰과 그로인한 겸허함 혹은 너그러운 마음가짐에서 가능해진 것이다.

두 대상의 관계에서 보듯 각각의 존재는 또 다른 존재에게 선이나 악으로 작용할 수 있지만 그것은 절대적인 사실이 아니라 상대적인 관계에서 비롯되는 것이다. 이를 위 시에서는 "산다는 것이 거룩한 노동"임은 서정적 자아에게나, 보다 미미한 존재를 표상하는 '개미'에게나 모두 공통적으로 해당되는 사실이며 모든 존재는 "거룩한 노동"을 하는 "작은 성자"라는 점에서 동일성을 획득하는 것으로 의미화하고 있다.

흙의 순환성에 대한 또 다른 의미는 회귀적 속성에서 찾을 수 있다. 즉 박영식의 시에서 흙의 순환성에 대한 상상력은 흙에서 나서 흙으로 돌아오듯 '돌아옴'을 전제하고 지향하는 것으로 발현된다는 뜻이다. 이른바 그의 시에서 흙은 원점 회귀 단위로 작용하고 있는 것이다.

사탕꽃 비누향꽃 알록달록 천연색꽃
그 위로 나는 나비 봄날마저 따스하다
어린 양 펼칠 앞날이 내내 오늘 같았으면

준비 안 된 대본으로 첫발 딛는 그곳은
조연도 스텝진도 필요치 않는 오직
네 혼자 주연이 되어 낯선 무대 서는 거다

세월이 하 수상하면 그냥 돌아오너라
연기야 하다보면 절로 몸에 배는 것
누군가 불러 주기를 기다리면 되는 거다

뭔 박사 뭔뭔 사사(士詐) 사자(字) 돌림 넘친 판에
치이고 넘어지지 않으려면 두 눈 꼭꼭
집으로 돌아오는 길 조심조심 하거라

—「졸업」 전문

제목에서 드러나듯 위 시에서 배경이 되는 사건은 '졸업'이다. 졸업식
이 열리는 날은 "어린 양 펼칠 앞날이 내내 오늘 같았으면" 싶도록 따스
하고 아름다운 '봄날'이다. 서정적 자아가 인식하고 있는 '졸업'은 "준비
안 된 대본으로" 세상에 '첫발'을 딛는 의식이자 "혼자 주연이 되어 낯선
무대"에 서게 되는, 그 통과의례로서 의미를 갖는다.

주목을 끄는 대목은 "세월이 하 수상하면 그냥 돌아오너라"라는 전언
이다. 현대사회에서 이러한 맥락에서의 '돌아옴'은 낙오를 의미하는 것
이기 때문이다. "뭔 박사 뭔뭔 사사(士詐) 사자(字) 돌림 넘친 판"이 졸업
자에게 펼쳐진 '낯선 무대'라면 이제 그 무대에 첫발을 딛는 대상에게
할 수 있는 일반적인 덕담은 아마도 두 눈 똑바로 뜨고 그 '판'에서 '주
연'이 되라는 의미일 터이다. 그런데 서정적 자아는 이와는 반대로 "두

눈 꼭꼭" 감고 "그냥 돌아오라"고 말한다. 눈을 감으라는 것은 세상의 온갖 헛된 욕망과 유혹에 "치이고 넘어지지" 않게 하기 위함이다. 이 시에서 '집'은 이러한 욕망을 모두 내려놓고서야 돌아올 수 있는 곳이라는 점에서 근원 혹은 본질과 관계된다고 하겠다. 그것은 곧 시인이 일관되게 상상한 '흙'의 의미와 일맥상통하는 것이다.

시인의 이러한 인식과 통찰은 유적과 유물을 통한 고고학적 사유에서 얻어진 것으로 보인다. 금번에 상재된 시조집의 제목이기도 한 '굽다리접시'를 비롯하여 '청화백자복숭아연적'이라든가 '인면상감 유리구슬', '청동거울', '서생왜성' 등등 박영식의 시에는 유난히 유물 유적이 많이 등장한다는 특징이 있다. 이는 흙의 또 다른 변형태들이다. '토기', '토우', '독' 등이 흙의 현대적 응결체라고 한다면, '청화백자복숭아연적' 등은 흙의 고대적 변형태들이라 할 수 있다. 그렇다면 시인은 흙의 이러한 변이체를 통해서, 고대적 유물과 유적을 통해서 어떠한 통찰에 이르게 된 것일까.

> 파랗게 입힌 봄빛 가만가만 걷어낸다
> 수세기 녹슨 책장 부욱 북 찢어 가면
> 한 겹씩 고요를 떠낸 연못 하나 보인다
>
> 나뭇잎 툭 떨어져 수면이 깨어진다
> 일거러진 달 조각을 요리조리 꿰맞추면
> 여인의 어깨너머로 비쳐 오는 사내 웃음
>
> 당초문 청자접시 국화주 담아 와서

비단옷 적신 얼룩 사랑을 쓴 서사시
아직도 금빛 찬란한 환두대도(環頭大刀) 그 사내

땅속 어둠 갈아엎고 부양하는 빛 빛 빛
명문(銘文)의 쓸쓸함이 바람으로 떠도는 동안
한 시대 절망의 뼈는 도굴되고 없었다

—「청동거울」 전문

잘 알려진 대로 '청동거울'은 천상과 지상을 연결해주는 매개체이자
절대 권력의 상징이라 할 수 있다. "금빛 찬란한 환두대도(環頭大刀) 그
사내"란 바로 절대 권력을 소유한 자의 표상이기 때문이다. 이 '사내'와
함께 "비단옷 적신 얼룩 사랑"을 쓰는 '여인', '사내'의 웃음을 담보하고
있는 '여인' 또한 절대 권력자만이 취할 수 있는 아름다움의 소유자임에
틀림이 없을 것이다.

그런데 "수세기 녹슨 책장"에서도 간취되듯 유물을 유물이게끔 하는
가장 핵심적인 요인은 시간의 흐름에 있다. 시인은 '청동거울'에 함의되
어 있는 오래디오랜 시간을 상상으로 "한 겹씩" 걷어내며 상징이 아닌
본질적인 것에 접근해 가고 있는 것이다. 그것은 바로 고래로 인류의
공통적인 욕망의 대상이 되어왔던 권력과, 아름다움도 흐르는 시간 앞
에서는 "명문의 쓸쓸함"으로 떠돌 뿐이라는 통찰이다. 절대 권력의 상
징이었던 '청동거울', 그 위상대로라면 "땅속 어둠 갈아엎고 부양하는
빛"이어야 하건만 그것은 시간의 흐름과 함께 "한 시대 절망"을 확인해
줄 수 있을 뿐이다.

그러므로 시인은 결국 무상할 뿐인 욕망들에 치이고 넘어지지 않도

록 "두 눈 꼭꼭" 감고 '집'으로 돌아오라는 것이다. 인간의 욕망이 자리하고 있는 데에서 본질은 본연의 자태를 잃는 법이다. '집'은 바로 본질적인 관계가 성립하는 근원의 공간으로 자리한다. 그리고 그 집의 기저에는 바로 흙에 대한 근원적 믿음, 곧 대지적 상상력이 자리하고 있는 것이다.

> 행운을 얻겠다고
> 날 밟고 가지마라
>
> 바람에 흔들리며
> 그냥저냥 살 뿐이다
>
> 가끔은
> 반 평 하늘이
> 꽃도 피워 주는 걸
>
> ─「세 잎 클로버」 전문

'행운'을 상징하는 것은 '네 잎 클로버'다. '세 잎 클로버'는 주변에서 흔히 볼 수 있는 데 반해 '네 잎 클로버'는 눈에 잘 띄지 않는 그 희소성으로 인해 '행운'으로 상징화된다. 그런데 우리가 흔히 네 잎 클로버를 찾으면서 그냥 스쳐 지나가게 되는, 혹은 "밟고 가"게 되는 "세 잎 클로버"의 꽃말은 다름 아닌 '행복'으로 의미의 전복을 일으킨다. 네 잎 클로버가 '행운'을 상징한다면 세 잎 클로버는 이와 비견하여 '행복'을 상징한다는 의미이다.

위 시에 따르면 "바람에 흔들리며 그냥저냥" 사는 것이 행복이다. 순리를 거스르지 않으며 살다 보면 거창하진 않지만 "가끔은/반 평 하늘이" 피워주는 '꽃'도 보게 된다는 것이다. '집'으로 돌아온다는 것은 이러한 소소한 행복을 안다는 의미이다. '행운'을 욕망하며 일상의 소소한 행복을 밟고 지나가는 것을 경계하고자 하는 것은 이러한 욕망의 무상함을 알기 때문이다.

> 흘러 흘러감이
> 이끼 낀 세월뿐이랴
>
> 삶이라는 것
> 정이라는 것
> 다 흘러 흘러갔어도
>
> 남는 건
> 가슴에 한 점
> 못 지우는 이 그리움
>
> ──「녹우당에서」부분

세월의 무상함을 가로지르는 방법은 그 순간순간의 행복, 일상에 편재해 있는 사소한 행복을 놓치지 않는 것이며 그것을 추동하는 에너지는 위 시에서 드러난 바와 같이 '그리움', 사랑 등과 같은 일체성을 지향하는 통합적 감수성에서 비롯된다. 이런 면에서 시인의 감수성을 가로지르는 맥락은 정서의 깊은 심연일 것이다. '삶'도 '정'도 다 흘러가버린 세월 속에서, 그럼에도 "남는 건 가슴에 한 점 못 지우는 이 그리움"이기 때문이다.

「그러게요」라는 시에는 시인이 인식하는 현대사회의 병리적 국면들이 잘 드러나 있다. 땅이 바다가 될 수도 있는 위기의 환경, 그 속에서 인간은 서로 베풀거나 나누지 않으며 오로지 '생계형' 존재로 살아가는 그러한 곳이 시인이 감각하는 현대사회의 부정적 특성들이다. 한마디로 우주론적 질서와 조화가 파괴된 파편화된 세계인 것이다. 시인이 그의 작품 세계에서 건강한 통합성에 대한 지향을 부단히 드러내고 있는 이유도 여기에 있을 것이다. 그 핵심에 놓여 있는 것이 흙에 대한 상상력이다. 즉 생산으로서의 흙, 근원으로서의 흙, 분별 이전의 유기적 통합 지대로서의 흙의 의미를 구현함으로써 우리 사회가 상실해온 건강한 생산성, 통합성 등을 상기시키고 있는 것이다. 이런 측면에서 흙은 그의 시의 출발이자 귀결점이 된다고 할 수 있다.

근대로부터 파생된 서정적 거리를 극복하는 두 가지 방식

— 송찬호의 『분홍 나막신』과 이중도의 『당신을 통째로 삼킬 것입니다』

1. 현대와 서정적 거리

현대를 살아나가는 것이 결코 용이한 일이 아님은 일상인이나 시인에게나 모두 동일한 경우이다. 특히 자아와 세계와의 선험적 거리 속에서 그 간극을 메우려는 시인들에게는 이 도정이 더욱 험난한 것으로 다가오게 된다. 그렇기에 자신이 일구어나가는 작품 속에 유토피아의 모형을 그려보고 그곳에 끊임없이 육박해 들어가려 하는 것, 그것이 이 시대 서정시인들이 갖고 있는 몸짓이나 운명일 것이다.

그러나 그러한 열정이 어느 하나의 지점에 도달함으로써 멈출 수 없다는 것, 그리하여 그 과정이 영원히 진행되어야 한다는 것이야말로 시인들의 의욕을 저하시키는 요인이 아닐 수 없다. 하나는 다른 하나의 결핍을 결코 메꾸어줄 수 없으며, 또 그러한 시도 행위가 한순간의 의지에 의해 해결될 수 없다는 사실이야말로 시인들로 하여금 좌절을 맛

보게 하는 결정적 요인이 될 것이다. 그러한 정서의 폭이 서정적 거리를 만들거니와 이 시대 시인들의 숙명은 그러한 거리를 무화시키는 데, 아니 조금이라도 좁히는 데 있다고 해도 과언이 아니다.

자아와 세계와의 조화라는 서정시의 임무는 내재적인 요인에 의해서도 가능하고 또 그 반대의 경우에서도 가능하다. 물론 그 어떤 경우에라도 궁극의 목표에 도달할 수 없다는 것은 당연한 이치일 것이다. 그러한 경계야말로 절대적인 영역에서나 가능한 것이기 때문이다. 그러나 어떻든 간에 그러한 가능태의 몸짓을 보일 수 있다는 것, 또 그 비슷한 경계에 도달할 수 있다는 사실만으로도 시인의 임무, 곧 서정시의 역할은 충분히 수행되었다고 할 수 있을 것이다.

시대에 대한 시인의 의무를 내재적인 요인에 의해서 탐색하는 것은 자아의 성찰과 관련이 있고 그 반대의 경우는 사회적인 요인에 보다 더 큰 비중을 두게 된다. 그러나 그것이 어떤 요인에 의해 주어지든 간에 변별성이라든가 우월성과 같은 가치 평가의 영역은 배제되어야 하리라고 본다. 가치란 해석의 차원에 놓인 것이지 선악이라든가 위계와 같은 비교의 차원에 놓이는 문제는 아니기 때문이다. 이런 두 가지 방향성을 최근의 시집들인, 이중도의 『당신을 통째로 삼킬 것입니다』와 송찬호의 『분홍 나막신』에서 확인할 수 있는데, 서정시의 근간이 무엇인지를 이해하는 데 좋은 본보기가 된다는 점에서 매우 의미 있는 시작이라 할 수 있을 것이다.

2. 내재적 근원과 자아 성찰의 문제

이중도의 『당신을 통째로 삼킬 것입니다』는 시인의 세 번째 시집이다. 이 시집에서 다루고 있는 중심 주제는 자아의 문제이다. 그러한 주제의식이 인간 본연의 자세와 서정시의 기본 의장과 관련된다는 점에서 주목을 끄는 경우이다. 그것이 곧 서정적 거리의 문제이다. 자아와 세계의 부조화를 문제 삼을 때, 가장 먼저 응시의 대상으로 다가오는 것이 소위 자아에 관한 것이다. 자아란 수양의 문제이면서 모럴의 문제이며, 경우에 따라서는 실천의 문제와 관련되기도 한다. 이중도 시인에게 늘상 문제가 되는 것이 세계와의 부조화와 그에 따른 자아의 미숙성에 관한 것이었다. 그가 이 감수성으로부터 자유롭지 않다는 것은 시인이 감각하고 있는 자아 수양의 정도가 현저하게 미달되어 있다는 의식에서 비롯된다.

귀뚜라미 짖는 소리에 잠 십자가에 쫓겨난 귀신처럼 달아나 버리고 비갠 밤하늘 또렷한 큰곰자리처럼 돋아나는 생각 하나 지금까지 나에게만 한눈팔고 살았구나 예수 말씀 읽는다고 두툼한 책 끼고 다닌 게 기껏해야 내 주린 배에 한눈판 것이었구나 부처 공자 그윽한 한문도 기껏해야 내 말[言] 머리에 동백기름 바른 것이었구나 하물며 산에 한눈판 게 인(仁)과 무슨 상관이며 물에 한눈판 게 지(智)와 무슨 상관인가 다 내게 한눈판 것 어떤 것은 돋보기 쓰고 어떤 것은 선글라스 끼고 어떤 것은 맨눈으로 한눈판 것 질리지도 않고 나에게만 한눈팔아온 세월이 내 인생이었구나 너에게도 눈 좀 돌려보라는 성인 말씀이 때때로 멱살 잡던 시절도 지나가 꿈속도 태평천국이니 이제 마음 놓고 한눈팔아도 되겠구나 네가 바다 백리 너머로 떠나가든 말든 해 데리고 달마저 데리고 떠나가든 말

든 영혼이야 캄캄한 밤이 되든 말든

──「나에게만 한눈 팔고 살았구나」 전문

"나에게만 한눈 팔고 살았구나"라는 인식은 자신이 살아온 생존 방식, 곧 이기성에서 온 것이었다. 이런 자기 고립의 원인은 자신의 시선을 이타성으로 돌리지 못한 한계에서 오는 것이다. 그렇기에 그것은 통렬한 자기 반성이 수반되는 것일 뿐만 아니라 곧바로 윤리적인 문제로 확장되기도 한다. 타자로 향하지 못한 고립된 시선이 지금까지의 시인의 삶이었기 때문이다. 그러나 그런 유폐된 삶에 대한 인식의 전환이 나와 타자 사이에 놓인 거리를 좁힐 수 있는 근거가 된다. 그런 면에서 이런 사유는 매우 소중한 것이라 할 수 있다.

실상 이런 성찰의 계기는 어떤 필연성에 의해 만들어진 것은 아니다. 인용시에서 드러난 바와 같이 그런 포괄적 정서는 "귀뚜라미 짖는 소리에 잠 십자가에 쫓겨난 귀신처럼 달아나 버리고 비갠 밤하늘 또렷한 큰 곰자리처럼 돋아나는 생각"에서와 같이 어느 날 갑자기, 그리고 우연히 얻어진 것이다. 따라서 그것은 일종의 깨달음 정서와 비슷한 것이다. 그러한 인식 전환으로 사물을 새롭게 대하게 되는 것은 당연한 것이거니와 시인의 눈이 포착하는 것들은 나 이외의 것들에 대한 정서로 모아지게 된다. 이른바 초월이나 극복의 정서인데, 그중에 하나가 모성적 상상력이다.

모성적 감수성이란 조화를 기본 감각으로 하는 정서이다. 그것은 갈등보다는 통합을, 거리보다는 조화의 정서를 우선시한다. 나만을 둘러싼 정서에 갇혀 있었던 시인에게 이런 모성적 상상력이야말로 이를 뛰어넘는 좋은 계기가 된다. 따라서 이번 시집에서 모성적 상상력과 관련된 시어나 주제의식이 많이 등장하는 것은 지극히 당연하다고 하겠다. 「여인」에서의 여성, 「꽃구름」, 「산다화」, 「근황」 등등에서의 흙, 대지, 물 등이 바로 그러하다.

나 자신의 그릇된 윤리에서 비롯된 이기주의가 모성성을 거치게 되면, 시인의 의식 세계는 한 단계 질적 변화를 겪게 된다. "나에게만 한눈 팔고 살아온" 이기성이 이타성으로 새롭게 태어나게 되는 계기를 마련하는 것이다. 이런 변신을 통해서 시인은 이전과 전혀 다른 새로운 윤리적 감각을 확보하게 된다.

> 돌담 넘어 오세요 칡뿌리 캐먹고 자란 놈이라 칡뿌리에 덕지덕지 묻은 흙까지 먹고 자란 놈이라 금 덩어리는 없어도 마당은 서너 평 있습니다 국화든 쑥이든 가리지 않고 자라는 흙 마당 서너 평 있습니다 구멍 숭숭 돌담 넘어 오세요 산골짝 물 떠먹고 자란 놈이라 진달래로 배 채우며 자란 놈이라 입은 없어도 불은 한 자루 있습니다 누구의 등도 데우지 않은 숫총각 불잉걸 한 자루 있습니다 집 없는 산들바람 낙태한 달 족보 없는 돌배나무 모두 넘어오는 돌담 훌쩍 넘어 오세요 내 구들장에 안기면 딱 사흘만 안기면 새순 돋아납니다 고사목 같은 당신의 복사뼈에도 새순 돋아납니다 두리번거리지 마세요 그냥 넘어 오세요
>
> ―「촌놈」 전문

이제 서정적 자아는 자아 혼자만의 고립된 상황에 갇혀 있지 않다. 통렬한 자기 반성의 근원이었던 자기만의 감옥으로부터 벗어나 있는 까닭이다. 그의 시선과 관심은 자신으로부터 벗어나서 대(對)사회적인

것으로 나아가게 된다. 이 작품에 이르면 이런 자아 변신이 결코 우연의 정서에 의한 것이 아님을 알게 된다. 「나에게만 한눈 팔고 살았구나」에서 보여주었던 것과 같은 순간의 인식 전환이 아니라 그것은 지속적으로 탐색하고 자기화한 윤리적 노력의 덕택인 것이다.

자연이 매개되면서 자아와 세계의 거리는 무화되고 시인은 이렇듯 이타적 존재로 거듭 태어나게 된다. 그는 자신을 "칡뿌리 캐먹고 자란 놈이라 칡뿌리에 덕지덕지 묻은 흙까지 먹고 자란 놈"이라고 하면서 새로운 변신을 시도했다. 뿐만 아니라 "산골짝 물 떠먹고 자란 놈이라 진달래로 배 채우며 자란 놈"이라고도 했다. 자신을 인위적인 요소가 배제된, 자연과 하나된 존재로 사유하고 있는 것이다. 이렇게 거듭난 존재는 스스로의 승화나 존재 초월에 그치지 않고, 그 너머의 것들에까지 새로운 생명을 불어 넣는 절대적 위치에까지 올라서게 된다. 그렇다고 스스로에 대해서 현실을 초월한 존재, 신적 존재로 위계화시키고자 하는 것은 아니다. 만약 그러하다면 이는 자신이 추구하는 시의 방향과도 모순될 것이다. 그는 단지 불구화된 존재, 소외된 존재들에게 새로운 삶의 영역을 적절하게 부여하는 존재가 되고자 할 뿐이다.

자연과 하나가 된다는 것은 어떤 경계를 만들지 않는다는 뜻이다. 경계란 층위의 세계이며 위계를 만들어내는 단절이다. 근대가 인간에게 부여한 가장 불온한 요소도 이 경계에서부터 시작되었다. 그것은 자연에 대한 기술적 지배뿐만 아니라 물화된 현실을 만들어내기도 했고, 서로에 대해서 감시하고 처벌하는 그물망을 던져두기도 했다. 시인이 현존하는 삶의 체계를 거미줄로 인식한 것은 이 때문인데, 가령 "거미줄 세상이다 거미줄을 통해 사랑하고 거미줄을 통해 밥을 번다 거미줄로

목을 묶어 살인을 하고 거미줄로 함정을 만드는"(「거미줄」) 것이 지금 여기의 현실이라는 것이다. 그러나 칡뿌리와 거기 달라붙은 흙까지 먹은 자신은 그런 거미줄의 세계로부터 자유로운 존재로 새롭게 변신한 터이다. 그렇기에 그는 거미줄의 세계를 인지하고 그 사슬로부터 벗어난 세계가 무엇인지 알고 있다.

> 사흘 춥습니다 바람에서 매운 무맛이 납니다 지난 가을에 씨 뿌린 겨울배추 시금치 바짝 엎드려 있습니다 알몸에 서리 눈망울 또렷합니다 물의 찌끼만 남은 노년의 시래기들 난민처럼 흩어져 있습니다 수직의 삶은 여기 없습니다 수직의 삶이 기어오를 벼랑도 수직의 삶이 바라볼 만년설 이고 있는 산정도 여기에는 없습니다 삶을 수직으로 밀어 올릴 끓는 물도 여기에는 없습니다 이곳에는 수평의 삶들 벼 그루터기같이 총총히 박혀 있을 뿐입니다 이들 마구 그림자 늘여도 붉은 흙 따뜻하고 넉넉할 뿐입니다 늘 혼자인 당신의 그림자 포근히 깃들일 가슴 하나 먼 산 너머 바라보고 있을 뿐입니다
>
> —「이곳에는」 전문

시인이 보는 수직의 삶이란 위계가 지배하는 구조에서 발생한다. 흔히 회자되고 있는 갑과 을의 관계가 그러하다. 그러나 흙과 일체화된, 새롭게 변신을 시도한 시인이 거주하는 곳은 그러한 위계로부터 자유로운 장소이다. 여기에는 삶을 수직적으로 만드는 권위나 욕망이 작동하지 않는 수평적 세계이다. 오직 평등의 삶들이 벼 그루터기마냥 총총히 박혀 있을 뿐이다. 수평의 세계란 하나의 사물 위에 다른 사물이 존재하지 않는 곳이며, 소위 갑과 을의 관계가 형성되지 않는 곳이다. 근

대성의 과제 가운데 하나가 삶의 개선된 조건을 문제 삼는 것이라면 이런 발상은 매우 참신한 것이라 할 수 있다. 그것은 모든 사람들에게 동일한 가치와 존재 의의를 부여하고자 했던 백석의「모닥불」을 연상시키는 것이기도 하다. 백석은 이 시를 통해서 근대적 현실에서 모든 대상들에게 동일한 가치를 부여하려고 했다. 이런 상상력은 이중도에게도 동일하게 펼쳐진다. 수평 혹은 평상의 사상이 바로 그것이다. "모든 사람들이 들락거리는 평상 하나가 이놈의 이념입니다"(「평상」)이라는 수평의 사상은 백석의 '모닥불' 사상과 견줄 수 있는, 이 시인이 발굴해낸 득의의 영역이 아닐 수 없다.

3. 사물의 발견과 근대적 삶의 조건

송찬호의『분홍 나막신』은『고양이가 돌아오는 저녁』의 연장선에 놓인 작품집이라 할 수 있다. 동일 선상에 있다는 것은 분명 이를 관통하는 사유나 사물에 대한 인식이 비슷하다는 뜻도 될 것이다. 흔히 형식이나 내용의 국면 가운데 어느 하나가 유사하게 적용될 수 있다면 동일성의 구현으로 치부하게 마련인데,『분홍 나막신』은 이전 시집과 비교할 때, 이 모두를 아우르고 있는 경우이다.

우선『분홍 나막신』의 가장 큰 특색 가운데 하나로는 사물에 대한 정확한 인식을 꼽을 수 있을 것이다. 실상 시인치고 관념 편향적인 성향을 갖지 않은 바에야 사물을 모호하고 추상적인 대상으로 묘사하지 않을 것이지만, 송찬호의 경우 예전에는 이런 경향으로부터 자유롭지 않은 것이 사실이었다. 그런 의장이 대상에 대한 구체적인 묘사보다는 창조적인 묘사로 치우치게 했는데, 특히 자연에 대한 새로운 묘사와 창조적 인식은 목월의 그것을 뛰어넘는 수법이었다는 점에서 주목을 끈 바 있다. 그런 의장들이 『분홍 나막신』의 경우에서도 어느 정도 나타나 있긴 하지만, 그러나 사물을 대하는 방식은 이전과 전연 다르다고 할 수 있을 것이다. 그 가장 중요한 특성 가운데 하나가 사물에 대한 구체적인 인식과 거기서 얻어지는 올곧은 사유이다. 이 시집을 여는 작품인 「금동반가사유상」은 『분홍 나막신』에서 추구하는 시의 방향성이 어디에 있는가를 잘 보여주는 사례라 하겠다.

멀리서 보니 그것은 금빛이었다
골짜기 아래 내려가보니
조릿대 숲 사이에서
웬 금동 불상이
쭈그리고 앉아 똥을 누고 있었다

어느 절집에서 그냥 내다 버린 것 같았다
금칠은 죄다 벗겨지고
코와 입은 깨져
그 쾌변의 표정을 다 읽을 수는 없었다

다만, 한 줄기 희미한 미소 같기도 하고 신음 같기도 한 표정의
그것이
반가사유보다 더 오래된 자세라는
생각이 잠깐 들기는 했다
가야 할 길이 멀었다

골짜기를 벗어나 돌아보니 다시 그것은 금빛이었다

　　　　　　　　　　　　　　　　—「금동반가사유상」전문

　이 작품의 중심 소재는 버려진 금동반가사유상이지만, 시의 중요한
의장은 소위 시선에 놓여 있다. 특히 작품 속에 펼쳐지고 있는 원근법
은 이 시인이 직조해내는 작품의 구성 원리가 무엇인지를 잘 말해주는
대목이라 할 수 있을 것이다. 멀리서 관찰된 금동반가사유상은 '금빛'이
지만, 가까이서 보면 그것이 아니다라는 인식이야말로 이 작품의 핵심
포인트가 아닐 수 없다. 멀리서 본 아름다운 금빛의 그것이 "금칠은 죄
다 벗겨지고/코와 입은 깨져/그 쾌변의 표정을 다 읽을 수는 없었을" 정
도로 아주 형편없는 존재로 시인 앞에 놓여 있기 때문이다.

　실상 사물의 정확한 묘사는 이런 피드백의 과정 없이는 불가능할 뿐
만 아니라 가능하다고 하더라도 피상적인 수준을 넘기 어려운 것이 사
실이다. 대상에 대한 본질적인 접근과 묘사는 구체성과 추상성의 팽팽
한 긴장 관계에 의해서만 그 실체가 정확히 드러나는 까닭이다. 대상
에 대한 정확한 묘사가 모더니즘의 한 갈래인 이미지즘의 속성을 그대
로 드러내 보이는 것이지만, 그러나 시인의 경우에는 기왕의 그러한 수
법과는 매우 다른 지점에 놓여 있다. 사물에 대한 정확한 묘사라는 점
에서 이미지즘의 수법을 따르긴 하지만, 시인은 그것을 행이나 연과 같
은 지엽적 차원의 수준에서 만들어내고 있지 않기 때문이다. 작품 전
제를 통해서 사물에 대한 새로운 인식을 하고 있는데, 이를 두고 구조
적 이미지즘이라고 부르는 것이 가능하지 않을까. 물론 이런 유의 수법
이 일반화되어 있는 것은 아니다. 이미지즘의 기수였던 김광균이나 정

지용, 김기림 등의 경우에서도 이런 의장은 흔히 구사되지 않았기 때문이다. 송찬호는 사물에 대한 본질적 접근을 하되 이를 새롭게 바라보는 차원에서 이미지즘의 수법을 도입하는 것이 아니라 이를 관계의 맥락, 곧 구조의 맥락에서 사물을 새롭게 응시하고 있다. 곧 원관념과 보조관념의 관계망에서 형성되는 이미지의 구조성이 아니라 사물 자체를 정확히 사유하는 방법으로 이미지를 구현하고 있는 것이다. 이런 의장은 전통적인 이미지즘을 뛰어넘는 것이면서 이 시인만이 구사하는 독특한 형태의 사물 인식 방법이라 할 수 있을 것이다.

이러한 응시 속에서 시인이 얻고자 하는 사유 또한 이전 시집의 시세계와 분리하기 어렵게 얽혀 있다. 그렇다고 『고양이가 돌아오는 저녁』에서 말하고자 했던 시의 음역과 동일한 것이라고는 할 수 없다. 사물에 대한 인식 방법과 거기서 사유되는 의미의 층위가 전연 다른 까닭이다. 이 시인의 서정적 거리는 내적인 것보다는 외적인 것에서 기인한다. 특히 초기부터 시인이 꾸준히 문제 제기를 했던 것이 소위 근대성에 관한 것이었다. 인간답게 살기 위한 것이 근대성의 기본 과제라고한다면, 시인은 그러한 삶을 제한하는 요인들에 대해서 항상 집요한 질문을 던져왔기 때문이다.

나는 한때 이슬을 잡으러 다녔다
새벽이나 이른 아침
물병 하나 들고
풀잎에 매달려 있는 이슬이란 벌레를

이슬이란 벌레를 잡기는 쉬웠다
지나간 밤 꿈이 무거운지
어디 튀어 달아나지 못하고
곧장 땅으로 뛰어내리니까
그래도 포획은 조심스러웠다
잘못 건드려 죽으면
이슬은 돌처럼 딱딱해지니까

나는 한때 불과 흙과 공기의 조화로운 건축을 꿈꿨으나
흙은 무한증식의 자본이 되고
불은 폭력이 되고
나머지도 너무 멀리 있는 공기의 사원이 되었으니
돌이켜 보면 모두 헛된 꿈

이슬은 물의 보석, 한번 모아볼 만하지
기껏 잡아놓은 것이
겨우 종아리만 적실지라도
이른 아침 산책길 숲이 들려주던 말,
뛰지 말고 걸어라 너의 천국이 그 종아리에 있으니
—「이슬」 전문

시인이 꿈꾼 것은 "불과 흙과 공기의 조화로운 건축"이었다. 시인에게도 모더니스트들이 희구했던 조화로운 세계가 궁극적인 유토피아였던 것이다. 그러나 그러한 꿈은 "흙이 무한증식의 자본이 되고", "불은 폭력이 되"면서 좌절되고 만다. 흙과 불이 이렇게 불온한 것의 상징이 되어버린 것은 근대가 뿌린 욕망의 문제를 떠나서는 성립하기 어려운 것이다. 근대에 대한 시인의 불신은 "식은 쇳덩이"(「북쪽 사막」)가 어지럽게 널려 있는 지금 여기의 현실에서 잘 구현되어 있다. 그리고 그러한 쇳덩이를 구축해낼 대안으로 "야만과 광기"를 내세운다. 이런 비이성적 사유에 대한 경도가 푸코적 사유로부터 자유로운 것은 아니며, 따라서 시인의 사유 또한 근대성 맥락 속에서 끊임없이 피드백되고 있음을 알 수 있다.

"광기와 야만"에 대한 그리움이 이전 시집에서 펼쳐 보였던 창조적 자연이나 허구적 자연과 분리되는 것은 아니다. 그러나 『분홍 나막신』이 구현하는 세계는 그런 추상성이 아니라 구체적인 자연에서 탐색된다는 사실이 다른 경우이다. 이는 『분홍 나막신』이 얻어낸 성과가 아닐까 한다. 시인은 이제 근대적 삶에 대한 조건을 이야기하면서 가공의 자연에 더 이상 기대지 않는다. 사물에 대한 구체적인 인식을 통해서 근대가 나아가야 할 통로를 가열차게 열어가고 있는 것, 그것이 『분홍 나막신』이 보여준 시적 성취일 것이다.

박카스 빈 병은 냉이꽃을 사랑하였다

신다가 버려진 슬리퍼 한 짝도 냉이꽃을 사랑하였다

금연으로 버림받은 담배 파이프도 그 낭만적 사랑을 냉이꽃 앞에 고백하였다

회색 늑대는 냉이꽃이 좋아 개종을 하였다 그래도 이루어질 수 없는 사랑에 긴 울음을 남기고 삼나무 숲으로 되돌아갔다

나는 냉이꽃이 내게 사 오라고 한 빗과 손거울을 아직 품에 간직

하고 있다

　자연에서 떠나온 날짜를 세어본다

　나는 아직 돌아가지 못하고 있다

— 「냉이꽃」 전문

　근대에 대한 시인의 불신은 삶의 조건이 파괴된 데에 따른 것이다. "왜 삶은 나아지지 않았는지/근대는 왜 망가졌는지"(「불의 가족」)에 대한 회의를 통해서 시인은 지금 여기의 위기를 인식하고 이를 개선할 방법에 대해 고민을 거듭하고 있다. 그 대안 가운데 하나가 정신분석학적 국면에서 빚어지는 모성적 상상력에 기댄 것도 있지만(「저수지」), 인용시의 경우에서 보듯 자연의 통합적 상상력에 의지한 경우가 대부분이다. "박카스 빈병"이나 "슬리퍼 한 짝", "담배 파이프" 등등은 모두 "냉이꽃"으로 수렴되는, 아니 그것에 의해서만 치유될 수 있는 운명을 지닌 대상들이다. 이 냉이꽃이 자연임은 당연한 일이거니와 이런 구체성은 『고양이가 돌아오는 저녁』의 추상적 자연과는 분명 상이한 부분이다. 구체적인 자연물을 통해서 그의 근대적 사유는 이렇듯 이번 시집에서 또 다른 여정으로 나아가고 있는 것이다. 그는 이제 구체적인 자연을 향한 치유의 거보를 내딛고 있는 것이다.

〈필내음〉과 생명 중심의 시학

1. 동인지와 〈필내음〉 동인의 시

동인지의 의의는 여러 가지 측면에서 지적할 수 있으나 그 가운데 가장 중요한 것은 비슷한 성향의 시인들이나 동일한 직업군의 사람들이 모여서 자신의 경험담을 시로 승화시키는 일이다. 뿐만 아니라 동일한 문학관을 가진 시인들이 자신의 시세계를 집중적으로 표현함으로써 문단의 주류로 우뚝 서는 선도적 역할도 그것이 갖는 의의라 할 것이다. 가령, 과거 한국 근대시사를 이끌었던 구인회라든가 시문학파, 생명파, 청록파 등등이 그 대표적인 본보기들이다. 또한 동인회의 활동은 발표지면의 부족 현상을 메울 수 있는 좋은 대안이기도 하다. 여러 동인들에게 골고루 작품 활동의 기회가 주어짐으로써 문단 활동을 수월케 하는 긍정적인 역할을 하고 있는 것이다.

〈필내음〉은 우리 문단에서 보기 드문 전문가 집단의 시인 그룹 동인회이다. 이들은 모두 의사 출신이라는 직업적 공통점을 갖는다. 지금 여기 한국 문단에서 이렇게 특정 직업군이 모여서 동일한 체험과 시 세계를 가지고 서정시를 창작하는 사례는 매우 드물다. 따라서 이러한 사실만으로도 이 동인회의 일차적 의의를 찾을 수 있을 것이다.

그리고 이들 시인들은 어떤 특이한 사조나 사상을 표면적으로 내세우지 않는다. 가령, 형식적인 국면에 초점을 둔 해체시의 형식이나 어떤 특정 사상을 추구하는 편내용주의의 경향을 이들의 작품에서는 찾아보기 힘든 것이다. 곧 내용과 형식 모두에서 이들의 시세계는 특정한 지향점을 추구하지 않는데, 그렇다고 동인들의 작품 세계가 그저 그런 형식이나 내용만을 가지고 작품화하지도 않는다. 이들도 그 나름의 독특한 문학 경향을 갖고 있다. 이들 시인에게는 다른 어떤 집단에서 쉽게 찾아볼 수 없는 독특한 의장들이 드러나는데, 이를 두고 생명성의 시학으로 규정하고 싶다.

이들에게 표명되는 생명성이라든가 인간성의 문제는 이 시대의 화두라고 할 수 있을 만큼 매우 중요한 부분을 담당하고 있다. 이들에게서 이런 지향성이 드러나는 것은 이 동인들의 성향과 무관하지 않다고 하겠다. 〈필내음〉 동인들은 모두 의사 출신의 시인이다. 의사란 무엇인가. 생명의 경외성을 앞에 두고 어떤 타협도 하지 않는 인간주의자들이 아니겠는가. 이런 성향에서 볼 수 있듯이 이들 시에서 드러나는 주요 특징들을 살펴보면 모두 인간 중심주의, 생명 중심주의의 사상을 엿볼 수가 있다. 뿐만 아니라 이들 작품들에서는 일상의 사소한 현상이나 자연의 법칙 속에서도 그 저변에는 그러한 사상들이 알게 모르게 깔려 있음을 보게 된다.

따라서 〈필내음〉 동인들이 지향하는 시세계는 인간 중심의 시학 혹은 생명 중심의 시학이라고 명명해도 크게 틀린 것 같지는 않다. 이들 시인들이 추구한 이러한 정언명령을 초지일관해서 추진해 나아갈 때, 한국 현대시사에서 전문가 집단만이 할 수 있는, 생명 중심주의라는 큰 획을 만들어낼 것을 믿어 의심치 않는다.

2. 개별 시인들의 작품론

삼남으로 가는 관문이며
서울로 가는 등용문
신발에 끌려온 이력과

신발을 끌고 온 편력
여기 내려 놓는다

옥신각신 발바닥에 새긴 펜촉같은 티눈
까치발로 까치발로 살아온 역마살이다

— 송세헌, 「대전역 구두병원」 전문

삶이란 정처 없는 것이다. 그럼에도 일정 정도의 시간이 되면 그런 흔들림을 정주시켜야 할 순간이 온다. 인생에 대한 뼈저린 성찰의 시간이 그러한데, 이러한 행위는 보통 삶의 정점에 해당하는 회갑 전후의 시기에 많이 이루어진다. 시인이 꼭 그러한 때가 되었다. 그리하여 그 자신이 반추한 삶이란 구두와 같은 것임을 인식하기에 이른다. 인생을 구두에 비유한 것은 매우 참신한 것이거니와 그러한 인생의 때를 벗기기 위한 인식소를 구두병원으로 설정한 것도 매우 이채로운 경우이다.

이 작품은 일상의 힘에 의해 짓눌린 삶의 흔적을 '펜혹같은 티눈'으로, 곡마단의 줄타기와도 같았던 인생을 '까치발'의 상상력으로 풀어냄으로써 인생이 결코 녹록한 것이 아니었음을 감각적으로 일러주고 있다. 지나온 삶을 발바닥에 켜켜이 묻은 인생의 때로 되살려냄으로써 이를 성찰해보고, 그 의미를 서정의 폭과 깊이를 통해 더욱 심화시킨 것이 이 작품이 갖는 매력이라 할 수 있을 것이다.

높이, 더 높이
넓게, 넓게 더 넓게
하늘은 끝이 없는 거야
그 너머로 내가 있었지

고요와 적막은 외롭지 않아
해질녘 초승달은 희미해지면
어깨 너머 샛별과
긴 이야기, 먼 옛날 밤새 하던
어두워지는 밤이었지

이제 동무들은 없고
달은, 별은 엊그제 지고 또 어제 져도
연은
홀로 산을 넘고 바다 건너 마냥 간다
붉게 타오르는 수미산 등어리에
한 점 먼지가 되어 사라질 때까지

인연은 애련이 되어
끊으면 괴롭고 묶으면 아프고 가련한 것

끊어라
정월 보름달 연줄을 끊듯
속이고 뽑낸 찰라들은
한 점 새가 되어 날아가려니
붉게 타오르는 서쪽으로

— 김옥년, 「연(鳶) 3」 전문

연은 새와 더불어 비상의 이미지를 대표하는 상관물이다. 그것은 무한히 날고자 하는 속성을 지니고 있지만, 그러나 그런 자유의지는 그것에 얽매여 있는 끈이라는 그물 때문에 쉽게 좌절하기도 한다. 곧 비상성과 구속성이 팽팽한 긴장 관계를 이루면서 연의 의미망을 형성하고 있는 것이 이 작품의 매력이다. 시인은 그러한 연의 속성을 인생의 그것과 유비시키고 있는데, 자유와 구속의 점이 지대에서 방황하는 연이야말로 삶의 모순과 비슷하다는 것이다. "인연"은 "애련"인데, 이 오욕칠정의 질긴 끈들은 쉽게 무화되지 않는다. "끊으면 괴롭고 묶으면 아프고 가련한 것"이기 때문이다.

실상 이런 긴장관계로부터 벗어나는 것이 인생의 가장 큰 목적이겠지만, 그러나 그것은 어디까지 신성의 영역에서만 가능할 뿐이다. 그럼에도 인간은 이를 향한 도정을 멈추어서는 안 된다. 그리하여 그것이 선험적 거리로 닫혀 있다고 해도 이에 좌절하지 않고 끊임없이 나아가서 도전해야 하는 것, 그것이 인간의 슬픈 운명이다. 이 작품은 그러한 운명을 연이라는 매개를 통해서 적절히 풀어냈다는 점에서 매우 의미 있는 작품이라 하겠다.

> 뒤척이는 밤 파도
> 화폭에 잠재우고 나면
>
> 배경이 외로운 꽃 속에
> 접어둔 가을─
>
> 떠날 사람 떠나고
> 추억 한 점
> 눈물로 남는데
>
> 시인과 화가를 꿈꾸었던
> 그대와 나─
>
> 바람 같은
> 시간의 숲을 지나
> 지금 여기 머물러
> 정박중─
>
> ─ 조석현, 「송인헌전─추억이 있는 풍경」 전문

예술의 특성 가운데 하나는 상상력의 작용이다. 상상력은 체험과 반대되는 것이면서 또 겹치는 정서이기도 하다. 특히 상상력을 유발하는 그 간접 체험이야말로 이를 촉진시키는 주요한 의장이 될 것이다. 조석현의 이 작품은 풍경화를 통해서 얻은 상상력을 기반으로 하고 있는 시이다. 시인은 화가의 그림 속에서 추억을 자맥질하고 이를 통해 자신의 체험이랄까 경험을 오버랩시킨다.

물론 이런 정서적 행위가 그림을 통해서 추동된 것임은 의심할 여지가 없다고 하겠다. 시인은 풍경화 속에서 인생의 참 의미를 되새긴다. 그림이란 공간적 특성을, 인간의 삶은 시간적 속성을 갖는다. 그럼에도 인간의 흔적인 추억은 과거 속에서만 존재한다. 따라서 그것은 무시간성이며, 또 다른 공간화의 양식이라 할 수 있다. 시인은 그림이라는 공간성을, 추억이라는 공간성에 덧씌움으로써 지나온 흔적을 반추하고 이를 다시 현재화시키는 수법을 보여주고 있다. 삶이란 회억의 공간이며, 인간은 그런 추억을 되새기며, 삶을 반추하는 존재라는 것이다.

사람들은 이제 모두 나비가 되려나보다
나뭇가지처럼 뻗은 골목 구석구석
회가 마련되고, 그 위에 다닥다닥
고치 같은 방마다
고단한 몸을 겨우 들여놓고
비상의 긴 꿈을 꾼다
몇 잠을 더 자야만 나비가 되려는지
원룸 세놓습니다
그 속에서 부화되어 나간 나비는
지금 어디로 날아갔을까?

— 김승기, 「방」 전문

방은 이곳과 저곳을 차단하는 벽으로, 세상과의 단절을 의미하는 폐쇄적인 공간으로 의미화된다. 그러나 방은 그런 폐쇄성뿐만 아니라 잉태의 공간, 생명의 공간이라는 측면에서 모성적인 상상력으로 풀이하기도 한다. 김승기 시인이 이 작품에서 말하고자 하는 방은 후자에 가까운 것이다. 그는 이곳을 생명의 공간이나 성숙의 공간, 혹은 변신의 공간으로 인식한다.

그리고 이 방에서 새로운 존재의 전환을 이루고자 하는 주체를 나비로 구상화한다. 방이 존재의 전이를 매개한다는 점에서 보면, 이런 비유법은 매우 참신한 것이 아닐 수 없다. 그리고 그 변화의 궁극을 나비로 형상화한 것도 매우 적절한 의장으로 보인다. 나비야말로 갇힌 방에서 벗어나 새로운 지대로 날아갈 수 있는, 비상의 이미지를 표명하는 가장 적절한 매개이기 때문이다.

어제 현충일
하루종일 못 떼우느라
허리는 끊어지고
머리가 쪼개지게 아파서
농사 못해 먹겠다는
갓 귀농한 여인에게
주사 찌르는데

학장시절 모내기
몇 차례 못질에 몸살
못박기는 진땀 나고 피보는 일

평생 논밭에 살다 가신
아버지 어머니 생각나

청청 하늘을 바라보다
감히 신의 손바닥 그려보는

— 권주원, 「못 3」 전문

　　권주원의 「못3」은 효도를 주제로 삼고 있다. 실상 효의 근본 의미가 무엇이고, 그 실천이 어떤 경로를 통해 이루어지는가에 대해서 올바른 정답을 내리기는 쉬운 일이 아닐 것이다. 그것은 다양한 방식과 태도, 의식으로 실천될 수 있는 모양새를 취하고 있기 때문이다. 시인은 그것에 이르는 도정을 색다른 체험을 통해서 일궈내는 서정의 힘을 보여주고 있다. 가령 요즈음 유행 비슷한 무엇이 되어버린 귀농의 과정 속에서 이를 읽어내고 있기 때문이다.

　　귀농은 도시 생활의 피로와 은퇴 생활의 여유라는 낭만적 동기에서 이루어지고 있지만, 현실은 생각만큼 그리 만만한 것이 아니다. 전혀 체험해보지 못한 육체적 노동과 정신적 고통이 이 과정 속에 수반되어 나타나기 때문이다.

　　시인은 이들의 귀농과 그 육체적 고통 속에서 부모의 생을 추억한다. 그들의 지난한 삶을 통해서 자신의 부모가 겪었을 동일한 체험을 현재화시키고 있다. 그러한 과정 속에서 자식에 대한 그들의 사랑, 그에 따른 부모 사랑을 떠올리면서 효의 현재적 의미를 반추하고 있는 것이다.

하필 그날이다.
아직
생 살 잎사귀 툭툭 꺾어내는
가을비 내리는 날.

318

속옷 틈으로 스미는 빗물
허허롭다.

남은 것이 언제인가?
또 하나
뚝 꺾어내는 그날.

비 오는
시월의 날.

—이정구, 「하필」 전문

이 작품을 지배하는 기본 정서는 우연의 감각이다. 시인은 비가 오는
날 갑자기 생살 잎사귀가 무참히 꺾이는 것을 보게 된다. 그리고는 자
신의 옷 틈으로 스며드는 빗물 또한 보게 된다. 비가 오는 것도 그러하
지만, 그러한 비를 맞고 "생 살 잎사귀 툭툭 꺾어내는" 가을비 또한 우
연적인 상황에 기대고 있다.

늘상 있어온 자연의 법칙임에도 불구하고 그것이 지금 이 시간에는
우연의 어떤 것으로 감각되는 것은 무슨 이유에서일까. 역사나 사회,
혹은 사건 등은 대개 필연 속에서 이루어지는 경우가 대부분이다. 그
럼에도 우연에 의해서 수많은 경우의 수들이 생길 수 있다는 사실 또한
무시할 수 없는 것이 현실이다. 시인이 의도하는 것은 아마 후자의 감
각일 것이다. 따라서 이 시는 우리 주변에서 흔히 볼 수 있는 우연의 사
건을 통해서 인생의 의미, 우주의 법칙을 읽어내고 있다는 점에서 의미
있는 작품이라 하겠다.

들여다 본다
가만히
너의 눈으로 나를 본다

귀 기울인다
조용히
너의 귀로 나를 듣는다

이렇게
마주 서

나의 눈으론 보이지 않는
나를 본다

나의 귀로는 들리지 않는
나를 듣는다

— 김명수, 「거울 2」 전문

한국 근대시사에서 일찍이 거울의 상상력을 통해 자아를 인식한 경우로 이상을 꼽을 수 있다. 그는 서로 화해 불가능한 자아들의 대결을 통해서 존재의 의미를 탐색하고자 한 최초의 시인이다. 김명수 시인의 경우도 거울을 매개로 자아를 탐구하고 있다는 점에서 이상의 그것과 매우 닮아 있다.

그러나 이상이 현실적 자아와 이상적 자아 사이에 놓인 간격에 대해 주목했다면, 김명수 시인은 그보다는 대화에 주목하고 있는 경우이다. 그는 대결이 아니라 화해 내지는 모색의 과정에서 이 두 자아 사이의 관계를 모색하고 있는 것이다. 이른바 대타 의식에 의한 자아 찾기가 그것인데, 이런 응시법이야말로 존재의 의미를 모색하고, 규정하는 데 있어서 가장 적절한 의미법이 아닐까 한다. 대상이란 양극단에 놓인 시야에 의해서만 정확한 응시와 이해가 가능하기 때문이다.

상가가 철시한다고
다 떠나는 것은 아니다
점포 앞 좌판 노인은
간간히 등을 기대
떠나지 않은 먼지들을 위로 한다
감사함에 보답하듯
먼지들은 노인의 머리 위에 앉아
세월을 낚고

굳게 닫힌 문 사이로 오늘은
바람이 분다
나사 풀린 의자와 금 간 진열장
그 사이 작은 햇살 하나가 통화를 한다
쉽게 떠나지 않고 자리를 지키는 것이
부족한 사람들만의 몫은 아니라고
아주 작게 하얗게
소곤거리고 있다

—박권수, 「점포정리」 전문

박권수의 「점포정리」는 아름다운 시이다. 이런 감각은 물리적인 사실보다는 정신적인 아우라 속에서 형성된 것이다. 그의 아름다움은 정신의 영역에 놓여 있는데, 그가 이런 상상력을 하게 된 동기는 일상의 작은 사실에서이다. 점포 정리란 처연함이 전제되지 않고서는 성립하지 않는 행위이다. 거기에는 무언가 흥하지 못한 결핍의 정서가 그 밑바닥에 깔려 있기 때문이다. 그렇기에 점포 정리의 입간판이 붙은 공간에 발을 들여놓을 때, 싼값에 물건을 살 수 있다는 정서보다는 안타까움이나 서러움의 정서가 먼저 스며들기 마련이다.

그런데도 시인의 상상력은 그런 부족함이라든가 아픈 상처에 놓이지 않고 이를 적극적, 긍정적 정서로 바꿔놓는 데 그 강점이 있는 경우이다. 마치 폐허 속에서 피어난 아름다운 꽃처럼 따뜻한 햇살이 전해오는 부드러운 속삭임이 이 아픔을 어루만지고 있는 것이다. 세세한 항목들에 주목하면서도 이 틀에 가두어두지 않고 이를 반전의 아름다움으로 선화시키는 것, 그것이 이 작품의 매력일 것이다.

어느 날 갑자기 솟아오른 너는
족보에도 없는 사생아

살아가는 것이 힘겨워
굴곡진 모습이 이럴까

긴 하루에
말라비틀어진 꽃망울처럼
구겨진 네 모습

네가 나에게 오던 날
꽃들은 만개하고
바라만 보아도 좋았는데

잔인한 시간의 장난에
아픔을 안고 살아가기엔

너무나 먼 길
너와 내가
하나가 되어
웃음 지을 때

창밖의 하늘은 한없이 맑다

— 김기범, 「치질(痔疾)」 전문

인간의 신체에서 불필요한 부분 가운데 하나가 치질이다. 그것은 질병이면서도 또 아닌 듯한 이중적 성격을 갖는다. 인간을 하나의 완벽한 유기체라고 한다면, 치질은 분명 필요 없는 부분이다. 그렇기에 그것은 "어느 날 갑자기 솟아오른" "족보에도 없는 사생아"가 되는 것이다. 족보라든가 사생아라고 하는 것은 일탈의 감각 없이는 성립 불가능한 것이다. 그럼에도 그것은 엄연히 신체의 일부이기에 도외시하거나 배제되지 않는다. 문제는 그런 일탈의 감각을 어떻게 감싸 안아서 신체의 일부, 혹은 자신의 일부로 만들어야 하는 데 있을 것이다. 뿐만 아니라 이런 상상력을 신체 너머의 지대까지 확대하게 되면, 사회의 영역으로까지 확대시킬 수도 있을 것이다.

사회라면 응당 존재할 수밖에 없는 이질적 요인들이 그것인데, 만약 이러한 이질성을 동질화의 영역으로 전이시키지 못한다면, 갈등이라든가 분쟁, 경우에 따라서는 폭력이나 전쟁 같은 위악적 결과도 피할 수가 없을 것이다. 그러므로 이런 이질성들도 하나의 영역으로 포섭되어 동질화의 길로 나아가야 한다. 시인이 치질이라는 이질적 신체와의 조응과 만남을 원망하는 것은 이 때문이라 할 수 있다. 사소한 일상의 현실에서 사회라는 보편의 영역으로 그 의미망을 확대해서 직조한 것이 이 작품이 갖는 매력이 아닐까 한다.

> 움직이면 쉬고 싶어진다
> 조금 앉아있으면 걷고 싶어진다
> 잠시 잠깐이면 또 담배가 피고 싶어진다
>
> 해가 진다
> 해가 언제부터 저리 지고 있는데...
>
> 침대에서 뒤척이는 것은 지겨운 일,
> 지칠 때까지 밖에 있다 돌아가야지
> 지금은 저 집으로 돌아가지만....
> 낮 달이 날 쳐다보고 있다
> 달은 높이 떠 있다
> 새 한마리 겨운 모습으로 날고 있다
>
> 또 한 마리 새, 어디로 가는 것이냐
> 줄 지어 나는 새는,
> 우리들은, 본능을 산다
>
> ― 허동식, 「어제」 전문

인간을 규정하고 있는 개념이나 규정들은 여러 가지가 있는데, 그 가운데 대표적인 것을 꼽으라면, 아마도 본능의 영역이 아닐까 한다. 본능이 이성의 반대편에 있는 것이고, 또 계몽이나 합리화와 같은 근대성의 영역이 세력을 확장해오면서 터부시되어온 것도 사실이다. 이성이 제도화되면서 소위 비합리성의 영역들은 근대사회에서 자리를 잃어버리고 만 것이다. 그러나 근대가 좌절되면서 다시 주목의 대상이 된 것이 역설적이게도 본능이나 무의식의 영역이다. 이성 자체가 의심스러운 것이 됨으로써 이 영역이 인간을 규정하고 역사철학적인 근대의 이념에서 매우 중요한 기제로 자리 잡게 된 것이다.

이 작품이 말하고자 하는 부분도 본능의 자유로운 영역이다. 그것이 정신적인 혹은 육체적인 피로에 국한된 것이라 해도 쉼과 자유의 영역을 추구하는 것은 본능의 감각을 떠나서는 성립할 수 없는 것이다. 특히 이 작품은 그러한 본능의 의미를 새의 이미지와 연결시킴으로써 그것의 역능을 매우 효과적으로 풀어낸 작품이라는 점에서 그 의미가 있는 경우이다.

하루의 끝이
검푸른 밤하늘과 나무의 〈獨對〉
행복한 인생들은 잠들고
가여운 인생들은
별로 뜨고 달로 뜬다
나무가 세상을 대신하여
罪를 묻는다
아침을 기다리는 者
태양이 맹렬하게
저 나무를 태우니,
하늘과 하루를
정직하게 받아낸 罪

밤하늘에 나는 서다.

— 안향, 「독대(獨對)」 전문

이 작품은 인생의 참 의미가 무엇인지를 묻는 사변적 성향의 시이다. 그런데 이런 성격의 시들이 흔히 범할 수 있는 오류 가운데 하나는 내용이 지나치게 건조하다는 데 있다. 그럼에도 불구하고 인용시는 그런 형이상학적 시들이 주는 경직성과는 거리가 있다. 그것은 이 작품이 일상의 진실에서 그런 인생의 의미를 읽어내고 또 이를 잔잔한 서정으로 승화시키고 있기 때문일 것이다.

이 작품에서 말하는 일상이란 하루라는 자연의 시간이고 또 자연이라는 질서일 것이다. 시인은 나무를 의인화시켜 그러한 일상이 주는 의미, 인생의 의미에 근본 질문을 던지고 있다. "가여운 일생들은/별로 뜨고 달로 뜬다"는 사유가 그러한데, 여기에 담겨 있는 인생의 고뇌야말로 시인이 의도했던 근본 함의를 품고 있을 것이다. 밤하늘에 고고히 서서 사유할 수 있는 존재만이 인생의 의미를 진정으로 읽어낼 수 있기 때문이다.

이 생이
편하다면 왜
그 먼 곳에서
천국을 찾을까

어느 삶인 들
여기서 편하지 않듯
나에게
주어진

이 위태로운 사랑을 향해
기꺼운 마음으로
오르고 있다

　　　　　　　　— 오연옥, 「담쟁이 3」 전문

　인간은 근원적으로 억압된 존재이다. 그러한 억압의 원인이 어디에
있는가 하는 것은 전적으로 인식 주체의 주관에 달려 있을 것이다. 어
떻든 인간은 본원적으로 억압된 존재이며, 그러한 유폐된 상태로부터
탈피하기 위하여 지난한 자기 노력을 시도하게 되는 것이 인간의 필연
적 숙명이다. 이른바 유토피아 지향성이 그것인데, 인용시가 말하고자
하는 것도 여기서 찾아진다.

　시인은 그러한 과정을 담쟁이라는 식물적 상상력을 통해 펼쳐 보이고
있다. 이 식물은 향일 지향성이나 상향 지향성의 특성을 갖고 있다. 시
인의 강조점도 여기에 주어져 있다. 그는 담쟁이의 향일적 속성을 유토
피아에의 희구로 승화시키고 있는 것이다. 오른다는 것은 비상의 이미
지를 동반한다. 새와 더불어 담쟁이가 이런 이미지를 대유하고 있는데,
작가는 이런 상상력을 통해 존재론적 한계를 초월하고자 하는 강한 의
지를 표명하고 있다.

이 세상에 영원한 믿음이 있으니
그것은 오직 당신입니다
언제나 그리고 영원히 함께 있을 당신
절대자에의 경외감도
연인사이의 달콤함도

느낄 수 없는 당신이기에
나는 무한한 안정과 끝없는 희망을 찾게 됩니다.
당신의 모습은 보이지 않습니다.
당신의 음성도 들리지 않습니다.
그러나 나는 믿습니다.
당신은 영원히 나의 영혼과 함께 있음을

— 최회석, 「믿음」 전문

이 작품의 소재는 믿음이다. 서정시에서 흔히 접할 수 없는 소재를 갖고 만든 작품인데도 불구하고 낯선 느낌이 전혀 들지 않는다. 도대체 이런 친화감이랄까 친연성은 어디에서 오는 것일까. 뿐만 아니라 시인은 믿음을 "절대자에의 경외감"이나 "연인 사이의 달콤함"보다 더 상위에 두고 있다. 하지만 이는 대단한 역설이 아닐 수 없다. 절대자에의 경외감이나 연인 사이에 형성될 수 있는 달콤함이 믿음만큼 결코 지속성을 가질 수는 없기 때문이다.

사실 절대자에 대한 경외감이나 연인 사이의 달콤함도 믿음이라는 기준이 없이는 성립할 수 없을 것이다. 믿음이 없는 연인 관계라든가 절대자에 대한 경외감이란 성립될 수 없을뿐더러 궁극에는 그러한 관계들은 사상누각에 불과할 뿐이다. 이런 맥락에서 이 작품은 삶의 기본 질서이자 추진 동력인 믿음을 최우선의 가치에 두었다는 점에서 의미를 찾을 수 있을 것이고 또 그것이 없는 사회에서 흔히 벌어질 수 있는 여러 무질서와 혼돈에 대한 경계의 목소리도 담아내고 있다는 점에서 그 의미를 찾을 수 있을 것이다.

건너 방

기침 깊은 소리

기침으로 내가 벌어먹고 살 제
아버지의 오랜 기침은 폐암이었다

애들만 남기고 돌아간
아버지의 천식 어머니는 恨으로,
겨우내 어린 가장은 냉받친 한숨으로,
대물림으로 젊어 돌아간 삼촌은 삭인 설움으로,
가쁜 가슴에 찢어 터진 기침이었지만
아버지의 담배 속 기침은 짙은 미련이리라.
그 어머니와 동생을 가난에 보낸 아버지에게
기침은 농 짙은 미련이리라

못된 응어리를 녹일 수 있다면
가래처럼 퉤! 하고 내뱉을 수 있으련만

밤은 깊은데
아버지는 잠 못 들고
건너 방
기침은 더 깊어 간다

— 김대겸, 「기침」 전문

　이 작품은 시인의 개인사를 토대로 쓰여진 시이다. 개인의 독특한 체험이 서정화의 한 양식으로 스며들 수 있다는 것은 자연스러운 일이거니와 이 작품을 이끌어가는 핵심 소재 또한 기침이다. 여기서 기침은 다의적인 의미를 갖는다. 그것은 아버지에게는 암이었고, 어머니에게는 한이라는 중층적 성격을 갖는 것이기 때문이다.

뿐만 아니라 그것은 우리를 길러낸 삶의 끈이었고, 또 내가 이를 통해 생계 유지를 하는 수단이도 했다. 그러니까 기침은 나와 내 주변을 둘러싸고 있었던 삶의 총체였던 셈이다. 거기에는 모순이 있었고, 또 긍정도 있었다. 말하자면 우리와 우리 주변의 삶의 자화상이 모두 묻어나 있었던 것이다. 그런 총체성이 "밤은 깊은데/아버지는 잠 못 들고/건너 방/기침은 더 깊어 간다"라는 연속에 더욱 심화되어 나타나는 것이다. 일상에서 흔히 접할 수 있는 소재를 아름답게 서정화하고 이를 의미화시킨 것이 이 작품의 강점일 것이다.

아는 것과 모르는 것의 불확실한 경계
거기에서 늘 어지럽다
바다 위 페트병처럼
떠다니는, 때로는 침몰하는
그 경계를
바람은, 나
로부터 머언 쪽으로 자꾸 밀어 내고
고독이 대신 틈바귀를 채운다
밀린 카드 대금 납부 독촉장처럼
세상의 공식은 여전히
가혹한 활자로 가슴을 파고드는데
등호가 동일함을 담보하지 못하고,
나와 세상의 경계가 보이지 않는 것
끝내 경계를 허물지 못하는 것은
늘 덜 전개된 채 내게로 오는
세상 탓인가 미쳐
해체되지 못한 내 무지 탓인가

— 이원효, 「경계」 전문

경계란 이곳과 저곳을 구분하는 기준이면서 어느 한 곳으로 치우치지 않는 점이 지대를 말한다. 그렇기에 이곳은 중간의 지대이며 무언가 균형추를 이루는 공간이기도 하다. 마치 저울의 눈금처럼 이곳은 어느 한 곳으로 치우치지 않는다. 어쩌면 교묘한 줄타기를 하는 공간으로 구상화되는데, 오히려 그런 곳이기에 이곳은 가장 예민한 공간이기도 하다. 실상 상상력이 가장 발산되는 것도 이 경계의 지대에서 이루어진다. 여기는 열린 부분과 가려진 부분에서 추동되는 호기심이 가장 활발하게 생성되는 곳이다.

이 작품의 의도도 여기서 출발한다. 하나의 경계 속에서 더 이상 진행하지 못하는 서정적 자아의 머뭇거림이야말로 이런 경계의 상상력을 가장 잘 보여주고 있는 것이 아닐까 한다. 앎과 무지, 가능성과 불가능성, 나와 세상의 경계에서 끊임없이 줄타기할 수밖에 없는 경계의 상상력, 그것이야말로 지금 여기를 살아가는 인간들의 슬픈 숙명이 아닐까. 이 작품은 이 시대에 흔히 겪을 수 있는 이런 군상들을 경계라는 상상력을 통해서 읽어내고 있다는 점에서 매우 의미 있는 작품이라 하겠다.

늘 당당하게 문고리를 어루만져왔으나
지하실 문이 열릴 때마다
산목숨들이 죽어나가는 걸
나는 막지 못했다

서로의 성별과 나이를 벗겨낸 그들은
텅 빈 상자 안에 스스로를 욱여넣고
어둠을 반주로
적막하게 울리는 연주를 준비했을 것이다

내 손이 주워온 이 칼은
사지가 잘려나간 지휘봉이다
허공을 떼어내는 소매의 몸짓은
혈류가 누벼온 어제의 음계를 그대로 따른 것뿐이다

썩어가는 한 구 뼈마디에서
한데모인 붉은 체온이 길어 올리는 물소리를 들었다
저마다 다른 높이에서 끄집어낸 음표들처럼
중심으로부터 조금씩 멀어져가는

연주를 끝내지 못한 육체들이 나의 지휘를 기다리고 있는
여기는 실습실이 아닐지도 모른다
지친 나는 겨우 방문을 닫고 돌아와
한 구의 그림자 위에 눕는다

— 김호준, 「해부」 전문

  인간이 신의 영역에 도전하는 것은 어불성설이다. 오늘날 걷잡을 수 없이 번지는 수많은 질병들도 어찌 보면 신의 영역에 도전하려 했던 인간의 오만에서 온 것인지도 모른다. 신성성은 쉽게 부르고 접근할 수 있는 것일지 몰라도 그 본질에 육박하는 것은 불가능한 일이다. 이 작품을 이끌어가는 서정적 자아의 의도도 이 음역으로부터 자유롭지 못하다. "늘 당당하게 문고리를 어루만져왔으나", "지하실 문이 열릴 때마다 산목숨들이 죽어나가는 것 나는 막지 못했다"는 자책은 이런 한계에서 오는 정서라 할 수 있다.

  그럼에도 죽은 자는 어둠을 반주로 평온한 상태에 놓여 있다. 이는 어찌 보면 신이 남겨놓은 인간의 육체를 어찌하지 못한 나약한 인간의

한계를 말하는 것이 아닐까 한다. 인간의 육체는 신이 만들어놓은 영역에 이르기까지 인간의 손길, 곧 육체의 병을 치료하는 전문가의 손을 기다리지만, 궁극에는 지칠 따름이고 "한구의 그림자 위에 눕는다"는 결말로 나약한 존재임을 스스로 인정할 뿐이다. 이 작품은 신성이란 무엇인가, 또 이에 다가가려는 인간의 한계가 무엇인가를 묻는, 존재 탐구의 시라는 점에서 의미 있는 경우라 하겠다.

이성인가 본능인가

— 김동인의 「광염소나타」

김동인의 「광염소나타」가 발표된 것은 1930년 『중외일보』이다. 이 시대란 잘 알려진 바와 같이 이른바 문단에서 소위 전형기라 불릴 수 있는, 주조 상실의 시기였다. 1920년대는 문학 내외적으로 치열한 자기 모색의 시기였고, 문학 내적인 문제로만 국한시키더라도 문학성의 문제를 두고 방향 모색을 하던 시기였다. 특히 편내용주의와 편형식주의로 양분되는 문학 흐름이 이 시기의 주조였던바, 전자의 경우는 카프문학이라든가 계몽주의 문학이 주도했고, 후자의 경우는 모더니즘 문학이 주도했다. 따라서 「광염소나타」가 발표되던 1930년대가 지난 1920년대의 문학적 성찰과 이에 따른 새로운 모색의 시기가 되는 것은 당연한 일이었다. 이를 두고 전형기라 지칭한 것인데, 실상 이른 시기적 구분이야말로 새로운 문단의 조류와 분리하기 어려운 것이라 할 수 있다.

김동인의 「광염소나타」가 놓인 자리도 바로 이 지점이다. 1920년대를 성찰하고 새로운 문학 질서를 논의하는 자리에 이 작품이 우뚝 서 있는 것이다. 이른바 순수문학이라고 하는 것이 바로 그것인데, 김동인의 소설을 두고 본격소설이나 순수소설이라고 하는 저변에는 이런 문단사적 전환기와 밀접히 맞물린 의미가 있는 것이다. 이런 문학사적 맥락에 기대어 볼 때, 김동인의 이 작품은 이전 시기의 문학 세계와 여러 면에서 구분된다. 그중의 하나가 순수성이다. 여기서 순수의 본질적 의미가 무엇인가 하는 것을 묻는 것은 의미 없는 일이다. 비슷한 시기의 시문학파를 또 다른 준거틀로 생각할 수도 있겠지만, 그러나 「광염소나타」의 순수성이란 시문학파의 그것과도 엄연히 구분된다. 시문학파의 순수는 현실과 절연된, 그리하여 현실의 부정성으로부터 벗어나고자 하는 자의식의 발현에 의한 것이었기 때문이다. 현실과 벽을 치고 작품의 내면 속에서 순수무구한 자족적 실체를 구현함으로써 객관적 현실의 열악성을 우회하는 것이 이들이 추구한 문학의 전략이었다.

하지만 「광염소나타」는 많은 논자들이 지적한 것처럼, 이른바 계몽소설의 반대편에 놓인 것이었다. 계몽소설이 도구나 수단과 같은, 근대 예술이 금기시하는 종합예술적인 특성을 지향했다면, 김동인의 소설은 예술을 위한 예술, 곧 무목적이 합목적성이라는 근대 예술의 특성을 담지해내고 있었다. 김동인의 소설을 두고 근대 예술의 완성자라고 하는 것은 이 때문이라 할 수 있다.

그러나 예술지상주의라는 찬사에도 불구하고 「광염소나타」가 지향하는 의미의 세계를 이 영역 내에만 한정하는 것이 가능할까. 예술은 사회적 상호작용의 결과라는 지극히 뻔한 상식을 무시하고라도 이 작품을 이 틀 속에서만 해석하는 하기에는 무언가 석연치 않은 구석이 있다. 특히 주인공 백성수가 보인 일련의 행동들은 이 작품이 예술지상주의라는 한계를 벗어나기에 충분한 동기가 된다고 할 수 있을 것이다.

우선, 주인공 백성수가 작품 〈광염소나타〉를 만든 계기는 자신이 지른 불에 의해서 가능했다. 불이 가지고 있는 상징적 의미가 욕망이라는 점에서 보면, 그의 예술 행위의 일차적인 동기는 본능과 무의식과 같은 비이성의 영역에서 시도된 것이다. 특히 그러한 시도가 프로이트의 욕망 삼각형에 의해 시도되었다는 점에서 정신분석학적이며, 무의식의 전능에 기대고 있다는 점에서 반근대성의 관점에서 설명될 수 있을 것이다.

> 깊은 밤 사면은 고요한데 그 집 앞에서 잘 곳을 구하느라고 헤매던 저는 문득 마음속에 무서운 복수의 생각이 일어났습니다. 이 집만 아니었더면, 이 집 주인이 조금만 인정이라는 것을 알았더면, 저는 그 불쌍한 제 어머니로서 길에까지 기어나와서 세상을 떠나게 하지는 않았겠습니다. 분묘가 어디인지조차 알지 못하여 꽃 한 번 갖다가 꽂아보지 못한 이러한 불효도 이 집 때문이외다. 이러한 생각에 참지를 못하여, 그 집 앞에 가려 있는 볏집에다가 불을 놓았습니다. 그리고 거기 서서 불이 집으로 옮아가는 것을 다 본 뒤에 갑자기 무서운 생각이 나서 달아났습니다.

프로이트 관점에서 보면 나와 어머니 사이에 놓인 이자적인 관계를 방해하는 자는 이웃집 주인이다. 그 때문에 어머니와 일체화되고자 했던 주인공의 꿈은 완전히 무너지게 된다. 따라서 이웃집 주인은 아버지의 권능으로 표상되는 억압자이며, 어머니로 향하고자 하는 주인공의 본능을 방해하는 자이다. 그러나 불은 그러한 도정을 밝히는 열린 가능성이며, 어머니로 향하고자 하는 주인공의 의지를 인도해주는 매개가 된다. 또한 그 역동적인 힘이 주인공으로 하여금 〈광염소나타〉를 생산케한 동인이 된다.

반면 그러한 본능의 저편에 있는 이성의 영역들은 주인공의 예술 행위를 보증하는 절대 지표가 되지 못한다. 백성수의 예술 행위는 그것이 동일한 반복이라 하더라도 현실의 영역, 곧 이성의 영역에서는 가능하지 않기 때문이다.

「광염소나타」를 주도하는 에네르기는 광기이다. 백성수는 자신의 예술 행위를 지속하거나 정당화하기 위해서 지속적으로 그리고 좀 더 강하게 새로운 형태의 범죄를 만들어나간다. 방화는 기본이고, 시체 모욕, 시간, 살인 등등의 범죄를 저지르면서 자신의 예술을 생산하고 발전시켜 나가는 것이다. 실상 이런 범죄 행위들은 이성의 범주에서는 정당화되는 것이 아니거니와 윤리적 관점에서도 전연 수용될 수 없는 것들이다. 이러한 광기는 이성에 의해서 다스려지는 것이 아니거니와 교육이라는 제도에 의해서도 제어되는 것이 아니다.

> "자네게는 그러한 교육이 필요가 없어. 마음대로 나오는 대로 하게. 자네 같은 사람에게 계통적 훈련이 들어가면 자네의 음악은 기계화해버리고 말아. 마음대로 온갖 규칙과 규범을 무시하고 가슴에서 터져 나오는 대로……."
> 저는 이 말씀의 뜻을 똑똑히는 몰랐습니다. 그러나 대략한 의미 뿐은 통하였습니다. 그리하여 저는 마음대로 한껏 자유스러운 음악의 경지를 개척하려 하였습니다.

교육이나 계통적 훈련이란 제도에 속하는 부분이다. 근대 이성의 발생적 토양이 제도를 기반으로 하고 있음은 거의 상식에 속하는 일이다. 따라서 그것은 이성과 더불어 가장 근대적 향기가 묻어나는 토대라 할 수 있을 것이다.

광기라든가 무의식에 주목하여 지금 여기의 현실을 철학적으로 가장 극명하게 진단한 사람이 푸코인데, 그는 이성의 권능보다는 그 이면에 가려진 비이성의 역능들에 대해 주목했다. 비이성이 작동하는 힘들이야 말로 반근대적이며, 근대에 대항하는 가장 강력한 기제라는 것이다. 푸코의 이러한 인식성에 주목하게 되면, 이성에 대항하는 담론들이야말로 현 시대의 패러다임을 새로이 만들어가는 적극적 기제가 될 것이다.

푸코의 이러한 사유를 받아들이게 된다면,「광염소나타」를 순수 예술의 영역 내에서만 이해하는 것이 난감해질 수밖에 없다. 이 작품이 지향하는 것은 광기의 발산과 그것의 예술적 현현이다. 예술이란 광기에 의해서만 가능하다는 것이고, 이성의 영역은 그러한 광기를 제어해서 긍정적인 생산의 담론으로 승화할 수 없다는 것이 이 작품의 요지인 까닭이다.

현대사회에 들어 광기는 패배자이다. 특히 이성과 대비되는 광기야 말로 계몽이나 제도의 영역에서는 거의 정립될 수 없는 안티 담론들인 것이다. 그것에 대해 생산적인 기능을 부여하는 것 자체가 근대성의 사유로부터 일탈하는 행위이다. 그러나 광기의 부활은 이성이나 제도와 같은 담론의 붕괴를 의미하는 것이다. 이성은 더 이상 새로운 패러다임을 만들어낼 수 없는, 아니 생산적인 모델을 더 이상 제공할 수 없는 근대사회의 한계를 말해주는 것이다. 이럴 경우 가장 유효한 대안으로 떠오른 것이 비이성의 영역, 곧 광기이다. 이것이야말로 계몽이 몰고 온한계를 극복해주는 것이고, 이성의 전능이 빚어낸 부정성을 초월하게해주는 적절한 매개라 할 수 있을 것이다.

「광염소나타」가 놓인 자리, 곧 문학사적 의의는 바로 이 부분에서 찾아야 할 것으로 보인다. 그런 면에서 이 작품은 포스트모던적 성격을 갖는 작품이라 할 수 있을 것이다. 구조체라든가 건전한 모델이 없이 지금 여기의 적나라한 현실을 노출하는 것이 포스트모던의 근본 정신이라 할 때, 「광염소나타」는 그 음역 속에 갇혀 있기 때문이다. 끊임없이 이어지고 있는 무의식의 연쇄, 혹은 무의식의 놀이야말로 포스토모던의 근본 정신일 것이다. 그런 면에서 「광염소나타」는 이 사조가 지향하는 정신을 매우 적절하게 구현하고 있는 것처럼 보인다.

그러나 사조상으로 매우 선진적인 위치에 놓여 있음에도 불구하고 이 작품은 포스트모던이 지향하는 정신과 어느 정도 동궤를 보이는 것도 사실이다. 그 첫 번째 한계는 작위적인 작품의 구도이다. 이런 의도성 자체가 무정형으로 기본 정신으로 하는 포스트모던의 정신과는 어느 정도 거리가 있는 것이라 하겠다. 특히 비평가 K와 사회교화자 모씨가 보여준 폐쇄적 인물 성격이야말로 그러한 한계의 표본이라 할 만하다. 성격 변화가 없는 인물을 양립시켜놓고 자신의 주장만을 강요하는 행위야말로 또 다른 모델링을 지향하는, 곧 구조체적인 모형을 지향하는 행위이기 때문이다.

둘째는 자신의 예술을 강제적으로 주입시키려 하는, 또 다른 계몽주의의 시도이다. 「광염소나타」가 표방한 순수소설이 이광수의 창작 행위와 분리하기 어려운 것은 잘 알려진 일이다. 평생 라이벌 관계에 있던 이 두 사람은 서로의 예술 행위에 대해 비난하거나 인정하려는 태도를 보여주지 않았다. 실제로 「광염소나타」의 비평가 K는 김동인 자신일 수가 있고, 사회교화자 모씨는 이광수로 대치해도 무방한 경우이다. 그러한 대립이 어떤 합리적인 결말에 이를 수 없다는 것은 지극히 자명한 일이 될 것이다.

　　"그 흥분 때문에 눈이 아득하여져서 무서운 죄를 범하고 그 죄
를 범한 다음에는 훌륭한 예술을 하나씩 산출합니다. 이런 경우에
우리는 그 죄를 밉게 보아야 합니까, 혹은 그 범죄 때문에 생겨난
예술을 보아서 죄를 용서하여야 합니까?"
　　"그게야 죄를 범치 않고 예술을 만들어냈으면 더 좋지 않습니
까?"
　　"물론이지요. 그러나 이 성수 같은 사람도 있는 것이니깐 이런
경우엔 어떻게 해결하렵니까?"
　　"죄를 벌해야지요. 죄악이 성하는 것을 그냥 볼 수는 없습니다."
　　K씨는 머리를 끄덕였다.

　　사회교화자. 곧 계몽주의자의 관점에서 성수와 같은 광기를 가진 자
를 용서하는 것은 어려운 일일 것이다. 그러나 그 반대편에 놓인 경우
는 사회교화자의 입장과는 전연 다른 것이 된다. 예술을 위해서는 어떤
것이든 희생할 수 있다는 것, 곧 광기야말로 현대 예술의 근간이 되는
것이기에 예술은 모럴을 뛰어넘을 수 있다는 것이다. 물론 이러한 관점
의 차이가 지극히 중요할 수도 있고, 또 그렇지 않을 수도 있다. 그러나
중요한 것은 이러한 차이가 아니라 김동인 자신이 이런 작품을 쓰고 난
뒤에 사회교화자인 모씨를 자신의 문학관으로만 압도하려 했다는 것,
곧, 또 다른 면모의 계몽주의자로 자처했다는 데에 문제의 핵심이 놓여
있을 것이다. 그것은 또 다른 의미의 계몽주의자가 되는 것이 아닐까.
이런 문학관은 작품의 말미에 놓인 설명, 곧 지나친 작가적 개입으로
더 극명하게 드러나게 된다.

"게다가 엄정한 작곡법이 있어서 그것은 마치 수학의 방정식과 같이 작곡에 대한 온갖 자유스런 경지를 제한해놓았으니깐 이후에 생겨나는 음악은 새로운 길을 개척하기 전에는 한 기술이 될 것이지 예술이 될 수는 없습니다. 예술가에게는 이것이 쓸쓸해요. 힘 있는 예술, 선이 굵은 예술, 야성으로 충일된 예술… 우리는 이것을 기다린 지 오랬습니다. 그럴 때에, 백성수가 나타났습니다. 사실 말이지 백성수의 그새의 예술은 그 하나하나가 모두 우리의 문화를 영구히 빛낼 보물입니다. 우리의 무화의 기념탑입니다. 방화? 살인? 변변치 않은 집 개, 변변치 않은 사람 개는 그의 예술의 하나가 산출되는 데 희생하라면 결코 아깝지 않습니다. 천년에 한 번, 만년에 한 번 날지 못 날지 모르는 큰 천재를, 몇 개의 변변치 않은 범죄를 구실로 이 세상에서 없이하여버린다 하는 것은 더 큰 죄악이 아닐까요. 적어도 우리 예술가에게는 그렇게 생각됩니다."

실상 김동인의 이런 사유의 저변에 인형조종술 같은 오만이 자리하고 있음은 두말할 필요도 없을 것이다. 예술을 위해서는 그 어떤 이성적 통제, 심지어 범죄라도 가능하다는 것이야말로 비평가 K의 극단적 예술관인 셈이다. 어떻든 사회교화자 모씨에게 본능에 의해서 제도나 이성을 극복할 수 있다는 것, 그리고 그것이야말로 진정한 예술혼이라고 강요하는 것은 이광수가 시도했던 또 다른 계몽주의였다는 점에서 그 한계가 있는 경우이다. 그런 면에서 「광염소나타」는 순수소설에 이르기 전에 또 다른 유의 계몽주의로 전락했다는 혐의를 벗어날 수가 없을 것이다.

광기와 같은 무의식의 전능을 예술의 근본 동기라고 생각한다는 점에서 「광염소나타」는 포스트모던적이라 할 수 있는 반면 또 다른 교화를 시도하고 있다는 점에서 계몽주의적 요소를 내포하고 있기도 하다. 이런 이중성이야말로 「광염소나타」의 성과이자 한계라 할 수 있을 것이다.

발표지 목록

한국 현대시의 체험과 상상력

제3부   상상력과 체험의 상관성

전통과 현대를 아우르는 삶의 저장소 : 『시와표현』, 2017. 1.

자아 성찰과 대상 끌어안기 : 이상백, 『밥풀』, 푸른사상사, 2015.

조화와 근원을 향한 모성적, 축제적 세계에 대한 갈망 : 윤덕점, 『그녀의 배꼽 아래 물푸레나무가 산다』, 시와표현, 2017.

자연과 하나 되기 위한 아름다운 서정의 세계 : 배소희, 『편백나무숲으로』, 동학사, 2015.

고향과 자연, 나, 그리고 공존의 교향악 : 『대전예술』, 2017. 3.

현실을 가로질러 얻어진 '수묵의 풍경' : 김홍기, 『해평습지』, 시학, 2015.

'불림'과 '열림'의 상상력 : 이옥, 『길인 줄 알고 간 사람 얼마나 있을까』, 청색시대, 2016.

'흙'의 시학, 경계를 아우르는 건강한 통합적 상상력 : 박영식, 『굽다리접시』, 동학사, 2015.

근대로부터 파생된 서정적 거리를 극복하는 두 가지 방식 : 『시와시학』, 2016 여름.

〈필내음〉과 생명 중심의 시학 : 권주원 외, 『기침이 하는 말들』, 푸른사상사, 2015.

이성인가 본능인가 : 『대전문예』, 2016 겨울.

찾아보기

한국 현대시의 체험과 상상력

ㄴ

ㄷ

한국 현대시의 체험과 상상력

ㅇ

한국 현대시의 체험과 상상력

한국 현대시의 체험과 상상력